Quelques mots sur la traductrice

Julia est la traductrice de *Taken to Voraxia* et la fondatrice de FIT Found In Translation.

Née en région parisienne, elle est amoureuse des livres et des belles histoires depuis son plus jeune âge. Elle décide d'en faire son métier et elle étudie la littérature française avant de devenir enseignante.

Passionnée par les voyages, Julia lit aussi bien en français qu'en anglais et se plaît à noircir des carnets dans lesquels elle conte ses évasions.

En 2019, elle quitte la France pour partir enseigner à l'étranger. C'est lors de son séjour sur le continent américain qu'elle se met à traduire quelques nouvelles et qu'elle décide d'entrer en contact avec des autrices talentueuses.

De retour en France, elle propose ses services à Elizabeth Stephens et se lance dans de nouvelles aventures !

Pour toute demande de traduction, veuillez contacter FIT Translation à l'adresse blackwomanreading2@gmail.com.

Table des matières

Glossaire

Bo'raku *(boh – rah – kooh)*

Empereur de la planète Drakesh appelée Cxrian. Il s'agissait autrefois d'un empire autonome et indépendant, mais suite à l'invasion manquée de Nobu, la planète Cxrian a été rattachée à la fédération voraxiane.

Centare *(cent – are – ray)*

Centare signifie « non » en langage Meero, la langue des Niahhorrus et la langue communément utilisée pour le commerce dans les différents quadrants.

Cxrian *(ss – ree – ahn)*

Cxrian est surnommée la planète rouge, en référence à la couleur qu'elle a, vue de l'espace, et à la couleur de la peau de ses habitants : les Drakeshs.

Eshmiri *(esh – mi – ree)*

Pirates de l'espace (plus grand peuple de pirates après les pirates de Kor) connus pour leurs corps trapus, leur langue semblable à des éclats de rire et leurs fosses de combat situées sur l'astéroïde Evernor.

Hexa *(hex – ah)*
Oui.

Kor *(kohr)*

Ville de commerce et d'échanges gouvernée par les Niahhorus, considérés comme des pirates de l'espace. Leur chef n'est autre que Rhorkanterannu, un pirate redoutable. Cette ville est située dans la zone grise entre les quadrants 4 et 5.

Krisxox *(chris – zawcks)*
Chef des forces militaires de Voraxia.

Nobu *(noh – boo)*
C'est la plus grande planète de Voraxia. Elle se caractérise par un climat glacial et des hivers particulièrement rudes. Elle est dirigée par Va'Raku.

Va'Raku *(va – rah – kooh)*
Gouverneur de la planète voraxiane Nobu.

Va'Rakukanna *(va – rah – kooh – kah – nah)*
Épouse de Va'Raku.

Verax *(vair – axe)*
Expliquer (demande d'explications).

Voraxia *(voh – racks – ee – uh)*
Chef lieu de la fédération voraxiane, cette planète accueille la base de Raku. Elle est connue pour ses bois de werro et son sol forestier sableux.

Xhivey *('iv – ay)* ou *(tziv – ay)*
Bon, bien.

Xok *('oc)* ou *(tzoc)*
Mot grossier employé couramment.

Xora *('o – ruh)* ou *(tzo – ruh)*
Pénis, bite, queue…

À tous les croyants.

Que vous vénériez
Dieu,
l'univers,
vos ancêtres,
la Science,
les Esprits
ou la magie.

1

Krisxox

– Svera !

Je ne peux m'empêcher de hurler. Son corps tremble, il est couvert d'un liquide rouge et brillant. *C'est du sang, du sang humain, son sang humain.* Au son de ma voix, elle me regarde et s'anime. *C'est bien, continue comme ça.* Elle se met à genoux. Les murs de cet ancien transporteur de classe C tremblent, alors Svera tombe.

– *Putain de xok*, tu es trop lente ! *Lève*-toi, humaine !

Elle déteste quand je lui donne des ordres. Elle déteste que je la maudisse. Elle déteste quand je l'appelle « humaine ».

Un froncement de sourcils vient perturber la gentillesse irritante qu'arbore toujours son visage d'humaine et c'est mieux ainsi, car cela la distrait de sa peur.

– Voilà. N'aie pas peur. Je ne vais pas le laisser te faire du mal.

Je mens, mais ça, elle ne le sait pas.

Je ne peux pas bouger. Je ne sens pas mon propre corps. Je ne sens rien à part la chaleur des moteurs de classe C qui libèrent de l'énergie dans de grands nuages de vapeur. Cette machine ancienne vient d'un autre temps. Elle est si vieille que je n'en avais jamais vu de mes propres yeux avant de monter à bord avec la ferme intention de sauver la femelle que je déteste le plus dans cet univers.

– Il faut que tu viennes vers moi, dis-je en essayant de parler gentiment.

Je n'ai jamais été gentil. Jamais. Je ne sais même pas comment faire pour être gentil. Et je ne vais pas changer pour elle. *Alors que fais-tu en ce moment, n'es-tu pas en train d'essayer ?*

– Svera, *s'il te plaît.*

Son expression change quand je la supplie. Je ne supplie jamais personne. Je ne fais une *exception* que pour elle, *et* quand il s'agit d'elle, je le fais de plus en plus souvent. En ce moment, je lui donnerais mes deux jambes si cela pouvait l'aider à marcher plus vite.

– Bouge-toi le cul !

Elle fait un pas bancal, puis un autre. Je me crispe, grogne et grimace à chacun de ses mouvements. Ces femelles humaines sont dégoûtantes de fragilité. La moindre petite blessure et elles tombent en morceaux.

– Allez…!

Putain de xok, qu'est-ce qu'elle est lente…

– *Allez !*

Le regard humide de Svera croise le mien. Je vois la douleur briller dans leurs profondeurs vertes. Leurs profondeurs aussi vertes que les feuilles des petits arbres werros, ces arbustes brillants et courageux.

Pendant ce temps, le sang sur son visage brille d'une alarmante et viscérale nuance de rouge, une couleur qu'on voit rarement la nature. Ce qui m'inquiète encore plus que cette couleur, c'est le bruit que font les moteurs. Quelque part dans les recoins de ce transporteur, ils crient le même mot encore et encore.

Echec.

– Krisxox, chuchote-t-elle.

Tout est flou. Le noir et le gris s'abattent contre la tenue bleu-marine qu'elle porte… contre le brun pâle de sa peau avec ses reflets jaunes obsédants… contre les petites mèches de cheveux qui ont échappé à son foulard… et enfin l'ombre argentée tombe sur son corps.

Le Niahhorru attaque.

– Svera ! je rugis alors que le pirate tombe sur elle en l'entraînant sur le sol métallique et ardoisé.

Bêtes assoiffées de sang, les pirates Niahhorrus n'appartiennent à aucun quadrant. Ils n'ont aucun honneur, aucune loi, aucun traité avec qui que ce soit et sont dirigés par un roi obsédé par l'idée de trouver l'emplacement de la colonie humaine afin de capturer et de baiser les femelles humaines qui s'y trouvent pour repeupler les rangs de son espèce sur le déclin.

Je vais le mettre en pièces pour me l'avoir enlevée. Je commencerai par ses quatre bras…

Malheureusement, ces bêtes sont nées pour combattre, tuer et voler. Svera, quant à elle, est une faible humaine pathétique à *la peau aussi douce que les sables de Qath quand le climat est clément et qu'elle n'est pas violentée par les soleils ou les vents.*

Elle n'a pas la moindre chance.

Putain ! Qu'elle aille se faire xok ! Et moi avec ! *Non, ne fais pas ça. Je t'en prie, ne fais pas ça.*

Je me débats. Je ne sais pas ce qui me retient, mais c'est plus fort que l'ion de fer et plus lourd que le stalyx. Je n'ai jamais été mis en cage. Je n'ai jamais perdu. Je suis le Krisxox de Voraxia, le combattant le plus puissant et le plus fin stratège. Je fais la guerre et je n'ai jamais connu la défaite. *Jusqu'à maintenant…*

J'ai beau me débattre comme un fou, je suis contraint de regarder le Niahhorru utiliser une main griffue pour arracher le foulard de Svera et révéler l'éclat de ses cheveux. D'un autre mouvement, il déchire son costume et dévoile son corps.

– Laisse-la, putain de xok !

Je crie, mais même ma voix est faible et inefficace. En outre, elle s'épuise de plus en plus.

Il la retient facilement et se place entre ses jambes. Ses fesses nues brillent devant moi. Il va la violer. Peut-elle le supporter ? Va-t-il la tuer ?

– Svera. Nox… s'il te plaît…

C'est la première fois que je m'enfonce ainsi dans le désespoir. C'est la première fois que je ressens une peur assez forte pour me mettre à genoux.

La pleine puissance du Xanaxana qui me lie à Svera explose dans mes os. Je rôtis vivant, je chauffe, je transpire, je brûle, je tremble, *je meurs…*

… Avant de me réveiller. Le rêve s'évapore, comme il l'a fait la dernière lune et la lune précédente et celle d'avant…

2

Svera

Je suis allongée dans le noir. Je suis bien réveillée, même si mes yeux sont fermés. Mon corps entier est étroitement enroulé dans les draps. Enfin, pas les draps. Les Voraxians utilisent des fourrures et des peaux d'animaux pour tapisser leurs nids incurvés.

Les bords sont si hauts que je ne peux pas voir par-dessus. Je suis calée au centre. Je ne suis qu'une petite boule qui essaye d'échapper à ses cauchemars. Mais il n'y a nulle part où se cacher. Ils arrivent comme le vent dans les arbres devant ma fenêtre : avec une force foudroyante.

– Kiy gadol yawveh mikol ha'elohim, je récite. Allah alakbar.

Je prie le triple Dieu afin de chasser les visions.

Dans mes visions, je suis poursuivie, attrapée, blessée. Je revois l'horrible mâle à quatre bras et aux pointes qui a essayé de… de… *Nondah. Le pirate s'appelait Nondah.* Je me souviens avoir pris une petite dague. J'ai essayé de le couper pour me protéger. Je ne suis pas une combattante. Je l'ai blessé et ça m'a fait du mal. Je ne veux pas avoir à le refaire. Je n'en tire aucun plaisir. Je ne suis pas une guerrière. Je ne suis pas comme…

La porte de ma chambre s'ouvre dans un souffle presque silencieux. Je me fige. Mon cœur bat si fort que le bruit est assourdissant. *Allah al akbar. Sh'ma Yisrael Adonai Eloheinu Adonai Eḥad. Triple Dieu aide-moi.* C'est lui. Nondah. C'est le pirate qui a essayé de…

Puis j'entends un grognement familier et le piétinement furieux que j'ai entendu la dernière lune et la lune d'avant ainsi que chaque lune depuis que nous sommes tous les deux revenus à Qath. Depuis que j'ai été emmenée sur ce vaisseau pirate, que j'ai été assommée quand il a explosé, et que je me suis réveillée dans les bras de Krisxox, face à son visage rouge et furieux.

Et le voilà qui me sauve à nouveau, même si ce n'est que pour m'aider à affronter mes pensées sombres et brutales. *Bénis soient le Seigneur et les étoiles.*

J'inspire dans la clarté de la lune alors qu'il se dirige vers le siège positionné dans le coin de la pièce et s'y installe. Il déplie la couverture que j'ai laissée pour lui et, pendant un moment, j'écoute sa respiration agitée jusqu'à ce qu'elle finisse par s'approfondir. Il s'est endormi.

Je le sais parce que ces bruits me sont familiers maintenant : le bruit de son entrée furieuse à chaque lune, et celui de sa sortie tout aussi furieuse au lever du soleil. Ensuite, il ira dans le hall et commencera à préparer *bruyamment* le premier repas. Enfin, je me lèverai, je plierai la couverture qu'il a utilisée et je me demanderai, comme je le fais chaque jour, s'il sait que je sais qu'il vient dans ma chambre, et s'il s'en soucie. Il doit avoir au moins réalisé que la couverture qu'il utilise ne se plie pas toute seule.

Il ne dit jamais rien et je ne dis jamais rien. Nous continuons tous les deux à faire semblant.

J'expire avec soulagement. Mes muscles se relâchent et l'obscurité cesse d'être aussi froide. Je ferme les yeux. Je me pose des questions : pourquoi Krisxox est-il aussi brutal ? Pourquoi est-il aussi impoli ? Pourquoi est-il aussi bête ? Pourquoi est-ce que je fais semblant de dormir ? Avec une rapidité alarmante, je cesse de faire semblant.

Je suis emportée par un sommeil sans rêve.

3

Krisxox

Elle pourrait dormir même si nous étions attaqués par des sangliers Muxungs.

Peu importe la force avec laquelle hurlent les vents d'été, chaque fois que je me réveille, elle est K.O. Son petit corps est étalé sur son nid, la couverture en fibre de vervu délicatement tissée s'emmêle autour de ses jambes et la lourde fourrure couvre son corps à certains endroits, tout en découvrant d'autres parties de sa silhouette.

Elle porte aussi un foulard quand elle dort. Une soie de couleur claire enveloppe ses cheveux, mais il y a toujours des petites mèches or et brun cendré qui s'échappent et se glissent sur ses joues.

Je suis du regard la longue ligne de son cou. C'est un cou fin et délicat. Je ne sais pas comment elle est parvenue à survivre si longtemps. Elle ne devrait même pas être en vie avec des membres si fragiles. Aucun humain ne devrait l'être. Et cette humaine-ci n'a *rien* à faire dans ma ville, dans ma maison, et dans mon nid.

Mais elle est là.

Je ne la réveille pas. Je ne peux pas. Il faut que je sois prudent sinon elle saura que je passe chaque lune dans sa chambre. *Je ne veux pas qu'elle sache que je rêve d'elle et que la seule idée qu'elle puisse partir me donne des cauchemars. Je ne veux pas qu'elle se doute de la pression qui comprime ma poitrine, du feu qui s'y propage. La chaleur est si forte qu'elle me rend fou à lier. Des couleurs parfois y flamboient... oh, putain de xok... xok* ! Je peux sentir ces couleurs monter en moi comme une maladie, une maladie qui suppure et corrompt.

Je regarde ses chevilles, exposées jusqu'au tibia. Sa peau est d'un brun clair immaculé. Le dessous de ses pieds, très pâle, est étrange par contraste. C'est un spectacle dégoûtant. *C'est un spectacle magnifique.* Je me souviens de ce que ça m'a fait de voir son corps entier dénudé. De le prendre dans mes bras. De la tenir contre moi. Elle. *Ma Xiv... nox.* Jamais.

Je déglutis et me détourne d'elle. Le poids dans ma poitrine suffit à me ralentir. Je titube une fois, mais j'arrive jusqu'à la porte. Je l'ouvre d'un geste de la main et me dirige vers le couloir. Plus je m'éloigne d'elle, plus la pression se relâche. Le poids a presque totalement disparu lorsque j'arrive à la fosse de cuisson.

Plus que quelques marches et je suis dans ma tanière. Tout ce que je possède est ici. Je m'y vide la tête. Après les salles d'entraînement, c'est l'endroit où je me sens le mieux. Je sors une multitude d'ingrédients des paniers situés sous les surfaces de cuisson en bois de werro rouge. J'allume les plateaux de cuisson à feu de fusion et j'oublie qu'une *extraterrestre* vit dans ma maison. C'est écœurant, elle est écœurante. Non, pas « elle ». Ça. L'extraterrestre. *Que diraient mes parents s'ils me voyaient vivre avec elle ?*

Je grimace quand le couteau de fusion coupe le bord de mon doigt le plus long. La lame est plus tranchante que toutes celles que j'ai utilisées auparavant. C'est l'un des nouveaux modèles de la Rakukanna. *Que diraient mes parents s'ils me voyaient utiliser cet objet ?*

– Hefenena, Krisxox!

Svera – ça – me salue en Drakesh. Ce n'est pas la même langue que le voraxian, mais en un laps de temps relativement court, elle a réussi à maîtriser les deux langues. Elle les parle couramment maintenant et avec léger accent des plus charmants. Nox. Il n'est pas charmant, il est méprisable. Voilà, c'est ça : *méprisable*.

Je ne lui réponds pas, je ne lui accorde pas un regard. Je mets la lame de côté, je sors un couteau plat en stalyx et je continue à couper les racines coriaces étalées sur la surface en bois devant moi. *Ce couteau est bien moins efficace.* J'oublie ce détail et je jette les racines dans le bac de fusion. De la vapeur s'en dégage et d'une simple pression sur les commandes, elles brunissent magnifiquement. Je les épice, puis je sors un deuxième plateau et j'y jette quelques lanières de viande. Svera ne mange pas cette viande. Si je veux la nourrir, je dois cuire la viande séparément.

C'est donc ce que je fais.

Chaque jour.

Sa chaleur m'atteint avant son odeur quand elle s'approche de moi. Elle sent l'obscurité, le danger caché dans les ténèbres. Ma main tressaille comme si elle allait se tendre et la toucher de son propre chef afin de… la tirer contre ma poitrine, effleurer de ma bouche ces choses douces et roses qu'elle appelle des lèvres… Nox !

– Mmmm, dit-elle.

Chaque solaire, elle dit la même chose et elle émet toujours ce petit son de satisfaction. Savoir que ce que je cuisine la satisfait durcit mon xora et fait battre mes cœurs plus fort. Je secoue la tête et elle s'écrie:

– Ça sent délicieusement bon ici ! Comment s'appelle cette racine… la violette ?

Elle désigne un bloc de racine de gomme aussi gros que sa tête, et ce n'est que la moitié. Je le lui tends en grognant :

– C'est du viron.

– Oh… ça ne va pas ce matin, je vois.

Je ne sais pas si elle parle de moi ou de la putain de xok de racine. Je grogne à nouveau, retire les racines du plateau avec une cuillère et les dépose dans une assiette que je lui tends.

– Merci, Krisxox, me dit-elle dans sa langue humaine.

Nous n'avons pas ces mots ici, nous n'exprimons pas notre gratitude aussi facilement que les humains. Elle amène son assiette sur la table basse derrière moi et en sort une série d'herbes que je sais qu'elle aime. Elle les coupe en utilisant le plus petit couteau en stalyx que j'ai. Il est encore bien trop grand pour elle, et je lui jette un coup d'œil de temps en temps. Je me déteste pour cela, mais je suis impressionné par la façon dont elle le manie. Il y a une fluidité troublante dans ses mouvements. J'entraîne mes guerriers pour leur permettre d'avoir une telle grâce. *La plupart n'arrivent pas à la cheville de Svera.* Je soupire bruyamment. *À la cheville de ça. Ça.*

Je mange sur la table en face d'elle et j'accepte les herbes qu'elle a coupées pour moi. Sait-elle que je n'aime pas leur goût ? Comment pourrait-elle le savoir ? Je les mange chaque fois qu'elle m'en propose. J'aime l'idée qu'elle souhaite aussi me nourrir.

– De rien, fait-elle, comme je n'ai pas dit un mot en les acceptant.

C'est devenu notre rituel : elle parle, je ne réponds pas.

Elle attrape le petit coussin sur lequel elle s'assoit tous les matins pour manger, tout contre l'un des murs, celui qui a la plus grande fenêtre. Les nombreuses fenêtres ne lui ont pas plu au début, jusqu'à ce qu'elle réalise que les chambres sont isolées et que même si elles ne l'étaient pas, il n'y a personne aux alentours.

Toutes les maisons sont surélevées parmi les arbres et parmi les nuages quand ils descendent bas. Le village où j'entraîne les xcléranx est à une courte distance. Le village suivant est à une demi éclipse de là. Les nombreux marchés de Qath sont chaotiques, mais d'ici, de chez moi, Qath semble être un havre de paix. C'est pour cette raison que j'aime cet endroit. Toutefois, ces derniers temps, c'est moins calme.

Elle se met à fredonner. La mélodie est si délicate et si belle que c'en est douloureux. Comme un rayon de soleil à travers le feuillage dense de Qath, elle me touche doucement; et comme le feuillage, je veux moi aussi incliner mon visage vers sa lumière.

Mon estomac se tord. Les saveurs que je dégustais il y a un instant se transforment en cendres d'un seul coup. *Nox. Nox, nox, nox.* La pression est insupportable. Elle monte de mon estomac et remonte vers ma gorge. Nox. Je gratte bruyamment ma cuillère en bois sur mon assiette et je manque m'étouffer en gobant ce qui reste mais *je n'en ai rien à xok.* Tout ce que je veux c'est faire *disparaître* la pression... c'est tout ce que je veux ! J'en ai assez.

Je retourne dans ma chambre, je mets mon armure d'entraînement et j'attache un pistolet à ions de fusion et une épée en stalyx à ma ceinture. D'ordinaire, je ne me promène pas dans Qath armé, mais ces solaires, les choses sont différentes. Je ne sais pas pourquoi. *Si, je sais pourquoi. Les choses ont changé, je protège bien plus que ma vie*; mais seulement parce que j'ai accepté de garder cette humaine répugnante en vie. Si je n'avais pas promis au Raku de veiller sur elle, je ne me soucierais pas du tout d'elle.

Ah oui? Dans ce cas, j'aurais pu laisser Nondah…

Je titube dans la salle de séjour. Elle s'est installée dans la fosse de cuisson et lave à la fois ses propres plats et ceux que j'ai utilisés. Je lui ai dit plusieurs fois qu'elle n'avait pas à faire ça, mais cette idiote n'écoute pas.

J'ouvre la bouche pour le lui répéter quand même, mais c'est à ce moment-là que je prends conscience d'une chose : le silence règne. Pourquoi n'est-elle pas en train de bavarder inutilement? Pourquoi ne pose-t-elle pas mille questions sur tout ce qui concerne les Voraxians et les Drakeshs ? Pourquoi ne pointe-t-elle pas du doigt des choses en me demandant comment les nommer en voraxian ? Elle me demande constamment de l'aider à améliorer son accent, pourquoi ne le fait-elle pas aujourd'hui ?

Je m'approche du bord de la fosse, mais je ne descends pas. Je me contente de la regarder, les bras croisés, la mâchoire serrée. Je veux désespérément savoir ce qui ne va pas chez elle, mais je veux également continuer à l'observer sans rien dire et accepter son silence comme une victoire. Je déteste quand elle me parle. Je déteste quand elle ne le fait pas.

– Qu'est-ce qu'il y a ? je finis par lâcher.

Putain de xok.

Svera se tourne. De ses longs doigts gracieux, elle sèche une assiette. Elle la pose sur une pile avec les autres et sourit.

– Tu as oublié ?

Si j'avais la réponse à ma question, je n'aurais pas entamé cette putain de xok de conversation. Je secoue la tête.

– Nous partons aujourd'hui.

Nous partons ? Je ne lui réponds pas, mais ma main s'agite vers mon moteur de vie. Peut-être ai-je manqué un rappel important… Svera lève les yeux au ciel et je panique quand ils scintillent. Qu'est-ce qu'ils sont jolis.

– L'accouchement aura lieu dans deux solaires. Nous partons cette lune pour Voraxia. Je vais au marché une dernière fois avant que nous embarquions dans notre transporteur. J'aimerais que Miari…

Ses yeux s'écarquillent et elle secoue rapidement la tête.

Peu importe le temps qu'elle, ou n'importe quel humain d'ailleurs, passe avec nous, ils ont tous du mal à utiliser les titres comme nous. Ils trouvent étrange qu'un titre soit transféré à quelqu'un d'autre, que les titres changent selon la planète, qu'un titre s'ajoute à un autre… Ils finissent toujours par revenir aux noms d'esclaves – ceux que nous avons reçus de nos géniteurs. Ces noms ont si peu d'importance que j'oublie parfois que j'en ai eu un, mais d'autres fois… d'autres fois, je me demande ce que cela me ferait de l'entendre prononcer le mien…

– Je veux dire que j'aimerais offrir à la Rakukanna quelques cadeaux du marché et d'autres choses que je lui ai promises. J'ai demandé à Tur'Roth de m'emmener. Il sera là dans un instant. Il m'amènera ensuite au terrain d'entraînement et toi et moi pourrons rentrer ensemble à la maison pour préparer nos affaires. Ça te va ?

Nox. Nox, nox, nox, ça ne me va pas du tout.

Elle veut aller au marché. Elle veut s'approcher du terrain d'entraînement. Elle veut faire tout ça avec *lui*. Elle appelle cet endroit sa maison. Elle dit « nous » en parlant d'elle et moi. Ça ne me va pas du tout, mais je ne peux rien dire.

Je lui ai dit qu'elle pouvait avoir un autre protecteur en mon absence. Je suis gentil quand je dis *protecteur*. Je ne confierais pas un foulard à Tur'Roth. Ce n'est pas un vrai guerrier. Il est faible.

C'est un Voraxian et bien qu'il ne soit pas Drakesh, au moins son sang est pur. Par contre, *il lui fait la cour*. C'est un Voraxian pur-sang qui cherche à séduire une de ces… choses extraterrestres. Il me dégoûte, et comme elle me dégoûte aussi, c'est normal qu'il la suive comme un chien. Je ne comprends pas pourquoi elle aime qu'il la suive… Je n'aime pas les voir ensemble.

Je ne hoche pas la tête. Je ne bouge même pas. Je la regarde juste sourire et ranger les plats qu'elle et moi avons utilisés. Je déteste qu'elle nettoie après moi comme une servante tout en arborant un petit sourire satisfait.

– Je vais me préparer maintenant. Je dois rassembler quelques affaires. Je sais déjà ce que je vais acheter comme cadeau à la Rakukanna. Tu vas prendre quelque chose pour le Raku ?

– Quoi ? Pour quoi faire ?

Elle me jette à nouveau ce regard, celui qui m'informe qu'elle a été claire et que je suis un putain de xok d'imbécile.

– Ils vont avoir un bébé, répond-elle lentement. Le premier bébé hybride humain-voraxian de cette nouvelle ère, cette ère sans Chasse, va voir le jour. C'est merveilleux. Quel bonheur ! Mashallah.

Elle fait une figure à quatre pointes sur sa poitrine, un geste à chaque épaule, un à son front, puis un à son nombril. Je ne comprends pas pourquoi elle fait ça, mais j'ai appris que c'est un symbole de son triple Dieu. Elle lui donne tant… que j'en suis jaloux.

Je grogne et la regarde finir de nettoyer. Je la suis partout où elle va. J'aimerais qu'il en soit autrement, mais même lorsque je reçois des messages sur mon moteur de vie, je ne peux m'empêcher de la regarder.

– Pile à l'heure, dit-elle brusquement. Il est là. On se voit au coucher du premier soleil ?

Je détourne mon regard d'elle et acquiesce.

– A plus tard, Krisxox. Passe un beau solaire.

Elle me fait signe mais je ne cède pas à l'envie de répondre. Peu de temps après, trop peu de temps après, la porte de ma maison glisse et se ferme derrière elle. Elle est partie. La pression dans ma poitrine gonfle comme une vague, me pousse à me précipiter après elle et à la noyer dans mon écume et *peut-être à tuer Tur'Roth dans mes embruns.*

J'ai failli arracher la porte du cadre après son départ. Je la regarde traverser le pont de cordes. Je regarde Tur'Roth, ce misérable xcléranx, traverser pour la rejoindre sur un pont adjacent. Il s'incline et tend la main. Svera sourit. Je peux le voir d'ici. Elle s'incline et lui offre ses doigts délicats. Ils se touchent.

Je pourrais le massacrer d'un millier de façons. C'est ce que je souhaite.

Il n'a pas le droit de la toucher. *Elle est à moi. Nox. Elle est trop dégoûtante pour être à moi. Je suis un Drakesh au sang pur, issu d'une lignée ancienne. Que penseraient mes parents s'ils me voyaient avec un animal comme elle ?*

Alors, je ne fais rien. Je ne le massacre pas. Je reste là, à l'agonie. Je les observe tandis qu'ils discutent. Il dit quelque chose qui la fait rire et ce son me détruit. Quand ils prennent enfin le pont de cordes menant à la place du marché, suspendus entre les cimes des arbres, puis disparaissent dans le feuillage, je ne ressens… rien.

La rage, la fureur, le dégoût, la répulsion et le bonheur amer et tourmenté qui m'étreignent chaque fois qu'elle est près de moi ont disparu. Le creux qui m'habite se mue en un creux encore plus grand.

Mes crêtes trahissent une multitude de couleurs que je peux voir se refléter sur les murs de ma maison. Elles sont plus sombres qu'elles ne devraient l'être, remplies d'une urgence de la suivre que je peux faire disparaître dans mon corps et mon esprit, mais pas du gouffre sombre et perdu de mon âme.

4

Svera

Mes sacs sont pleins et chargés des cadeaux que j'ai préparés pour Miari. Je n'arrive pas à croire que le jour J est enfin arrivé ! Je ne me souviens pas avoir jamais été aussi excitée. Aucune fête de Noël avec ma famille et les autres adorateurs du triple Dieu sur la colonie lunaire humaine, aucun Yom Kippour, aucun Eid ou Iftar n'a jamais provoqué en moi une telle impatience.

Je rebondis sur la pointe des pieds à chaque pas, en conséquence, les ponts de cordes se balancent un peu plus dangereusement que d'habitude. J'aimerais embarquer, monter dans le transporteur et retrouver la colonie humaine sur la lune de Cxrian immédiatement.

Je suis néanmoins un peu nerveuse à l'idée de revenir après cette longue absence. J'ai beaucoup plus de responsabilités maintenant, non seulement en tant que conseillère de Miari, mais aussi en tant que conseillère de Voraxia pour tout ce qui concerne les humains. Je me demande ce que les humains vont en penser, en particulier ceux qui siègent au Conseil d'Antikythera. Je pense qu'il faudra que je m'adresse à Mathilda et aux autres membres du Conseil pour éviter ou atténuer un peu la tension que cela pourrait générer.

Heureusement, Tur'Roth m'aide à me changer les idées. Il me rejoint et nous nous faufilons ensemble dans le marché labyrinthique de Qath.

Des étalages portant de magnifiques blocs de tissus colorés et des épices vibrantes dans une douzaine de nuances différentes défilent devant moi. Nous passons ensuite devant les aliments et les desserts – que j'ai tous goûtés – pour finir par les vêtements et la technologie. Chacun de ces étalages est suspendu entre les arbres. Des ponts de cordes les relient tous.

Je regarde par-dessus les rampes en bois aussi souvent que je peux. Le monde ici est magnifique. Les troncs et les branches robustes des arbres xribar à feuilles vertes permettent au monde de Qath de prospérer malgré les dangers qui arpentent la surface de la planète.

Des ponts de cordes relient des structures arborées qui abritent toutes sortes d'échoppes, de restaurants, d'unités de fabrication et de maisons. Parfois, les ponts se brisent et ceux qui tombent au sol sont secourus aussi vite que possible... D'autres fois, des êtres tombent des ponts de cordes et passent inaperçus... Ils doivent alors se battre.

Les créatures de Qath sont grandes, effrayantes, et me rappellent les histoires que Miari et Kiki ont racontées sur les bêtes à huit bras qui vivent sur notre colonie lunaire. Tur'Roth est très gentil et je lui en suis reconnaissante. C'est l'un des principaux guerriers de Voraxia : un xcléranx. Me suivre partout pour m'offrir une protection rapprochée est donc indigne de son rang, mais il semble heureux de le faire. Et moi je suis heureuse de l'avoir à mes côtés.

– Tu as besoin d'aide pour porter quelque chose ? demande-t-il.

Il me fixe de ses grands yeux noirs et je souris. Je m'amuse à deviner ses émotions en observant les couleurs de ses crêtes. Elles sont bleu pâle pour le moment. Le bleu représente le contentement.

– Nox, mais merci quand même, Tur'Roth.

Il hoche à nouveau la tête et regarde devant lui en m'aidant à naviguer parmi les nombreux ponts de cordes et paliers jusqu'à ce que nous arrivions enfin aux terrains d'entraînement de Qath. C'est l'un des rares endroits à hauteur de sol de Qath. Le terrain d'entraînement s'étend sur une portion considérable de terre. La terre y est dense et tassée. Les arbres forment un périmètre de protection autour du vaste espace, d'au moins mille pas de long.

J'emprunte une échelle, je fais descendre mes paquets grâce à un système de poulie étonnamment simple, et me tourne pour faire face à la place ouverte. Tur'Roth est à mes côtés. Je suis bouche bée, comme à chaque fois que je découvre l'un des nombreux trésors de Qath.

Les guerriers de Qath sont tout simplement impressionnants à voir. Placés comme sur un damier, chaque guerrier, ou chaque guerrière, est exactement à la même distance des guerriers qui l'entourent. Je note qu'il y a beaucoup plus de mâles que de femelles ici. J'aimerais d'ailleurs en toucher deux mots à Krisxox, même si je suis certaine qu'il ne changera pas sa politique d'admission parce que j'ai fait une remarque. Je ne suis même pas sûre qu'il prendrait deux minutes pour y réfléchir. En fait, je pense que mon intervention pourrait aggraver la situation pour les guerrières qui cherchent à être formées par lui. Je vais devoir trouver des moyens plus inventifs de le piéger pour l'obliger à recruter plus de femelles. Je pourrais peut-être suggérer qu'il y a *trop* de femelles qui s'entraînent sous ses ordres. *Il en ferait sûrement venir une douzaine de plus immédiatement si je lui disais ça.* L'idée me fait sourire.

Plus de soixante guerriers s'entraînent sous la tutelle de Krisxox en même temps. Chacun d'entre eux tient actuellement une grande arme en forme d'arc avec des pointes tournées vers l'extérieur. Des pointes qui rappellent les épines des Niahhorrus… Je frissonne à l'évocation de ce souvenir, et je fais subtilement le signe du Triple Dieu sur ma poitrine avant de renvoyer toutes les pensées liées aux Niahhorrus dans les profondeurs d'un abîme.

– Comment s'appelle cette arme ? je demande à Tur'Roth en voraxian.

Nous approchons des bancs qui s'étendent sur toute la longueur du terrain d'entraînement comme ceux d'une arène. Il s'y trouve généralement beaucoup de monde et ce solaire ne fait pas exception.

De là où nous sommes assis, Krisxox nous tourne le dos tandis que ses stagiaires nous font face. Ils imitent ses mouvements en s'appliquant, bien qu'aucun ne s'approche de son élégance brutale.

J'ai vu Krisxox se battre de nombreuses fois maintenant et c'est toujours un spectacle fascinant, qui révèle une endurance, un calme et un stoïcisme diamétralement opposés à son attitude envers moi.

– C'est un erdpremor.

– Erdpremor, je répète en inclinant la tête. C'est une fronde d'étoiles ?

Tur'Roth rit légèrement et se penche vers moi avec un air de conspirateur. Son odeur est celle de la paille fraîche et d'un musc plus profond, plus chaleureux. Ce parfum est séduisant. Il n'est pas désagréable à regarder avec ses cheveux noirs de jais en hommage à son fier héritage voraxian, et ses yeux violets purs, sans pupille ni iris.

– Une scie à étoiles, corrige-t-il et je souris aussi.

– Bien sûr, c'est plus logique, dis-je rapidement.

Je détourne le visage.

– Ne sois pas gênée.

Ses lèvres gris-bleu foncé se plissent. Il a sans doute passé assez de temps avec moi pour reconnaître mon rougissement et sa signification, et évidemment, ça me fait rougir davantage.

– Tu parles très bien le voraxian.

– Merci, vraiment; merci pour ton aide, tu m'as beaucoup aidée.

J'agrippe le banc en bois sombre et brillant sur lequel je suis assise pour m'empêcher de me pencher en arrière lorsque Tur'Roth s'avance pour être encore plus près moi. *Je déteste quand il fait ça…*

– Ça me fait plaisir de t'aider. N'hésite pas à demander…

Il fait glisser le dos de ses doigts sur ma joue et, si subtilement qu'on dirait presque qu'il ne l'a pas fait exprès, sur ma lèvre inférieure. Avec un sourire forcé, je prends son poignet et replace sa main sur ses genoux où je la serre doucement.

– Tur'Roth, nous en avons déjà parlé. Je sais que tu ne l'apprécies pas mais tu n'es pas obligé de chercher constamment à le provoquer.

Il fait au moins semblant d'avoir l'air désolé.

– Pardon. C'est juste que… ce n'est pas juste ! Je n'ai pas le droit de te toucher, simplement parce que ça l'énerve ? Avoue que c'est amusant de l'énerver un peu…

Il me fait un clin d'œil et je ne peux m'empêcher d'étouffer un sourire.

— Même si c'est vrai…

Je ne l'admettrais jamais ouvertement, mais c'est bien vrai.

— Ça peut causer plus d'ennuis que nécessaire. La Rakukanna et le Raku sont déjà assez préoccupés, je n'ai pas besoin que cela devienne une excuse pour que Krisxox te frappe.

Ce qu'il a déjà fait, plus d'une fois.

— Ça ne me dérange pas d'être frappé si c'est pour une aussi bonne raison, dit-il.

Mon ventre se serre, ou s'agite. Je ne sais jamais vraiment ce qui m'arrive quand il me dit ces choses. Une partie de moi apprécie l'attention qu'il me porte. L'autre partie de moi s'inquiète : et s'il me faisait la cour juste pour se venger de Krisxox?

— Non, il vaut mieux arrêter.

Il prend ma main, doucement, platoniquement.

— Je suis désolé. J'avais oublié à quel point tu es sensible.

Mes lèvres se retroussent à ce moment-là. Sensible ou faible ? Malheureusement, dans la culture voraxiane, il n'y a pas beaucoup de différence entre les deux. Je sais quelle image Krisxox a de moi.

J'acquiesce et me force à sourire. Je tourne les yeux vers le terrain d'entraînement : le ton de Krisxox gagne en puissance en même temps que le rythme des mouvements des guerriers.

Il se tient en hauteur par rapport aux autres, placé sous un projecteur. Du moins, avec la lumière du soleil qui illumine le rouge-orange foncé de sa peau, c'est l'impression que j'ai. Cette teinte contraste violemment avec le blanc éclatant de ses cheveux. Il les a attachés en un chignon sur le dessus de sa tête, mais des mèches se détachent toujours du nœud et collent à sa peau en sueur.

Je déglutis en le regardant bouger. Si Tur'Roth est un mâle attirant, alors Krisxox est un mâle *très* attirant. Il est presque entièrement musclé, mais il se déplace avec le silence sinueux d'un serpent. Il est à la fois élégant et gracieux. Je n'aurais jamais imaginé le décrire ainsi autrefois, mais en ce moment, c'est tout ce qui me vient à l'esprit.

Il s'accroupit et son pantalon de peau se tend autour de son derrière. Je détourne rapidement le regard, pour qu'il se pose sur les muscles qui s'agitent dans son dos. J'admire la façon dont ils accrochent la lumière quand ils se déplacent et se gonflent. Une seule goutte de sueur attire ensuite mon attention, elle glisse avec lenteur, *une lenteur incroyable*, le long de sa colonne vertébrale en captant la lumière du soleil… jusqu'à ce qu'il bouge.

Il est là et puis il n'y est plus. Il est remarquablement rapide. Les autres guerriers tentent d'égaler sa vitesse, mais on dirait presque que le temps a deux rythmes différents – un pour ses guerriers et moi, et un second pour Krisxox.

Après un court moment d'immobilité, il pousse son arme en avant comme il le ferait avec une lance avant de l'abattre. Le mouvement attire mon attention sur les cicatrices qui ornent son corps. Il est couvert de rubans argentés et clairs, comme des rivières de xamxin serpentant sur une carte bondée, mais aucune cicatrice n'est plus visible que celle que Tur'Roth lui a donnée.

Je me souviens de cet instant. Mon souffle formait des nuages de vapeur alors que je luttais pour contrôler ma colère. Je me sentais remplie de feu, comme un dragon de l'ancienne Terre. Puis le fouet a claqué. Je n'oublierai jamais le bruit qu'il a produit en entrant en contact avec la chair nue de Krisxox. J'étais en colère contre lui, mais j'ai tout de suite pensé qu'il ne le méritait pas.

En plus, Tur'Roth a levé son arme pour frapper Krisxox à nouveau alors qu'il n'y était pas autorisé, et ça aussi, je ne l'oublierai jamais. Je me suis glacée à ce moment, je suis restée figée, comme le monde était figé autour de moi dans les plaines glacées de Nobu. À ce moment, j'ai vu un aspect de Tur'Roth que je ne connaissais pas. Krisxox, lui, a encaissé le premier coup de fouet puis il a patiemment attendu le suivant… J'étais furieuse, oui, mais je trouvais qu'il y avait aussi quelque chose de noble dans cette attitude.

J'inspire profondément en regardant Krisxox répéter le même mouvement. Il pousse ses recrues toujours plus loin, encore et encore. À cette vue, je ne peux pas empêcher la chaleur de se répandre dans mon ventre. Non, plus bas que mon ventre. Je serre les genoux l'un contre l'autre et me tortille en essayant de détendre les muscles de mes cuisses, mais en fait, les frotter ne fait qu'aggraver la pression.

Bien que je n'aie aucune expérience avec les mâles, à part quelques chastes baisers avec des garçons humains, j'ai toujours été… prompte à être excitée. Pendant de nombreuses rotations, j'ai eu honte de mes pensées. J'étais aussi bien trop honteuse pour me toucher dans l'obscurité lunaire – mais après m'être confiée ouvertement à ma mère au sujet de mon corps et de ses voies perfides, elle m'a convaincue du contraire.

Ton corps est une création pure et naturelle du triple Dieu. Il ne t'aurait pas créée de cette façon, si ce n'était pas son intention.

Après cela, j'ai arrêté de me sentir si gênée et j'ai appris à soulager la pression moi-même, mais… ici, avec les Voraxians et les Drakeshs, une partie de cette vieille honte a refait surface parce que les extraterrestres… peuvent sentir l'excitation.

– Svera, grogne Tur'Roth.

Ses dents sont serrées et les crêtes le long de son front sont un fouillis de bleu et de violet. Le désir sexuel. *Le violet représente le désir. Plus la couleur est foncée, plus il est fort.*

– Oh… Je suis désolée, euh… vraiment, vraiment désolée, je bégaie.

Je m'applique à lisser mes jupes sans croiser son regard.

Sa main se tend et touche ma cuisse, juste au-dessus du genou. Je me redresse d'un coup sec.

– Je vais descendre pour parler avec…

Je me tourne fiévreusement pour inspecter les alentours.

– … avec les Evras, juste en bas.

– Tu veux que je vienne…

– Nox.

Je souris nerveusement.

– Nox, c'est bon. Ce ne sera pas long.

Tur'Roth fait une petite révérence et me laisse passer devant lui. Je ne me retourne pas vers lui en descendant. Je ne lève pas les yeux vers Krisxox non plus.

Mon nom est prononcé par de nombreux Voraxians rassemblés. Je les salue en retour. Ça m'aide à penser à autre chose et à apaiser le feu dans mon ventre. Je connais tous ces êtres par leur nom – ou plutôt leur fonction – et je connais leurs familles, leurs loisirs, ce qu'ils aiment et même leurs espoirs pour Voraxia.

Je m'assois près des Evras. Ils assurent la gestion des magasins de nourriture, y compris tout ce qui va de la récolte à l'importation. Je les écoute parler, ravie, tout en veillant à ne pas observer Krisxox alors qu'il abaisse sa fronde d'étoiles – non, sa scie d'étoiles – et répète de nouveaux mouvements sans arme.

Tel'Evra est en train de décrire un nouveau type de haricot que les Evras essaient de se procurer dans le troisième quadrant lorsque mon moteur de vie vibre.

Je jette un coup d'œil à l'image holographique qui flotte sur ma peau. Elle ressemble à un tatouage en constante évolution, composé de lettres aussi grosses que vertes. Le message vient de Lemoria. Mon cœur s'arrête. J'ouvre l'holoécran et regarde le contenu complet de sa communication.

En le lisant, je bondis de mon siège et je dois me rattraper à la main tendue de Tel'Evra pour éviter de dégringoler sur le banc d'à côté en criant :

– La Rakukanna est en train d'accoucher !

L'accouchement a commencé naturellement. Son travail était censé être déclenché pendant le solaire à venir, dans le confort de la nouvelle installation médicale de la colonie lunaire, mais quelque chose a dû se produire. *J'espère que c'est une bénédiction et pas la tragique répétition de ce qui est arrivé à tant de femelles auparavant. Ces autres femelles qui, après un accouplement avec les extraterrestres, ont perdu leurs petits, et pour certaines, la vie.*

– Verax , dit Tel'Evra.

Ses paupières sans cils battant rapidement. Le jeune mâle continue de saisir ma main fermement tandis que je me lève et que je regarde les visages des Voraxians et des Drakeshs qui m'entourent.

Je constate que la plupart me regardent déjà. Nombreux sont ceux qui ne sont pas encore habitués à la présence d'une humaine parmi eux, même après la demi-rotation que nous avons déjà partagée ensemble. C'est donc assez naturellement, que bientôt, tous m'écoutent.

Tous les yeux sont fixés sur moi, dans des nuances tourbillonnantes de violet, de bleu, de noir, d'orange et de gris. Je crie alors aussi fort que possible :

– La Rakukanna est en train d'accoucher! Voraxia aura bientôt un Râ ou une Rakuka !

Un chœur de murmures choqués fait place à des acclamations. Tur'Roth applaudit avec enthousiasme et quand je croise son regard, il me fait un clin d'œil. Mon cœur bat la chamade. Je descends rapidement. Je trébuche un peu dans mon empressement, mais une main lourde glisse sous mon coude et m'empêche de tomber sur le derrière.

– Merci, dis-je par réflexe.

L'instinct me pousse à croire qu'il s'agit de Krisxox, mais l'odeur n'est pas la bonne. Une couleur drakesh et un uniforme de guerrier, c'est tout ce que les deux mâles ont en commun.

Je commence à retirer mon bras, mais le mâle resserre sa prise. Il sourit. Une lueur noire traverse ses crêtes et je me crispe.

– Tu dois être ravie qu'un autre bâtard, une oud, comme ta Miari, vienne au monde, ricane-t-il en prononçant son nom comme une insulte.

Bien que je ne partage pas la tradition qui consiste à ne pas révéler les noms et à les garder secrets, je n'aime pas le fait qu'il connaisse celui de mon amie.

– Moi, j'espère qu'elle et le bébé se noieront dans le sang.

Les bavardages et le chaos augmentent autour de nous, toutefois, je m'adresse au mâle d'une voix basse et égale.

– Tu ferais bien de libérer mon bras, guerrier. Le xcléranx Tur'Roth et Krisxox lui-même sont chargés de veiller sur moi…

Il n'en fait rien, au contraire; il me serre plus fort et m'attire encore plus sous le parapluie de sa chaleur. Je grogne et mon cœur lance des éclairs alors que je me souviens avoir été manipulée bien plus brutalement que cela à bord de cet ancien vaisseau Niahhorru. Mes cils s'agitent. Je revois la carcasse sombre d'un pirate Niahhorru à chaque clignement.

– Krisxox est le meilleur d'entre nous. S'il ne te tue pas, c'est seulement parce qu'il suit les ordres qu'on lui a donnés, mais il ne se mettra pas en travers de notre chemin. Quant à Tur'Roth…

L'horrible mâle ricane :

– Il ne pourra pas te protéger.

J'arrache mon bras, mais il m'a déjà lâchée. L'élan que j'ai pris me fait trébucher en arrière, directement sur Tel'Evra.

– Ça va? demande-t-il. C'est une si bonne nouvelle ! J'ai hâte de rencontrer le petit lorsque le Raku et la Rakukanna pourront partir en tournée. Vous nous enverrez des images d'ici là, hein?

Il me faut un moment pour me rappeler de l'endroit où je suis, ce que je dois répondre, et dans quelle langue.

Le temps de reprendre mes esprits et, lorsque je jette un coup d'œil à l'endroit où se trouvait le mâle, il a disparu. À sa place, se trouvent des êtres rassemblés qui rient et sourient.

– Conseillère Svera ? reprend Tel'Evra.

– Oui?

– Vous nous enverrez des images ?

– Des images… Des images du bébé ? Oui, bien sûr. J'en enverrai autant que je le pourrai. Si le Raku et la Rakukanna me le permettent, évidemment.

– Oui, bien sûr ! Bien sûr, répète-t-il en me saluant encore et encore. Tu as entendu, Er'Evra? La conseillère Svera va nous envoyer les premières images holo du nouveau petit…

Il se détourne déjà de moi et je suis attirée par d'autres voix. Celle de Tur'Roth en premier.

– J'ai vu Vendra te parler. Est-ce que ça va ?

Il caresse intimement ma joue en scrutant mon visage et mon corps. Ses attentions sont touchantes… *mais elles n'accélèrent pas mon pouls, ni le souffle dans mes poumons. Il ne fait pas chauffer l'intérieur de mes cuisses. Il ne me fait pas mouiller.*

– Merci, dis-je.

Je me sens un peu bête car ce n'est pas la réponse à apporter à la question qu'il m'a posée.

– Euh… je vais bien.

Physiquement, en tout cas, car cette menace m'a glacé le sang. Elle avait quelque chose de sinistre. Il arrive qu'on me regarde avec malveillance, qu'on grimace, qu'on chuchote, mais personne n'a jamais été assez audacieux pour me menacer comme ça. Pas avec une telle *haine.*

– Bon, je…

Le regard de Tur'Roth fixe un point devant lui. Il se décompose. Ses épaules s'affaissent et ses mains se baissent pour former des poings à six doigts. Les conversations environnantes s'éteignent et les poils de ma nuque se hérissent. Comme si tous ces éléments n'étaient pas suffisants pour signaler sa présence, son odeur me parvient.

Il sent les agrumes. Il est piquant, acide, avec juste assez de douceur pour le rendre supportable. C'est une odeur à laquelle je me surprends à penser tard dans la nuit, c'est une odeur qui me pousse parfois à me caresser…

Elle m'affecte plus qu'elle ne devrait, plus que je ne le souhaite, surtout en ce moment. La crispation de mon estomac provoque une douleur aiguë, un appel puissant dont les ondulations me traversent, menaçant de m'emporter dans leur sillage.

– Krisxox ! je m'écrie.

Ma voix est bien trop aiguë. Je m'éclaircis la gorge et détourne le regard de son visage, sur lequel transparait une colère que la plupart des Voraxians ont appris à ne pas montrer. Malheureusement, cela m'oblige à regarder ses côtes, ou plutôt les plaques qui y sont superposées comme des morceaux de bois bruts. Elles protègent ses organes vitaux.

Il est toujours en sueur. Il brille. Et cette odeur… cette odeur entêtante d'agrumes et de sucre brûlé me rend folle… Je respire un peu plus profondément. Je n'ai jamais pensé que la sueur d'un homme pouvait sentir si propre ou être si étrangement douce.

Un petit dé à coudre de pression vive et chaude transperce mon clitoris, comme s'il avait été agité par un pouce calleux. Je me redresse, je croise son regard. J'essaie de ne pas respirer en demandant :

– As-tu entendu la bonne nouvelle ?

– Tout le monde sur cette putain de xok de planète a entendu la nouvelle ! Qu'est-ce qui t'a pris?

De tendres mèches de cheveux blancs s'accrochent à ses joues. Elles sont creuses, encadrées par une mâchoire sévère et des pommettes hautes. Ses lèvres sombres et vermillon sont pleines. Il me fixe de ses énormes yeux noirs. Ses narines sont dilatées. Il a l'air prêt à dévorer en cet instant et je me sens prête à être dévorée... Puis je prends conscience de ce qu'il vient de dire.

– Je pensais que ce serait une excellente occasion pour le peuple de Qath de célébrer le nouveau membre de leur fédération. Ce qui se passe maintenant est l'événement le plus important de l'Histoire de Voraxia depuis la dissolution de l'empire de Cxrian et l'absorption des Drakeshs dans la fédération voraxiane. Si tu ne le comprends pas, tu es un idiot.

– Je comprends bien, humaine.

Il grogne et baisse la tête. Il me traite avec condescendance et il sait que je déteste ça. Il croise les bras et lèche ses lèvres rouge foncé.

– Mais ce moment ne mérite pas d'être célébré, ajoute-t-il.

Je me crispe. J'aimerais ne pas être aussi touchée par ses propos, mais soit il essaie intentionnellement de me blesser, soit il croit sincèrement ce qu'il vient de dire. La deuxième option est pire que la première, mais honnêtement, aucune ne me réjouit.

Je décide alors que Krisxox doit avoir été placé sur mon chemin par la main du Triple Dieu afin de tester ma foi. Pas ma foi en Dieu, bien sûr, mais ma foi en moi-même. Vais-je surmonter cette épreuve ?

Je ferme les yeux et expire par la bouche. Je compte jusqu'à trois. *Un. Le poids du soleil qui m'écrase à travers la canopée. Deux. Le son des ponts de corde lointains qui se balancent tandis que les vendeurs et les acheteurs envahissent le marché bruyant. Trois. Une boisson froide aux agrumes sous un soleil chaud. L'odeur de la peau de Krisxox. J'ouvre les yeux. Je suis libre.*

— Tu me déçois, Krisxox.

Il sursaute et un muscle de son cou se contracte. Lui aussi, il est touché par mes paroles. Nous nous battons sans cesse ainsi, chaque interaction est un affrontement. Je perds souvent, mais pas aussi souvent que lui.

Le triple Dieu ne place pas devant nous des rivières trop larges pour être traversées.

— Tu fous en l'air mon putain de xok d'entraînement ! Regarde-moi ça. C'est le bordel !

Il n'a pas tort. Seuls quelques guerriers sont dans leur formation initiale. Mais je m'en fiche, l'entraînement n'est pas si important. C'est un jour de célébration, inshallah, et je refuse de le laisser gâcher ça.

— C'est le moment idéal pour partir, alors. Qu'en dis-tu ? L'entraînement est terminé de toute façon…

— Partir maintenant ? Pourquoi est-ce que je partirais maintenant ?

— Je croyais que tu avais compris, Krisxox. La Rakukanna est en train d'accoucher. Il faut partir *maintenant*, et plus pendant la lune comme c'était prévu.

— C'est moi qui te dirai quand il sera temps de partir. Je ne laisserai pas un sale hybride gâcher cette séance d'entraînement ou une autre. Tais-toi, assieds-toi et attends que je te fasse signe.

Les insultes qui me concernent, je peux les supporter, du moins, c'est ce que je crois; mais ce que je ne peux supporter, c'est la façon dont il parle de Miari et du bébé de Raku.

J'ai envie de cogner, de griffer ou de mordre. Je veux entrer dans son arène et provoquer une guerre qu'il est peu probable que je gagne… mais que je *pourrais* gagner.

Les mots se bousculent en moi et je crache les premiers qui viennent, sans réfléchir.

– Tu es immonde, pourri et je te *déteste*.

À cet instant, je le pense, même si je n'ai jamais rien détesté de ma vie.

Il se fige. Même les mèches de ses cheveux, autrefois prises dans la brise, semblent s'immobiliser. Le rouge roule sur ses crêtes alors qu'il me fixe du regard.

– Krisxox, calme-toi, dit Tur'Roth dans mon dos.

Krisxox respire bruyamment maintenant. Ses épaules se soulèvent et s'affaissent à chaque inspiration. Ignorant Tur'Roth, il se penche encore plus près de moi et son parfum… ce parfum cruel joue des tours à mon corps. Mon esprit est trop faible pour le combattre. Je succombe. L'humidité s'échappe de mes sous-vêtements et dégouline le long de mes cuisses serrées.

La bouche de Krisxox s'ouvre. Ses mains tressaillent. Il a aussi l'air de mener une bataille perdue d'avance, car il se rapproche encore plus. Ma poitrine est à un souffle de la sienne. Je le fixe droit dans les yeux. Des éclairs violets illuminent son front. Il étouffe un cri et le son n'est pas moqueur ou méchant, comme je m'y attendais. C'est un cri lourd de désespoir masculin qui s'éteint dans sa gorge.

Je me détourne rapidement de lui. Krisxox ne *doit pas* penser que l'excitation qui s'accumule dans mon corps lui revient. Il ne *peut pas* être récompensé après m'avoir humiliée et avoir insulté ceux que j'aime. Je dois partir immédiatement parce que s'il s'approche encore plus, je pourrais céder… alors, je fais la première et seule chose qui me passe par la tête.

Je me retourne et j'attrape Tur'Roth. Je me hisse sur la pointe des pieds puis je dépose un baiser sur sa joue. Du moins, c'est mon intention; mais Tur'Roth se retourne et ses lèvres vont à la rencontre des miennes.

Il gémit sur mes lèvres, pose sa main derrière ma tête et me maintient en place. Nous nous embrassons, tandis que le mâle que j'ai été si près de tuer ou d'embrasser se tient à un pas de là. Assez près pour que je puisse encore sentir sa peau et la sueur sucrée qu'elle produit. Je n'apprécie pas particulièrement la sensation du baiser de Tur'Roth, mais je gémis quand même car le parfum de Krisxox, présent dans l'air qui m'environne, a encore de l'effet sur moi. Je manque m'évanouir et Tur'Roth me rattrape.

Le baiser n'est pas courant dans la culture voraxiane et il est clair qu'il n'a aucune expérience en la matière. Ses lèvres sont dures et rigides et sa langue envahit ma bouche en glissant bien trop profondément. Je manque m'étouffer et je m'éloigne en le poussant doucement avec mes mains pour mettre un peu d'espace entre nous. Je suis sous le choc.

J'ai embrassé trois garçons avant ce solaire. Les deux premiers étaient des garçons de ma congrégation. Avec les deux premiers, il s'agissait d'un acte de rebellion. Nous avons pressé nos bouches l'une contre l'autre après notre assemblée de jeunes du Septième solaire. Avec le troisième, c'était… c'était une tentative… pour aller plus loin.

Je voulais être préparée pour mon tour dans la Chasse et j'ai demandé à un garçon gentil et doux appelé Raffa de... m'aider. Il a accepté, mais tout ce qu'il a réussi à faire, c'est me terrifier. J'ai battu en retraite lorsqu'il a écrasé ma poitrine à travers ma robe et qu'il a ensuite essayé d'enlever mon foulard. Je ne me suis plus approchée d'un garçon depuis. Jusqu'à maintenant.

– Je...

Je ne sais pas quoi dire.

Tur'Roth s'accroche à mes bras et me serre contre lui. Il respire fort – il est presque à bout de souffle – et les crêtes de son front sont d'un violet éclatant de luxure, tachetées de points de satisfaction brune.

Il me sourit. La honte qui envahit alors mes tripes, au lieu de me calmer, se liquéfie, ne faisant qu'un avec mon excitation. Je peux encore le sentir derrière moi. Je peux encore le sentir, comme s'il me touchait, même s'il ne le fait pas. Oh, que le triple Dieu me pardonne, mais comme j'aimerais qu'il me touche...

J'aimerais que Krisxox soit le seul à me toucher...

– Rentrons, dis-je, sans oser regarder Krisxox par-dessus mon épaule.

Je ne pense qu'à une chose : je dois éloigner Tur'Roth d'ici.

Les crêtes de Tur'Roth deviennent d'un violet encore plus vif et je me rends compte des implications de ce que je viens de dire. *Par toutes les comètes ! Il ne pense tout de même pas que j'ai l'intention de l'inviter à partager mon nid, si ?*

– Je ne voulais pas... Je voulais dire...

– Svera.

Le mot est prononcé d'un ton si sombre et si brutal qu'on dirait une nouvelle langue.

– Éloigne-toi de Tur'Roth.

Mes pensées s'enflamment. Mon ventre est à la fois en acier et liquide, comme du métal en fusion. Il s'enflamme, il me supplie de faire quelque chose, n'importe quoi, pour soulager la douleur.

Je dois réfléchir. Vite !

– Tur'Roth doit m'aider… à porter mes paquets ! Viens, Tur'Roth.

Je m'éloigne de lui, toujours incapable de me retourner pour croiser le regard de Krisxox.

Tur'Roth ne me suit pas immédiatement mais observe plutôt le mâle par-dessus mon épaule, celui dont se dégage une tension si palpable que l'arène qui était en liesse quelques instants auparavant est devenue totalement silencieuse.

Je ne pourrais pas être plus embarrassée que je ne le suis actuellement.

– Tur'Roth, dis-je un peu plus fort en faisant en sorte de rester discrète. S'il te plaît !

Il se met enfin en mouvement, et après avoir lancé un nouveau regard noir à l'homme dont je refuse de croiser le regard, il me suit.

Nous montons l'échelle de corde et traversons le pont. Je ne peux toujours pas me résoudre à parler. Ce n'est qu'à l'extérieur des portes en stalyx de ma maison – de la maison de Krisxox – que je me tourne vers lui.

– Je ne peux pas t'inviter à entrer.

Il acquiesce, mais regarde toujours en arrière, du côté où nous sommes venus. Je remarque qu'il a la main sur l'étui du blaster à sa hanche et je panique. Je suis inquiète car je sais qu'il pense la même chose que moi : il a peur que Krisxox ne lui tranche la gorge.

– Tur'Roth ?

– Hexa, Svera ?

Il me regarde et tente de sourire, mais le cœur n'y est pas.

– Tiens.

Il me tend les paquets qu'il porte.

– Je suis désolée, dis-je en les prenant.

La confusion colore son front.

– Verax.

– J'ai juste…

Je ne voulais pas faire ça. Je ne voulais pas l'embrasser, mais je n'arrive pas à le lui dire…

– Si Krisxox refuse de partir, tu m'emmèneras à la colonie humaine dès que j'aurai fait mes bagages ?

Son sourire devient alors plus large, plus généreux.

– Bien sûr. Ce serait un honneur pour moi.

Pourquoi Krisxox ne me répond pas comme ça ? Ou avec une once de gentillesse au moins ?

– Merci.

Je lui adresse un sourire tremblant et il fait un demi-pas vers moi mais je me détourne rapidement. Je place ma paume sur le lecteur et les portes en stalyx s'ouvrent en un clin d'œil. Je rentre à l'intérieur sans rien dire de plus et, dans l'obscurité, je respire.

Mes jambes tremblent alors que je pose mon panier près de ma place à la fenêtre. J'ai vraiment peur pour Tur'Roth. J'ai un peu peur pour moi aussi. Je sais que Krisxox me déteste et ne veut pas de moi, mais il ne veut pas non plus que quelqu'un d'autre m'ait. Il l'a fait savoir à chaque fois qu'un mâle a fait un clin d'œil dans ma direction.

Je suis en train de transpirer. Est-ce que je transpire beaucoup ? Je me demande si Krisxox pourrait apprécier l'odeur de ma sueur et je fronce le nez à cette idée. Puis je me souviens de son odeur envoûtante quand nous étions si proches. Il me regardait de haut, ses crêtes étaient d'un bel indigo et l'odeur de sa peau m'enveloppait comme un nuage. Que se serait-il passé si nous avions été seuls ? Aurais-je été capable de me souvenir des enseignements du Triple Dieu et de lui résister ?

Non.

J'entre dans ma chambre et je dois appuyer mes deux mains sur le plus grand panier contre le mur du fond pour ne pas tomber. Les paniers contiennent tous mes vêtements soigneusement pliés et même si je devrais être en train de faire mes bagages, pour l'instant, je ne pense qu'à une chose : *enlever* mes vêtements pour soulager la pression entre mes jambes. C'est presque douloureux. Il y a aussi une tension dans mon estomac, comme une bulle. Une bulle qui réclame quelque chose…

Elle veut *éclater*.

Je gémis et le bruit de la porte qui se referme derrière moi me crispe.

– Krisxox?

Je me prépare pour une énième altercation, mais quand je me retourne, une surprise de taille m'attend. Le mâle qui se tient là a la même peau rouge que Krisxox, mais un visage complètement différent.

Ma fièvre se brise sur de la glace. Mon estomac remonte dans ma gorge. Je vais être malade. Je m'écroule contre le panier derrière moi et manque de tomber *dedans*. Je regarde autour de moi à la recherche d'une arme, mais il n'y a rien ici que je puisse utiliser. Ça n'aurait pas d'importance, d'ailleurs. Je n'ai qu'un seul bras armé chargé de me protéger dans cet univers dangereux et assoiffé de sang, et je pense qu'il veut lui aussi me tuer en ce moment.

– Il ne te sauvera pas. Personne ne le fera, dit celui qui m'a menacé, comme s'il lisait dans mes pensées.

Vondah ? C'était son titre ? Je ne m'en souviens pas. Cela ressemble trop à Nondah, un nom que je connais bien.

Lorsque les autres se remettent en marche, je lutte pour rester debout. Mes genoux tremblent. Toutefois, je refuse de me laisser faire, alors je resterai debout jusqu'à ce que je sois désarçonnée et là, je me battrai du mieux que je peux.

Je forme des poings avec mes mains comme Krisxox me l'a appris une fois. Il s'est moqué de moi à l'époque, parce que je ne savais pas donner un coup de poing. Je ne sais toujours pas le faire. Mais lorsque ma colonne vertébrale rencontre le mur de bois poussiéreux à ma droite, je sais que je dois essayer parce que je suis sans bras armé protecteur maintenant que je l'ai blessé, et je n'ai plus nulle part où aller.

« *Krisxox* », pense perfidement mon esprit. Je devrais prier mon Dieu, mais c'est son nom qui résonne en moi.

5

Krisxox

Je. Ne. Peux. Pas. Parler.

Je. Ne. Peux. Pas. Penser. Putain de xok!

La fureur a détruit le mâle que j'étais quelques secondes auparavant. A sa place, il n'y a rien. Le manque me traverse comme le vin qui coule dans une cruche. Le manque, le chagrin… Et par-dessus tout, le *désir*.

Elle lui a donné ce qui m'était destiné. C'était à moi et il l'a eu ! Combien de fois ai-je rêvé de presser ma bouche contre la sienne ? Combien de fois me suis-je exercé sur d'autres femelles ?

Et je l'ai fait pour elle.

Elle pense que je ne vaux rien, que je me comporte comme une pute, et je peux le comprendre. Il y a du vrai dans tout ça. Mais depuis que je la surveille, je n'ai pas couché avec une seule femme. Je les ramène chez moi, hexa, et je les embrasse jusqu'à ce que ma mâchoire me fasse mal, mais c'est tout.

D'ordinaire, les Voraxians ou les Drakeshs n'embrassent pas. Mais depuis la découverte des humains, embrasser est devenu populaire. Parfois, quand je suis faible, je m'imagine l'embrasser pour la première fois. J'imagine qu'elle aime ça. Putain de xok, j'imagine même qu'elle oublie son propre nom et tout ce qu'elle sait jusqu'à ce qu'il ne reste plus que moi. Dans ces moments, je veux être son univers, *parce qu'elle est déjà mon univers. Elle m'a déjà détruit.*

Puis Tur'Roth est venu… il est venu et a juste… pressé sa bouche contre la sienne et l'a serrée contre lui. Je… je vais l'écorcher vif et ensuite jeter les morceaux en bas pour que les chats cavras les mangent. Et je vais… je vais lui faire plus de mal encore.

La rage monte et atteint des sommets quand je réalise que je ne peux même pas penser à ce que je ferais. Qu'est-ce que je *pourrais* faire ? Je pourrais… je pourrais l'attraper… hexa, je pourrais l'attraper… puis *je la plaquerais contre le mur de sa chambre et ensuite je pourrais voler ce baiser qu'elle a si volontiers donné à Tur'Roth. Un baiser qui me revenait de droit.* Que penseraient mes parents si je la goûtais de mon plein gré, si je pressais mes lèvres contre les siennes…

Le désir s'enfonce dans mes tripes comme une lame et à mi-chemin du pont de cordes, je m'effondre. D'autres Voraxians s'arrêtent. Ils refusent de passer devant moi. Je les fais fuir en criant et une jeune femme portant un panier de serpents d'Endor vivants, probablement prêts à être dépecés, me contourne au pas de course.

Les autres s'arrêtent, attendent, et me laissent m'agripper à la balustrade. Je me débats et finis par trouver mes propres repères sous les regards inquiets et les chuchotements. Je sais qu'ils parlent de moi. Ils pensent que je suis en train de sombrer dans la folie qui a emporté Peixal, le Bo'Raku déchu. Il n'avait pas entièrement tort, le peuple Drakesh est une race supérieure, mais la façon dont il s'est accouplé de force avec les femelles humaines est dégoûtante. Même s'il faut reconnaître que ce sont des *êtres humains*, après tout, des êtres sans valeur…

Par contre, *s'il avait forcé ma Svera à s'accoupler avec lui, je jure devant Xana elle-même que je lui aurais arraché les yeux du crâne juste pour qu'il puisse me voir le lacérer avec mon épée.* Je titube à nouveau sur le pont de cordes.

— Krisxox, as-tu besoin d'aide ? me demande le Lira.

C'est le chef des tisserands, il porte de longues herbes séchées dans un panier sur son bras. Je saisis le panier et le jette sur le pont de bois derrière moi. Beaucoup de morceaux d'herbe glissent à travers les grilles en ardoise sous nos pieds. C'est un ancien respecté. Le regard empli de surprise et d'horreur qu'il me jette suite à la perte de tant de dur labeur me fait presque tomber à genoux.

— Ne me parle pas ! je rugis.

Le marché s'immobilise. Je m'avance. Vers elle. Je suis la pression furieuse de mon xora dans mes cuirs d'entraînement. C'est *dégoûtant*. Putain de xok, je devrais couper cette chose. *Putain de xok ! Maudit soit-elle.* Je respire difficilement. Je tente de conserver le contrôle qu'il faut pour retenir les émotions qui brûlent comme des sirènes dans mes crêtes. Des crêtes qui annoncent à tout Qath — à tout Voraxia — que moi, Krisxox, dernier d'une lignée de Drakeshs purs et fiers, j'ai une humaine dégoûtante, misérable et pathétique pour Xi…

« *Krisxox.* »

Je lève les yeux. Un vent froid effleure soudain ma joue, il murmure mon nom. Je tends l'oreille pour écouter la brise et j'attends de l'entendre à nouveau, ce qui ne tarde pas.

« *Krisxox.* »

Le froid revient, plus violemment maintenant. Un coup d'œil aux autres personnes entassées sur le pont de corde et je sais que ce vent froid n'a rien de naturel. Personne d'autre ne le ressent. Ce froid *étrange* n'atteint que moi et en ce moment, il touche l'endroit situé directement entre mes deux cœurs – *l'endroit où vit Svera.*

J'avance plus vite que je ne l'ai jamais fait, en me traînant le long des grilles. Je saute et atterris durement au centre du pont qui mène à ma maison. La porte est fermée et la plate-forme qui entoure ma maison est vide. Non. Il y a *quelqu'un.*

Sa main atteint le blaster à sa ceinture. Une peur rose balaie ses crêtes mais je ne parviens pas à canaliser mon énergie vers lui. Quelque chose de plus impérieux que mon besoin de l'empaler me pousse directement vers ma porte, vers ce qu'il y a derrière.

L'obscurité de ma maison se referme sur moi alors que la porte se ferme dans mon dos. « Krisxox… »

J'entends sa voix aiguë venant de sa chambre au bout du couloir. C'est le son que portait le vent froid.

Je reconnais cette voix, c'est la voix qu'elle avait cette fois-là…

Sur le vaisseau de classe C, j'ai cru l'entendre murmurer… et quand j'ai foncé vers le son, je l'ai trouvée sous Nondah.

Il y a un bruit sourd et un cri et, pendant un moment, le temps ne passe plus.

Svera hurle une seconde fois et ce nouveau son est un poing qui descend dans ma gorge, attrape mes entrailles et les arrache à travers mes dents brisées.

Le temps que mes pieds mettent à me porter jusqu'à sa porte me semble une éternité. L'ouverture de la porte prend une autre éternité. Je me précipite à l'intérieur de sa chambre où son parfum – une fumée odorante, un bois profond, une épice cramoisie – enveloppe toute chose. Arrivé là, je découvre que cet arôme parfait est ruiné par des parfums étrangers.

Il y a des mâles dans sa chambre. Trois mâles.

L'un d'eux a sa main autour de son poignet tendu. Ses poings sont serrés. A-t-elle essayé de se battre ? Cette idée me rend fou.

Un autre se tient en retrait et observe.

Le dernier tient un couteau.

– Svera…

Ma voix est froide, calme. Je ne ressens rien.

Les mâles dans la pièce se tendent, se retournent et me voient. Ils se dispersent et s'agitent, comme s'ils ne savaient pas si je suis là pour les réprimander ou pour les rejoindre. Je ne suis là ni pour l'un ni pour l'autre, cependant.

Je suis ici pour les éviscérer. Pour faire en sorte qu'ils n'aient jamais existé.

Svera s'arrache à la prise du mâle. L'élan l'envoie en arrière sur le nid. Elle pousse rapidement l'extrémité de son costume pour couvrir ses pieds. Elle me fixe de ses grands yeux brillants et humides. Son menton tremble. Ma rage monte et atteint son apogée.

J'incline mon menton vers elle pour lui indiquer le mur le plus éloigné et elle comprend facilement ce que je veux dire.

Elle rampe jusqu'au bord du nid et roule par-dessus. Elle se réfugie dans l'espace étroit entre le nid et le mur pour être à l'abri du sang qui va pleuvoir.

– Krisxox, me dit un mâle.

Je ne sais pas de qui il s'agit, mais cela n'a pas d'importance.

Je lui fais un signe de tête, pour lui donner la permission de parler. Ses crêtes s'enflamment de blanc, de noir et de rouge. L'horreur m'assaille quand je constate qu'il ne me craint pas. Il me considère comme un allié. Pense-t-*elle* aussi cela de moi ?

Dans un moment de faiblesse, je décide que si c'est le cas, je vais devoir lui prouver le contraire. *Je le prouverai à tout le monde. Et à moi-même pour commencer…*

– Nous voulions vous rendre service en faisant sortir cette humaine répugnante de chez vous, dit l'un d'eux.

Le troisième mâle ajoute :

– Son espèce est une abomination ! Cette humaine pense qu'elle peut nous dicter notre conduite. Elle croit qu'elle peut établir des règles pour nous dire comment interagir avec les humains. Elle veut que nous nous reproduisions avec son peuple sur un pied d'égalité. C'est dégoûtant. Nous allions lui rappeler qu'elle n'est rien de plus qu'un animal en la donnant à manger aux cavras.

Celui-ci semble être leur chef, c'est donc lui qui mourra dans les pires souffrances. Après ce discours prononcé sur un air entendu, il rit.

Il rit.

Il rit et je grimace pour montrer toutes mes dents. En voyant ce rictus, les mâles se regardent.

Celui qui est sur le côté droit recule. Il mourra en second alors, puisque c'est le plus lâche.

– Vous voulez dire que vous vous êtes introduits tous les trois dans ma maison, celle de votre Krisxox, pour massacrer la femelle dont j'ai la charge ?

Je parle comme mon père, juste avant qu'il me fouette. Il le faisait pour me rendre plus fort, disait-il. Ça a marché. Et maintenant je vais montrer à ces mâles ce qu'est la force.

Ils se regardent à nouveau. Celui de droite porte sa lâcheté sur ses crêtes maintenant. Elles brillent d'une couleur taupe. Il est incertain.

Le chef reprend la parole.

– Nous voulions vous faire une surprise. Nous savons que vous ne la gardez que parce que Raku vous l'a ordonné, mais il est *faible*. Il n'y a qu'à voir la façon dont il s'est laissé manipuler par l'*oud* hybride pour s'en convaincre. C'est dégoûtant.

Oud. C'est un terme si grossier que je ne me souviens pas de la dernière fois que je l'ai entendu. Il me remplit d'excitation guerrière. Il a l'odeur de la senteur qui inonde la plaine de la bataille juste avant un assaut, ce parfum métallique flotte dans la pièce.

Je hoche la tête.

– Vous croyez donc que c'est la seule raison pour laquelle je surveille la femelle ? Parce que le Raku me l'a ordonné ?

Ils acquiescent tous, mais ne parlent pas. Quand je fais un pas de plus vers eux, ils semblent tous les trois se recroqueviller. Je relâche la prise sur mes crêtes et laisse le pouvoir du Xanaxana les remplir d'une couleur que je passe la majeure partie de mes solaires à essayer de cacher.

– Putain de xok, maudit le chef.

Leurs crêtes maintenant roses s'enflamment tout autour de moi. La peur s'est emparée d'eux. Nox, pas la peur : la terreur. Je veux qu'ils soient aussi terrifiés que Svera l'a été.

– Vous faites erreur, je murmure.

Puis je lève ma main gauche et, tandis que les couleurs brillent à travers moi, je les achève tous les trois.

C'est calme et serein que je m'installe dans la transe de la bataille. Le temps n'existe plus. Seuls la stratégie et les coups à parer comptent. Les mouvements donnent lieu à des actions alors que je saisis le meneur par les cheveux et par les plaques de son dos.

Il se retourne et adopte une position de combat – une position que je lui ai enseignée – et lorsqu'il me donne un coup de pied, je dois le relâcher pour éviter la lame qu'il sort de son kilt d'entraînement.

Il me charge à nouveau, mais c'est comme s'il se déplaçait au ralenti. Je m'écarte facilement, saisis sa main armée d'un couteau et, alors qu'il trébuche, je lui passe le bras derrière le dos et le casse.

Il hurle et je lui donne un coup de pied dans les deux genoux sur le côté. Ses deux jambes sont cassées. Je le pousse en avant, attrape le couteau et le jette sur le lâche qui tente de s'enfuir. Il l'atteint dans le bas du dos, comme je le voulais. La colonne vertébrale est sectionnée net entre la deuxième et la troisième vertèbre, ce qui paralyse ses jambes.

Il tombe au sol et je me tourne vers le mâle restant. Il se met en position de combat, mais au moment où je feinte vers lui, il essaie de s'enfuir.

Je le retrouve sur le seuil, je l'attrape par l'arrière de la tête et je lui écrase le visage contre le mur, puis à nouveau assez fort pour briser la moitié inférieure de son visage, abîmant son nez, sa bouche et sa mâchoire, mais pas assez fort pour l'aveugler.

Nox, je veux qu'il voie *tout*.

J'attrape les mâles dans la chambre de Svera et je les traîne dans le hall par les cheveux. Je les traîne au-delà des fosses de cuisson, hors de la maison et sur la plate-forme qui l'entoure. Je ne regarde pas Tur'Roth.

Je sens sa présence mais, si je le regarde, je le tuerai, et malheureusement, je ne peux pas tuer ce crétin juste parce qu'il a été négligent et stupide. Que m'arriverait-il si je le faisais ? Finirais-je exilé sur Kor ? Et-ce que je m'associerais aux pirates Niahhorrus pour voler des femelles humaines dans l'espoir de retrouver la mienne ? Je ne pourrai pas faire autrement, j'y serai obligé. Xana ne me laisse pas d'autre choix.

Je viendrai toujours la chercher.

Alors que j'envoie valser les mâles, je suis conscient des regards que me lance la foule qui s'est rassemblée. *Laisse-les regarder. Ils feront savoir à tout le monde ce qui arrive à ceux qui s'en prennent à Svera.*

Je commence à enlever leurs armures jusqu'à ce qu'ils soient tous complètement nus, puis je jette leurs kilts ensanglantés de la plate-forme et j'entends les cris des animaux en bas qui s'excitent. J'entends de grosses bêtes qui chassent des créatures plus petites, puis je perçois le grognement inimitable du cavra. *Xhivey. Ils vont beaucoup apprécier ma prochaine offrande.*

— Krisxox, notre Krisxox, nous sommes vos honorables combattants ! hurle le lâche.

Il halète, des crachats s'échappent de ses dents alors qu'il s'agrippe à la blessure dans le bas de son dos.

Le mâle au visage fracassé essaie de dire quelque chose, mais n'y arrive pas. Le chef hurle :

— Que la femelle aille se faire xok ! Elle ne vaut rien. Elle n'a même pas pu nous combattre. Elle n'a fait que vous appeler.

Échec.

Le mot me parvient encore et encore. J'attrape le chef, puis je me souviens – *lui, il doit souffrir longtemps.* Alors je saisis le mâle au visage brisé à la place. Je le jette par-dessus mon épaule, je me lève et je vois son visage.

Face à moi, il n'y a que du noir. La couleur est pure et belle. Elle reflète ma soif de sang. Je la ressens à nouveau. J'essaie d'abattre cette masse noire, mais c'est un werro robuste qui encaisse mes coups sans bouger.

– Krisxox, dit Tur'Roth en avançant vers moi l'arme dégainée. Fais attention. Mets le…

– *Où étais-tu ?*

Sa mâchoire s'ouvre. Son regard se dirige vers la porte de ma maison.

– Je…

– Tu aurais sagement attendu dehors qu'ils prennent leur temps pour la tuer. Tu étais dehors, *c'est là que tu étais.* Dégage, si tu ne veux pas aussi devenir un casse-croûte pour les cavras !

Tur'Roth s'écroule comme le lâche qu'il est. Il s'éloigne de moi en trébuchant et heurte la corde du fond. Il s'en éloigne en sursautant, comme si elle allait l'attraper et le traîner en bas.

– Dégage ! je répète. Et ne reviens pas. Si je te revois, j'enlève tes plaques et je te retire ton titre. Tu n'es pas un xcléranx, tu n'es qu'un incapable. Si je te laisse partir d'ici avec ton titre, c'est uniquement pour Svera.

– Je…

Il essaie d'être courageux.

– Tu dis ça parce que Svera m'a embrassé et que tu es jaloux !

– *Bien sûr que je suis jaloux ! Elle est mon âme sœur Xiveri putain de xok !*

Les couleurs de mes crêtes inondent le monde de lumière. Elles sont si vives que j'en suis momentanément aveuglé.

Ma poitrine se soulève. Je halète :

– Si tu te mets encore une fois entre mon âme sœur Xiveri et moi, je t'anéantirai.

Je lutte pour respirer. Je suis étourdi.

– Je t'anéantirai, Tur'Roth. Je ne plaisante pas. Maintenant, *dégage*.

Ses crêtes sont plâtrées de blanc. Sa bouche est ouverte. Il n'est pas le seul. Le blanc touche tous les fronts de ceux qui sont sur le pont de corde autour de moi. Tant de visages me regardent maintenant. Je ne pourrai plus faire machine arrière. Tout Voraxia le saura. Svera le saura. Mes parents le sauront.

Je devrais être terrassé par l'humiliation; mais dans mes cœurs, une autre émotion prend le dessus : la *fierté*.

Tur'Roth acquiesce et me fixe du regard.

– Pardon, Krisxox. Je… ne savais pas.

Il acquiesce à nouveau et je le regarde fixement jusqu'à ce qu'il se retourne et se fraye un chemin à travers la foule.

Je hisse le mâle plus haut sur mon épaule et me tourne vers la balustrade au bord de la plate-forme. Là, se trouvent des cordes épaisses et rétractables en stalyx montées à intervalles réguliers qui permettent une fuite rapide. J'en saisis une, j'appuie sur le bouton de déclenchement et elle se déploie dans ma paume.

En sautant du bord de la plate-forme, je laisse la corde me propulser vers le bas à sa vitesse maximale. Je repousse les branches qui menacent de me mettre hors d'état de nuire et, par deux fois, je dois tirer sur le mécanisme pour ralentir ma descente afin de ne pas nous tuer. Nox, j'ai besoin que le lâche qui pleure et gémit dans mes bras reste vivant pour le moment. Je veux qu'il voie ce qui l'attend.

Nous n'avons même pas atteint le sol moussu de Qath que le premier cavra bondit sur moi. Je fais pivoter le corps du lâche autour du mien et l'utilise comme bouclier alors que le roi cavra plante ses griffes dans la peau épaisse du lâche. Il me l'enlève et j'écoute ses cris tandis que le mâle cavra se nourrit de ce qui était son corps.

Je tire sur la corde et je grimpe.

Je répète le processus avec le deuxième mâle. Quand j'arrive avec le chef, les cavras sont rassasiés et retournent à leur tanière. Je laisse donc le cadavre hurlant du chef aux gevraos. Ce sont de gros rongeurs qui, comme les chats, sont au sommet de leur chaîne alimentaire. Leur particularité est qu'ils mangent lentement.

Je les regarde se régaler d'abord de ses jambes et de ses bras. Ils se fatiguent après avoir rongé ses cuisses et c'est là que le choc se produit. Il s'évanouit. Je suis sûr qu'il se réveillera au moins une fois de plus avant qu'ils ne le tuent. Je suis satisfait.

Je respire à nouveau.

Je remonte la corde, rétracte le câble et m'agenouille sur la plate-forme devant ma porte ouverte. Comme une soupape libérant de la vapeur, je me sens capable de bouger, mais guère plus. Je me lève et m'accroche au mur avec tant d'acharnement que mes griffes s'y enfoncent.

Ce n'est pas la rage qui a soudainement rendu mes jambes si flageolantes, et ce n'est pas la peur non plus. C'est le Xanaxana. Maintenant que je l'ai libéré, il ne veut pas retourner à l'endroit où je l'ai caché. Il veut être connu.

La bataille est acharnée, mais je finis par gagner et j'entre en titubant à l'intérieur. Les couleurs de mon front ont disparu. Je trébuche dans le couloir et atteins la porte. Quand je regarde à l'intérieur, Svera se tient au pied de son nid. Elle a l'air à la fois féroce et vulnérable.

Elle s'accroche d'une main au bord de son nid. L'autre se lève pour toucher son foulard qui est tombé sur le côté, révélant un paquet de boucles duveteuses groupées sur sa nuque.

Elle touche les symboles accrochés à des perles usées au centre de sa poitrine.

– Merci, pleurniche-t-elle d'une voix brisée.

J'ai oublié que je ne mène pas une simple bataille contre Xana, mais une guerre. Il surgit à nouveau, cette fois avec encore plus de force, et mon front s'illumine, projetant mille couleurs dans la pièce.

Je m'éloigne du mur où je me tiens en rugissant et j'avance sur Svera. Je la capture dans mes bras. Je supporte tout son poids alors qu'elle s'abandonne.

– Es-tu blessée ?

Mes paumes effleurent son corps, passent sur ses épaules et son dos, sa taille et ses hanches. Elle a l'air d'aller bien. Il y a bien des larmes sur son visage, mais elle est vivante, elle est ici, elle est avec moi.

– Svera ?

Elle acquiesce.

– Hexa, répond-elle. Est-ce que… est-ce que tu vas bien ? Tu es couvert de sang… il y en a partout.

Sa poitrine se contracte. À cette vue, mes crêtes se couvrent de rose.

– Tu peux respirer ?

Je place ma main sur sa poitrine. Je peux sentir ses poumons se débattre.

– Je…hexa.

Elle s'arrête.

– Svera, respire.

Je la presse contre ma poitrine et laisse ses yeux humides et larmoyants verser des larmes sur mon cou, mouiller les mèches de mes cheveux en les imprégnant de ce liquide chargé de sel et de métal.

Je passe mon pouce sur le cartilage de son oreille. C'est si doux et si étrange… Il bouge sous mon doigt comme du caoutchouc.

– Je n'aurais pas dû te repousser, je grogne contre sa peau.

Elle est douce comme de la cendre. Elle est effroyable. Méprisable. Humaine. Elle est à moi.

Je lèche la peau à la naissance de ses cheveux, je goûte la sueur qui s'y est formée. Ce geste ne devrait pas me remplir de désir, mais c'est le cas. Comme chaque fois que je la touche.

Je reprends :

– Je n'aurais pas dû…

– Je n'aurais pas dû embrasser Tur'Roth.

Je suis surpris. Je ne m'attendais pas à cette réponse de sa part. Je sens mon xora s'agiter. J'effleure le long de la courbe de son visage avec mes griffes, je glisse ma main derrière sa nuque et lui tire la tête en arrière.

– Nox, tu n'aurais pas dû, je grogne.

Ses ongles grattent l'extérieur de mes bras. Sa bouche et ses yeux sont bouffis, gonflés, et elle n'a jamais été aussi belle. Elle se lèche les lèvres et mon xora durcit. Je grogne et j'éloigne rapidement mes hanches d'elle pour qu'elle ne puisse pas le sentir, mais elle suit la ligne de mon corps avec le sien. Elle se colle à ma poitrine.

– Doucement, Svera…

Elle ne m'écoute pas, au contraire. Un frisson parcourt son corps et elle murmure :

– C'est toi que je voulais embrasser.

Cette petite humaine est impitoyable et elle a une volonté de fer. Je le sais maintenant avec certitude. Parce que quand elle se penche en avant, je n'ai pas d'autre choix que de me soumettre à sa volonté.

Mon corps se raidit et je vais à sa rencontre. Ma bouche plane sur la sienne. Mes mollets tremblent et j'essaie de les raidir, mais ce que je veux vraiment c'est m'allonger et entrer en elle encore et encore et encore… C'est ce que je ferais, si elle me laissait faire. C'est ce que je ferais si elle n'avait pas été quasiment agressée quelques secondes plus tôt à cet endroit. Dans ce nid dans lequel je m'imagine la prendre.

– Embrasse-moi, dit-elle.

J'ai fréquenté d'innombrables femelles, mais jamais je n'ai produit un tel son, jamais. C'est comme si j'avais été étranglé. Peut-être que je le suis. Elle me tient dans ses fers et je ne peux pas m'échapper.

– Tu viens d'être agressée. Je ne devrais pas.

– Krisxox…

Je la pousse contre moi et ma bouche se pose sur la sienne. Je l'embrasse. J'ai beau avoir passé des lunes à m'entraîner, je suis sous le choc.

Ce n'est pas possible…

Elle n'est pas…

Elle ne devrait pas… être si *douce*.

Sa chaleur est un brasier qui me plonge dans la confusion. Je ne réagis pas du tout après ce premier contact. J'absorbe juste la sensation de sa bouche chaude et gonflée quand ses lèvres rencontrent les miennes et qu'elle me goûte avec tant d'impatience.

C'est cet empressement qui me déstabilise. Qui cause ma perte. Qui fait plier mon genou gauche. Je dois le bloquer pour pouvoir rester debout.

– Krisxox, *supplie*-t-elle.

Je peux percevoir *la puissance du désir dans sa voix. C'est la troisième fois que je la déçois. Je ne la décevrai pas une quatrième fois.*

Mon instinct me pousse à la dévorer, mais je veux que ce soit différent. Je ne veux pas qu'elle puisse me comparer à Tur'Roth, qui a enfoncé sa putain de xok de langue dans sa gorge juste devant moi ! Je ne veux pas qu'elle pense à un autre mâle quand elle est dans mes bras. Je veux qu'elle soit hors du temps et de l'espace, tout comme je le suis.

Je moule mes lèvres contre les siennes, inhalant son souffle, touchant soigneusement sa langue avec la mienne. Je l'embrasse tendrement, je prête attention au goût salé que ses larmes ont donné à sa bouche.

Elle a le goût d'un champ de bataille. La saveur d'une ceinture d'astéroïdes pleine de mines. Et je m'écrase sur chacune d'entre elles.

Elle a un fumet sombre, sanglant.

Je le goûte dans son haleine, comme la fumée après que l'air se soit éclairci. Je le laisse remplir mes poumons. Je passe mon bras sous son cul et la hisse contre moi. Je la tiens assez haut pour qu'elle ne puisse pas sentir mon érection contre son intimité chaude, assez haut pour qu'elle me regarde de haut. Elle soupire doucement à chaque fois que nos lèvres se rencontrent.

Puis subitement, quelque chose d'étrange se produit.

Elle cligne des yeux et place ses mains de chaque côté de mon visage, comme si elle essayait de se stabiliser en se balançant. Le noir au centre de ses yeux s'est agrandi et je plonge dedans, nageur solitaire contre un millier de vagues.

Quelque chose *change*. L'air devient plus lourd, plus épais, plus difficile à respirer. Je sens le poids sur ma propre poitrine se relâcher très légèrement et juste au moment où cela se produit, Svera gémit.

Elle *gémit*.

— Svera…

Ma prise se durcit autour de son corps et je commence à la faire descendre, mais elle se tortille.

— Krisxox.

Elle gémit au moment où sa poitrine entre en contact avec la mienne. Elle *se frotte* alors impitoyablement contre moi.

— Putain de xok…

— Touche-moi, s'écrie-t-elle. S'il te plaît !

— Svera, tu viens d'être…

Trouve des excuses, dis-lui pourquoi tu ne peux pas la toucher ! C'est une humaine. Je suis Drakesh. Je suis Krisxox alors qu'elle porte toujours son nom d'esclave. Il n'y a rien qui nous lie.

Rien… à part l'univers.

— Emmène-moi au nid et touche-moi, gémit-elle encore.

Je titube, je dois m'agripper au nid pour nous maintenir tous les deux debout.

— Mais c'est ici qu'ils ont failli…

— Il ne s'est rien passé, parce que tu étais là. Tu m'as sauvé la vie.

Elle relâche son poids contre mon bras, ne me laissant pas d'autre choix que de la poser au centre du nid.

Pour être honnête, j'aurais pu faire autre chose, mais j'ai préféré l'allonger là.

– Svera…

Je fais un pas en arrière, mais c'est le seul que je puisse faire. J'attrape mon xora et, à travers mon kilt épais, j'essaie de le dompter.

Les yeux de Svera s'enflamment et elle écarte les jambes. Mon esprit s'embrase et ma queue fouette l'air frénétiquement.

– Krisxox, *s'il te plaît.*

Elle me supplie. Mon âme sœur Xiveri est en train de me supplier de la baiser. Putain de xok, Krisxox, qu'est-ce que tu fous ?

Hexa, c'est une humaine. Je suis Drakesh et elle, elle est… *tellement parfaite.*

Je m'avance sur le nid, je couvre son corps avec le mien, jusqu'à ce que je me souvienne que Nondah avait adopté la même position. Alors je me déplace sur le côté. Je ne veux pas entraver sa liberté de mouvement. Je ne veux pas lui faire de mal.

Elle se rapproche de moi et se tourne sur le côté pour me faire face. Elle s'agrippe à mon épaule, j'attrape son cou, je lui fais basculer la tête en arrière et quand elle gémit, toute retenue s'envole au vent.

Ma langue lèche sa bouche ouverte et j'aspire la chaleur sombre que je trouve. Elle devient plus audacieuse, mord ma lèvre inférieure entre ses dents, avant de passer de ma bouche à ma mâchoire puis à mon cou.

Putain de xok ! On peut embrasser le cou ?

Cela… ne faisait pas partie de mon entraînement.

À ma grande surprise, les nerfs s'enflamment dans tout mon corps. Instantanément, je veux voir sa réaction quand je lui fais la même chose.

Je m'arrache doucement à son étreinte, ses cheveux glissent, et je dévore sa gorge, mordant durement la peau que je trouve.

Elle gémit mon nom et je ne peux plus penser. Rien d'autre ne compte. Rien n'est plus important que le poids dans l'air, et la sensation qui nous lie.

– Tout ce à quoi je pensais quand ils étaient là, c'était au vaisseau et à Nondah. J'avais tellement peur…

Ses mots contredisent ses actions quand elle attrape ma main et la pose sur sa poitrine.

Mes doigts la caressent de leur propre chef. Je suis terrassé. Terrassé par le besoin, par le désespoir et le soulagement. Je suis terrassé par toutes les émotions qu'elle a fait naître en moi.

– Moi aussi.

Ses mains sans griffes s'enfoncent dans mes cheveux. Elle me serre contre elle de toutes ses forces.

– Mais tu es venu me sauver.

Bang. Bang. Boom. *Krisxox.*

– Tu es venu me sauver, comme tu l'as fait la dernière fois.

Je la fixe du regard, et le temps s'écoule entre nous tandis que j'énonce l'impensable :

– Je viendrai toujours te sauver.

Ses yeux sont humides et sa main se tend entre nous vers mon kilt, mais je me détourne de son contact. Je ne peux pas faire ça. Pas comme ça.

Un éclair de douleur traverse son expression et mes tripes se tordent. Je veux lui expliquer ce que je ressens, mais je ne sais pas quoi lui dire. Alors, je retourne vers sa gorge, et je la couvre de baisers. J'expérimente. Qu'est-ce qui pourrait déclencher à nouveau ces magnifiques gémissements ?

Je goûte son oreille, en suçant le lobe et en mordant dans cette coquille douce.

– Ahh !

Elle crie maintenant. Son dos se cambre et elle pousse ma main vers le bas de sa poitrine, puis plus bas, encore plus bas, jusqu'à ce que je puisse sentir ses boucles à travers sa tenue.

– Oh, c'est chaud… Tellement chaud, je gémis en délirant de désir.

Je masse doucement cette chaleur et elle se tortille de façon incontrôlable. Je suis sur le point de répandre ma semence sur elle et je ne l'ai même pas encore vue. Pourtant, j'ai besoin de la voir. Je ne vais pas la prendre, mais je ne vais pas la laisser comme ça.

Je saisis sa chemise dans un poing et je tire. Je m'attends un peu à ce qu'elle me dise d'arrêter puisque son Dieu exige qu'elle reste couverte. Contre toute attente, elle soulève ses hanches et tire encore plus sur sa chemise. Je vais trop lentement pour elle.

Je ris. Quand je m'éloigne un peu et que je regarde son visage, je le vois.

Elle est hors du temps et de l'espace.

Complètement hors du temps et de l'espace.

Je remonte sa tenue jusqu'à sa taille et je descends jusqu'à ce que mes doigts touchent enfin la fourrure. Là, ses boucles sont plus denses que celles de ses cheveux, mais elles sont de la même couleur. Et elles sont *trempées*.

– C'est pour moi que tu es mouillée comme ça, humaine ?

Les points noirs de ses yeux se contractent… mais seulement jusqu'à ce que je me fraye un chemin à travers la fourrure jusqu'à la petite partie de peau douce juste en dessous.

Elle halète, sa main attrape mon épaule et elle enfonce ses griffes émoussées dans ma peau.

– Krisxox ! Par toutes les étoiles !

Elle ne jure jamais. Cette exclamation est la plus licencieuse qu'elle ait jamais prononcée, et ça me fait sourire encore une fois.

– Tu n'as pas l'habitude, hein ? je demande.

Quand elle secoue la tête, je me sens inondé de satisfaction. Je fais tourner mes doigts autour de la peau qui la fait se tordre et se tortiller, puis je les fais glisser plus bas. Elle ferme les yeux. J'embrasse l'espace entre eux.

– Je n'ai pas encore émoussé mes griffes, donc je ne peux pas entrer en toi avec mes doigts.

Elle halète, son visage se tord. Elle semble souffrir, mais elle n'a pas mal, au contraire…

– Krisxox… J'ai besoin…

– Chut. Tu sais que je vais te donner ce dont tu as besoin, n'est-ce pas, humaine ?

Elle ouvre de grands yeux, quelque peu craintive, lorsque j'utilise toute ma paume pour masser son intimité. Elle essaie de rapprocher ses jambes, mais j'enroule ma queue autour de son genou et la garde ouverte et exposée pour moi.

– Tu n'as rien à craindre, Svera. Pas avec moi. Jamais. Fais-moi confiance.

Elle acquiesce. Ses yeux sont humides alors que la pression de ma paume contre ses boucles chaudes devient plus intense. Mes doigts effleurent soigneusement sa peau sensible.

Des ruisseaux de son arôme magnifique se répandent sur ma main tandis qu'elle frissonne et lutte pour respirer. Sa bouche rejette des souffles silencieux et elle m'agrippe si fort que je peux voir ses bras trembler.

Je frotte ma paume plus doucement contre sa peau tendre et je regarde le premier orgasme monter dans son corps. Chaque centimètre de sa silhouette est tordu par le plaisir que je lui donne. Quand l'orgasme atteint son apogée, elle me surprend à nouveau en criant :

– Putain de xok !

Elle s'accroche à moi comme si sa vie en dépendait. Des gouttes d'eau coulent de ses yeux, ses talons s'enfoncent dans la fourrure et il suffit que mes hanches se frottent contre le nid pour que son orgasme déclenche le mien.

J'essaie de le réprimer pour rester présent pour elle, mais c'est trop puissant. Il me prend aux tripes, tout comme Xana me prend aux tripes. D'un seul coup. Je suis dans les vapes.

Je me cambre sur elle et presse mes lèvres contre les siennes. Même si on peut difficilement appeler ça un baiser tant nous sommes serrés, je veux la goûter quand elle jouit pour la première fois.

Une première fois qui sera suivie de bien d'autres.

Que penseraient mes parents…

– Putain de xok !

Cette fois, c'est moi qui jure.

Nos lèvres se quittent quand je m'élance pour recouvrir son corps. Je me plante sur les fourrures par-dessus son épaule tandis que ma main continue de monter et descendre frénétiquement sur mon xora placé non loin de sa fente humide et chaude. Mes hanches continuent à aller d'avant en arrière sur les fourrures… *Xok* !

J'éjacule avec violence. Je sens gicler le sperme sur l'intérieur de mon kilt et je suis furieux qu'il ne se répande pas sur elle. Je veux la couvrir de sperme. Je veux le voir sur ses seins, dans sa chatte, sur sa langue.

– Svera !

– Krisxox !

Nous avons crié en même temps. Elle a crié sans retenue en s'accrochant à moi. Ses hanches se soulèvent du nid et se frottent contre ma paume alors qu'elle gère son propre orgasme comme elle l'entend. Je suis ses pulsations, ses tours et son rythme, jusqu'à ce que mon xora déverse sa dernière goutte et que ses halètements s'arrêtent.

Le temps passe. Beaucoup de temps. Je cligne des yeux, éveillé par la douce sensation de ses doigts sur l'extérieur de mon bras.

Je suis allongé à côté d'elle, elle me regarde.

– C'était… commence-t-elle.

– Juste le début, je réponds.

Je me sens idiot. Je n'aurais pas dû dire ça. Elle est toujours humaine. Je suis *toujours* Krisxox.

– Oh, par toutes les étoiles. Qu'est-ce que j'ai fait ? demande-t-elle.

Elle se couvre les yeux avec sa main. Je pense la même chose, mais la panique me saisit en l'entendant le dire. J'attrape son poignet avec ma paume collante et humide, et l'écarte de son visage.

– Verax, Svera. Qu'est-ce qu'il y a ? Je t'ai fait mal ?

– Nox. Nox… C'est juste que…

Elle secoue la tête.

– C'est par rapport au… au triple Dieu. Ce n'est pas bien.

– C'est Xana. Tu n'avais pas le choix, moi non plus.

Et ce n'est pas fini. La folie du rut du Xanaxana durera encore longtemps entre nous. Ce n'était qu'un incident mineur isolé dans le temps. Un accident.

Qui se reproduira encore et encore…

Putain de xok. Qu'est-ce que mes…

– Ça n'a pas d'importance, je grogne. C'est fini. Ça ne se reproduira plus.

Elle me fixe du regard, comme si elle cherchait à s'assurer que je dis la vérité. Je ne sais pas ce qu'elle va lire dans mes yeux, mais je suis heureux de la laisser regarder.

– Tu n'apprécies même pas ma compagnie, déclare-t-elle.

– Nox. Et toi, tu penses que je suis un monstre terrifiant, alors on est quittes. C'était juste biologique. On ne pouvait pas l'éviter. Ton Dieu te pardonnera. En fait, ce n'est même pas arrivé. Tu es en état de choc.

– En état de choc ?

– Hexa. Il ne s'est rien passé. Ce n'est pas réel. Je ne suis même pas ici. Je suis dehors en train de crier sur mes guerriers et toi, tu es ici, en train de préparer ton départ. Rien de tout cela n'est arrivé.

Un coin de sa bouche se retrousse. Son expression s'adoucit.

– J'ai vraiment l'impression d'avoir rêvé en plus.

– C'est parce que c'était bien un rêve. Rendors-toi, et quand tu te réveilleras, tout sera parfait dans l'univers.

Elle touche le bord de ma mâchoire, mais je vois que ses paupières deviennent lourdes. Je baisse les yeux et mes hanches s'élancent vers l'avant, vers elle. Sa tenue est toujours remontée autour de ses hanches et ma main chatouille toujours sa douce fourrure. Je la déplace pour caresser son ventre, puis le monticule de sa poitrine – son *sein*.

Elle inspire et cligne des yeux plusieurs fois. Je suis prêt à aller jusqu'au bout avec elle, j'en veux plus. J'*en ai besoin*.

– Ça aussi c'est un rêve, je chuchote sans cesser de la caresser.

Je finis par m'éloigner, conscient que nous sommes sur un terrain dangereux, et je l'embrasse rapidement, juste une fois de plus.

Pour être honnête, je l'embrasse encore deux fois.

Puis une autre fois.

Quand je m'apprête à partir, je glisse une couverture sur elle en m'assurant que je suis bien à l'extérieur. La barrière est fine, mais nécessaire. Elle est endormie, traumatisée, et en état de choc. Elle n'a pas besoin que je la réveille pour me glisser entre ses cuisses. Nous sommes déjà allés trop loin.

Elle expire:

– Merci, Krisxox. Même si ce n'est qu'un rêve, je me souviendrai toujours que tu es venu quand je t'ai appelé…

Elle ferme les yeux et sa respiration s'apaise presque immédiatement. Elle s'endort contre moi et pose sa tête sur mon bras. Ce faisant, elle me fait fondre complètement.

Le bateau que j'avais sauvé des eaux jusqu'alors a complètement chaviré et je me noie joyeusement maintenant. Le lien que j'essayais de briser a gagné. Il a gagné et il m'observe en se moquant de moi. Il me déchire, il arrache mes entrailles, il me pousse et il tire.

Il s'enroule en moi et sort de mon corps, comme une aiguille épaisse à travers une peau fine. Une aiguille portant un fil sacré à ancrer dans le tissu de mon existence. Mes couleurs baignent la pièce entière de lumière. Je sais qu'elle l'a vu et que je devrais m'en soucier, mais alors qu'elle dort et que je la regarde dormir, je me demande… à quoi bon ?

Ses petits doigts délicats lovés contre ma peau. Sa chaleur. Ses yeux humides et ses joues rouges. Tant de souvenirs qui me hanteront à jamais.

Elle a encore des cicatrices. Et j'ai encore des cicatrices. Si elle disparaissait de mes bras maintenant – si elle avait été enlevée par ces fous furieux – je porterais sa mémoire avec moi pour toujours. Et elle serait tout aussi lourde. Elle m'a acheté à une vente aux enchères dont j'ignorais l'existence, à un prix que je n'aurais jamais accepté. Quel prix ? Celui de mon âme. Celui de chaque putain de xok de morceau de mon cœur ratatiné.

En silence – *douloureusement* – je me glisse hors de son nid et rassemble ses affaires. Je lui prépare des vêtements, je prépare ce dont je pense qu'elle aura besoin, en tout cas. Je prends garde à déposer plusieurs foulards pour ses cheveux dans la petite valise.

Je prends tout ce qu'il y a dans sa salle de bain. J'emballe même les cadeaux qu'elle a achetés pour son amie et son petit. Quand tout est prêt, je m'empare de Svera aussi.

Je la berce dans mes bras et la regarde dormir pendant que je donne l'ordre à un xub'Ixria d'aller nous chercher un planeur et de nous emmener au transporteur pour que Svera ne rate pas la naissance de l'hybride. Je n'agis pas ainsi parce que mes sentiments pour la Rakukanna et son bébé ont changé, mais parce que je sais que mon âme sœur Xiveri ne manquerait cette naissance pour rien au monde.

6

Svera

Nous nous trouvons dans l'un des dômes. Je sais que nous ne devrions pas loger ensemble, mais je fais semblant de croire que c'est normal. Je n'ai pas été autorisée à m'éloigner de lui à Qath, alors je ne suis pas sûre de devoir essayer ici, sur Nobu, pour un si court séjour. Je ne suis pas prête non plus à risquer de mettre Krisxox en colère. Pas cette lune. Pas après toute cette violence, pas après tout ce sang versé sur le froid blanc et lumineux qui recouvre Nobu.

À l'intérieur du dôme, il fait froid malgré les flammes crépitant dans la fosse de pierre au centre du petit espace douillet, qui diffusent de la chaleur. Il fait froid malgré les couches et les couches de fourrures qui m'enveloppent. Il fait froid et pourtant, Krisxox est assis torse nu sur un petit tabouret en face de moi. Il ne voulait pas que les guérisseurs de Nobu le recousent, mais quand j'ai insisté, il a dit que moi, je pouvais le faire. Je lui ai dit que je n'avais jamais recousu de peau avant mais il m'a répondu qu'il s'en fichait.

S'il en avait été autrement, Lemoria aurait passé une torche de guérison sur les blessures, les scellant rapidement et sans douleur, mais parce que c'était un procès et que Krisxox est intervenu alors que j'aurais dû être autorisée à choisir librement mon propre champion, il est puni. J'ai l'impression de l'être aussi.

Je travaille en silence. J'enfonce le bout pointu de l'aiguille incurvée dans sa peau, encore et encore, en essayant de faire abstraction de la douleur que je ressens en voyant une autre créature souffrir (même une créature aussi déplorable que Krisxox). Nous ne parlons pas du tout. Je suis toujours furieuse contre lui et il s'en moque.

Plus il reste silencieux, plus je suis en colère. J'ai envie de lui crier dessus. J'ai envie de hurler. Je veux lui taper dans le dos avec mes poings. Mes doigts se mettent à trembler sous l'effet de ce désir et je finis par lâcher l'aiguille. Je la laisse pendre au bout de la corde noire qui dépasse de son dos comme le nœud coulant oublié d'une victime morte depuis longtemps.

Soudain, il dit d'un ton égal, avec désinvolture, comme si cela n'avait aucune importance :

— Si elle n'était pas Xhea, je serais tenté d'inviter ton humaine à s'entraîner avec les guerriers de Qath.

Les mots avec lesquels je m'étais préparée à l'attaquer restent dans ma bouche, dans ma gorge et dans mon ventre, où ils demeurent enracinés. La tension abandonne mes épaules. Elle descend le long de mon dos. Je n'avais pas réalisé que mon visage était tout tordu jusqu'à ce qu'il se relâche. Un petit sourire effleure ma bouche et je lève les yeux vers le long miroir adossé au mur en face de Krisxox. Ses crêtes sont à nouveau brillamment colorées, mais lorsqu'il croise mon regard, la couleur disparaît et une sensation que je n'avais jamais ressentie auparavant bouillonne dans ma poitrine.

— Elle a l'âme d'une guerrière, ajoute-t-il stoïquement.

La bulle grossit et enfle, jusqu'à ce que je sente qu'elle est sur le point de me faire perdre pied. Je dois m'accrocher à quelque chose et le seul être proche de moi est Krisxox. Je pose une seule main sur son épaule et ses crêtes s'enflamment de couleurs, mais seulement l'espace d'un instant.

Je déglutis et murmure :

– Qu'est-ce que...

– Rien, grogne-t-il en évitant mon regard.

– Krisxox... Toi et moi, nous sommes...

– Détruits, grogne-t-il à nouveau.

Sa réponse est accompagnée d'un rire amer.

Je hoche la tête. Je vois où il veut en venir. Je remets mes doigts sur l'aiguille fine.

– Il existe un proverbe qui dit : « Quand je suis avec toi, au beau milieu des ruines et de la destruction, j'y vois un beau jardin, mais quand je suis sans toi dans le jardin, je ne suis moi-même que ruines et destruction. »

Il rit une nouvelle fois sans joie puis secoue la tête.

– Qu'est-ce que c'est ? Une louange pour ton précieux triple Dieu ?

Je souris, pas de plaisir, mais de tristesse. Peut-être un peu des deux.

– Nox. C'est mon grand-père qui avait l'habitude de dire ça à ma grand-mère. C'est un proverbe sur l'amour.

Je me réveille confuse. Pas seulement parce que c'est le premier rêve que je fais depuis des rotations qui ne contient aucune trace de Nondah, mais aussi parce que je suis perdue et que je ne suis pas dans le jardin.

Où suis-je ?

Je me crispe contre les draps, mon cœur bat la chamade dans ma poitrine. J'essaie d'inspirer et d'expirer profondément, mais ce n'est pas facile. J'ai peur. Je suis terrifiée.

Mais je suis surtout... excitée.

Le feu a fait son retour. Il traverse mon sternum, y déploie une pluie d'étincelles, et enflamme la touffe de poils entre mes cuisses. Je les serre l'une contre l'autre. Où suis-je ? Tout ce que je veux, c'est obtenir la réponse à cette question. Tout ce que mon corps veut, c'est lui.

Je ne devrais pas ressentir ce désir, pas ici. Je tente de lutter contre cette excitation avec tant de détermination que je sens un mal de tête éclore à l'avant de mon crâne; mais j'ai beau me tordre et me retourner sur la palette, elle ne me lâche pas.

– Krisxox, je chuchote.

Le désir s'est emparé de moi, je ne me reconnais pas.

Je me lève et passe mes doigts dans mes cheveux. Il y a un foulard à côté de moi sur l'oreiller, il a dû tomber.

Je retire le bandeau de mes cheveux et secoue mes boucles pour les libérer, en espérant que cela apaise le mal de tête. Ce n'est pas le cas. Au lieu de cela, la bulle dans mes tripes gonfle, menace de déchirer ma peau. Mes joues se remplissent de feu et probablement de couleur, aussi. Je me demande si les Voraxians pensent que je suis tout le temps en colère à cause de ces joues souvent rouges.

Cette idée me donne envie de rire. Au lieu de cela, j'émets un sanglot douloureux.

– Krisxox !

Mon corps se recroqueville, comme s'il essayait de me protéger d'un ennemi extérieur alors que l'ennemi est ici, à l'intérieur…

Les portes s'ouvrent et Krisxox balaye l'espace avec son blaster. Il porte deux blasters, une épée, et trop de dagues pour les compter. Triple Dieu; est-ce qu'il a aussi apporté une grenade ?

– Où est-il? grogne-t-il. Svera, où est l'ennemi ?

– Nox…

Ma voix est suppliante. Sa vue fait ne fait que raviver le brasier qui brûle en moi.

– S'il te plaît… je gémis.

Je l'attrape au moment où les portes se ferment derrière lui. Le dieu de la bataille, habituellement sûr de lui, se décompose. Il lâche ses armes une par une. Elles s'entrechoquent à ses pieds.

– Putain de xok ! s'écrie-t-il. Tu es touchée par le Xanaxana, n'est-ce pas ?

Je ne sais pas. Je ne sais rien. Je ne suis sûre que d'une chose : j'ai besoin de lui. J'ai envie de lui.

– J'ai besoin que tu me pénètres.

J'ai vu Krisxox être frappé par ses adversaires de nombreuses fois mais je ne l'ai jamais vu réagir comme il le fait maintenant. Il tombe en arrière et s'écrase contre le mur à côté de la porte. Une de ses mains passe dans ses cheveux. L'autre va vers la bande qui attache son pantalon. Il appuie sur un bouton et le pantalon tombe sur le sol.

Autour de lui, tout est gris et lisse et, à en juger par la palette sur laquelle je me trouve, couverte de draps en fibre de verre, nous devons être dans une sorte de transporteur.

Ça a un rapport avec Miari, je crois… Elle fait quelque chose d'important ce solaire, mais je ne peux pas me rappeler ce que c'est. En regardant son xora – le premier que j'aie jamais vu – je ne me souviens pas de mon propre nom.

– Svera !

Il secoue la tête, mais sa main est déjà sur son xora. Elle caresse cette longue tige. C'est magnifique.

– Nox. Tu vénères un Dieu… tu ne peux pas faire ça.

Une petite voix me dit qu'il a raison, mais je n'arrive pas à me rappeler pourquoi c'est important, alors je réponds dans un râle :

– Qu'est-ce que ça peut te faire ?

C'est moi qui viens de dire ça ? Quelqu'un d'autre me manipule sûrement comme une marionnette... Je ne suis pas comme ça. Je suis...

– Svera, reprend-il.

– Nox ! Krisxox, s'il te plaît !

J'attrape le col de mon costume.

– Enlève-le. Enlève-le ! Et bouge ta main. Laisse-moi voir ton...

Son poing tombe de son xora et j'en ai l'eau à la bouche. L'excitation concentrée dans mon intimité se déverse à l'intérieur de mes cuisses. Je devrais les serrer l'une contre l'autre pour essayer d'arrêter le flux, mais je ne le fais pas.

Au lieu de cela, je me mets à quatre pattes, j'écarte les cuisses et je regarde fixement l'entrejambe de Krisxox. Son xora est long et épais. Rouge foncé et palpitant, il arbore des crêtes à l'arrière. Plus je les regarde et plus elles s'enflamment de couleurs, rayonnant d'une foule de nuances indigo.

– Krisxox, *dépêche-toi* !

Il étouffe un cri de douleur et se précipite en avant. Il me rejoint en deux enjambées. Il attrape le col de ma robe dans ses énormes mains et la déchire en deux. Il dévore du regard chaque parcelle de peau qui se dévoile à lui.

– Krisxox...

Je me penche vers lui et laisse mes doigts effleurer le contour de son xora. Je le touche, je l'attrape, je *le serre dans ma main.*

– Nox. Nox...

Il recule. Sa poitrine se soulève. Ses couleurs, mutines, clignotent frénétiquement. Je ne peux en lire aucune.

La colère a raison de moi. Je lâche son xora et je tape du poing sur la palette. La douleur envahit ma main. Elle remonte et pique le centre de mon sternum, comme un arbre qui prend racine là où il ne devrait pas pouvoir s'implanter. Il pousse, fleurit, et toutes ses branches sont couvertes d'épines.

– Je te dégoûte tant que ça ?

– Nox.

Je touche ma poitrine. J'essaie d'éteindre le feu qui me consume. Ça ne marche pas.

– Alors *pourquoi* tu... Tu ne vois pas que c'est une torture pour moi ?

– Nox, rugit-il en croisant mon regard. Nox. Ce n'est pas ça... Je voudrais... Oh, si tu savais... je détruirais des armées entières juste pour t'avoir une fois. Mais je ne t'ai pas *poussée*.

– Quoi ? *Poussay* ?

Je répète le mot Drakesh qui signifie fruit.

– Qu'est-ce qu'un fruit a à voir avec ça ?

Je ne reconnais pas ma voix, la panique la déforme.

– Nox, grogne-t-il en tirant sur ses cheveux. Il les arrache presque avant d'ajouter :

– Pas « poussay », ce mot humain que tu utilises... *poussée... pouzée...*

Ah. Il veut dire « épousée ». Il ne m'a pas épousée.

– M'épouser ? je m'exclame, effarée. Tu veux m'épouser ? Tu ne sais même pas ce que c'est. Tu ne m'aimes même pas. Tu *détestes* les humains. Tu *me* détestes.

– Putain de xok, je n'ai jamais dit ça ! crie-t-il en attrapant à nouveau son xora.

Des perles bleues en ornent le bout. Je veux les goûter. Je le veux en moi. Il faut qu'il soit en moi. C'est la seule chose qui compte.

– Et je n'ai jamais dit que je voulais te *pouzer*. J'ai juste dit que tu n'étais pas obligée de faire ça. Ton Dieu ne te laissera pas le faire sans *se pouzer*.

Je le fixe du regard. Je n'ai jamais fixé qui que ce soit aussi durement. Puis mes yeux se posent sur la porte.

– Alors sors d'ici et va chercher Tur'Roth; lui, il ne se fera pas prier.

– Putain de xok ! Espèce de…

Il rugit et il se met soudain à bouger comme il le fait sur le champ de bataille. Il est près du mur, et une seconde plus tard, il n'y est plus.

Il est agenouillé au pied de ma palette et sa main est sur ma poitrine. Il me pousse très doucement en arrière, puis place ses mains sous mes genoux. Il écarte mes jambes autour de ses hanches en grondant.

– Ne prononce pas son nom. *Il n'y a pas d'autre mâle pour toi.* Il n'y a que moi.

Je pouffe de rire : je me sens sauvage, je ne suis pas moi-même.

– Tu n'as aucun droit sur moi. Pas avec le harem de femelles que tu fréquentes.

– C'est juste pour m'entrainer.

Il se laisse tomber sur ses coudes au-dessus de moi. Ses hanches sont positionnées entre mes cuisses. Mes jambes tremblent. Mon cœur s'emballe. Je n'arrive pas à reprendre mon souffle. Je ne peux pas… faire… quoi que ce soit…

– Pfff ! Pour t'entrainer ?

Je me moque de lui, mais seulement quelques secondes, parce qu'il ne m'a toujours pas touchée. Sa poitrine est proche, toute proche, mais il n'est pas assez près pour effleurer la pointe de mes tétons.

– Krisxox…

– Je m'entrainais pour toi, idiote. Je n'avais jamais embrassé personne avant de découvrir ton espèce. Je voulais être sûr de savoir comment te donner un maximum de plaisir…

Une vague de colère se joint à la flamme qui brûle en moi. Je serre mes doigts derrière son cou, puis je tire violemment sur ses cheveux. Il siffle, mais résiste quand j'essaie de tirer sa bouche vers le bas pour qu'elle se pose sur la mienne.

– Tu penses vraiment que je vais croire ça ? J'ai entendu leurs gémissements à travers ta porte au beau milieu de la lune.

– Tu crois ce que tu veux et…

Il se fige, puis souffle profondément. Je peux respirer son doux parfum d'agrumes. Une dague de plaisir fend mon clitoris en deux. Je vais éclater. *J'ai besoin d'éclater* !

– Krisxox !

– Putain de xok !

Il se rapproche et couvre toute mon intimité de sa paume. Je gémis sauvagement, je me débats aussi un peu, mais il refuse de bouger. Il me maintient au sol. Ses doigts emmêlés dans mes cheveux, ancrent l'arrière de ma tête au matelas. Avec sa paume sur mon entrejambe, il fixe mes hanches.

– Krisxox !

– Nox, attends ! Dis-moi la vérité. Est-ce que tu as passé des lunes à écouter à la porte de ma chambre ?

– Hexa !

– Pourquoi ?

Je crie la vérité, je ne lui cache rien.

– Je n'aimais pas que tu passes la lune avec elles.

Il grogne et la couleur de ses crêtes explose.

– Tu n'aimais pas m'imaginer en train d'enfoncer mon xora dans le corps d'une autre femelle ?

Il commence à bouger sa paume, il me masse. Distraite, je me souviens qu'il m'a déjà fait ça auparavant et c'était tout simplement… non, ce n'était pas simple. C'était terrible et incroyable, je nageais dans un océan de rage et de passion.

– Svera ?

– Nox, je halète. Je n'ai pas aimé ça… Ces… Ces bruits. Je n'ai pas aimé entendre les gémissements.

– Qu'as-tu entendu d'autre ?

– Des grognements. Le son de vos corps qui…

Il retire sa main et d'un seul coup, la remplace par son xora.

– Oh !

La chaleur de son xora me surprend. Je jette un coup d'œil entre nous, je pousse sur son épaule jusqu'à ce que je puisse voir la tête engorgée de son xora qui appuie sur mon clitoris.

– Par toutes les étoiles…Krisxox…

Son poing a l'air énorme autour de son xora alors qu'il commence à l'utiliser pour caresser doucement mon clito, en balayant de haut en bas mes plis trempés. Ils sont sensibles à cette caresse, si sensibles…

Je passe mon bras autour de son cou et j'essaie de l'embrasser, mais il ne me laisse pas faire.

– S'il te plaît…

Il croise mon regard, puis passe doucement sa main dans mes cheveux. Ses griffes sur mon cuir chevelu, me font frissonner.

– Je n'ai fait qu'embrasser ces femelles, Svera, pas plus, et c'était seulement pour m'entraîner. Elles sont parties avant l'étape de la pénétration, et après leur départ, je me suis masturbé en pensant à toi.

– Je me suis touchée aussi en pensant à toi, je soupire.

J'ai du mal à rester concentrée. Je suis sûre qu'il ment de toute façon. Il n'a aucune raison de dire la vérité. Pourquoi dirait-il la vérité ? Il est sur le point d'obtenir la seule chose qu'il a toujours voulue de moi. Ce bien précieux que j'ai préservé. Et maintenant que je le lui offre, il hésite.

Le Triple Dieu a un drôle de sens de l'humour. *Pour être honnête, je pense qu'il n'a rien à voir avec tout ça.*

Ce qui se passe maintenant est terrifiant…

…et exaltant.

C'est surtout incroyablement bon. Je comprends soudain la vie que mènent les pécheurs qui boivent, mentent et couchent comme bon leur semble. Je veux prendre mon pied moi aussi !

Krisxox expire lentement, son souffle descend le long de mon corps pour caresser mes tétons dressés comme des pointes douloureuses.

– Krisxox…

Je m'agrippe à ses épaules; il est mon roc, il est ma force.

– Tu t'es… touchée en pensant à moi ?

– Hexa. Maintenant, *s'il te plaît*. Pénètre-moi. Prends-moi. J'ai besoin de ton xora en moi. Il est si gros, si chaud. Je l'ai souvent imaginé, je voulais savoir à quoi il ressemblait. C'est le premier xora que je vois.

– C'est le *dernier* xora que tu verras.

Sa poitrine gronde. Elle vibre si fort qu'il me semble qu'il pourrait exploser et détruire le vaisseau. Non pas que je m'en soucie. Tout ce qui m'importe en ce moment, c'est la bulle dans mon abdomen, car elle est sur le point d'éclater.

– Krisxox…

– *Wiiii*. Regarde mon xora maintenant, Svera. Regarde-le bien.

Surprise par le son de ce mot humain prononcé avec ce fort accent drakesh guttural, je lève les yeux. Mes lèvres s'agitent, comme si je cherchais une question ou une réponse. Je ne trouve ni l'une, ni l'autre. Krisxox se déplace – pas beaucoup, juste un peu – mais suffisamment pour amener la tête engorgée de son xora dans les plis de ma féminité.

Je détourne le regard bien qu'il m'ait dit de regarder. Je préfère me concentrer sur son visage. J'espère que cela fera taire la petite voix au fond de ma tête, parce que je ne veux pas qu'il s'arrête.

– Svera…

Il s'arrête et prend une inspiration.

– Tu n'es pas obligée de faire ça, reprend-il.

Peut-il lire dans mes pensées ?

– Mmmm…

Mon désarroi est infini. Je me plie et je me brise en morceaux. La bulle m'étire au-delà de mes limites. Je secoue la tête. Des larmes coulent sur mon visage, ou c'est peut-être juste une impression. Mes yeux sont brûlants.

– J'ai besoin que tu me pénètres, Krisxox.

– Tu peux combattre le Xanaxana, Svera. Je me bats contre lui depuis des rotations.

– Ça fait trop mal…

Elles arrivent. Les larmes coulent. Maintenant, c'est sûr, je pleure. Krisxox soupire. Il commence à reculer, mais je plante mes ongles dans ses épaules et je le retiens.

– Nox. S'il te plaît, reste. Je ne suis pas…

Je me lèche les lèvres.

– Je ne suis pas une combattante. Je ne suis pas comme toi. Je ne peux pas lutter contre le Xanaxana…

– Mais ton Dieu…

– Ton Dieu est plus fort.

Il acquiesce et je sais qu'il comprend. Il embrasse mon menton, mon nez, chacune de mes joues. Puis il lèche le bord de mes lèvres et, comme par magie, elles se détendent, s'ouvrent pour lui. Il m'embrasse alors si profondément que j'en ai les larmes aux yeux. Je suis perdue dans l'univers.

– À trois, me prévient-il.

Je glisse une main autour de son cou, l'autre autour de son énorme bras musclé.

– Un.

Je hoche la tête une fois et je sens son énorme sexe commencer à avancer avec une lenteur exaspérante. J'ai la chair de poule sur les bras. Lorsqu'il tend la main et fait glisser le plus léger de ses doigts sur mes bras, je ferme les yeux.

– Svera , grogne-t-il.

Je lui coupe la parole.

– Je suis avec toi, je veux le faire. Mais je… j'ai besoin que tu me guides. Je ne sais pas ce que je dois faire.

Les cheveux de Krisxox pendent comme deux rideaux de chaque côté de mon visage. Je cligne des yeux vers lui et le fixe entre mes cils. Il retient sa respiration. Le temps ralentit, puis s'arrête.

– Deux, dit-il en glissant un peu plus loin, *en moi*.

Je halète et mon corps accueille son xora comme le gant qui se moule sur la main. La pression est déjà intense et je me sens si pleine que je…

– C'est bon ? C'est fait ? Je ne suis plus… vierge ?

Il éclate de rire, mais c'est un rire amer, presque désespéré.

– Hexa, Svera. Ça a commencé mais tu es toujours vierge. Je ne suis pas encore tout à fait en toi.

Nos doigts s'entrelacent. Il presse ses lèvres au centre de mon front.

– As-tu… froid ?

Il rit à nouveau, de bon cœur cette fois, et son corps tout entier tremble.

– Nox, Svera. Je *brûle*.

– Mais tu trembles.

– C'est toi qui me fais ça, grogne-t-il d'une voix si basse que je peine à l'entendre.

– Verax.

– Tu me donnes l'impression que c'est aussi ma première fois, répond-il un peu plus fort.

– Est-ce que tu…

J'hésite, et dans la brume de ma fièvre, les mots sortent tout seuls :

– Est-ce que tu es nerveux ?

– Je suis terrifié. Le jardin est un endroit magnifique mais j'ai peur d'y entrer avec toi parce que je pense que je ne pourrais plus jamais en sortir. Je ne devrais pas vouloir y rester, mais je… je crois que ce sera le cas.

Je frissonne, et une petite voix me souffle que *ce qui va se produire maintenant dépasse de loin le plaisir charnel. C'est le Xanaxana. Qu'est-ce que cela signifie pour nous ?* J'essaie de trouver la réponse à cette question mais j'inhale soudain son doux parfum de citron et plus rien n'a d'importance.

Je me tords, j'essaye de frotter mon clitoris contre son membre. Je suis folle de désir.

– Emmène-moi dans le jardin, Krisxox.

L'indigo de ses crêtes s'enflamme encore plus et il émet un grognement brutal. Il me fixe du regard et hoche la tête une fois.

– Trois.

Il pousse en avant d'un coup sec et tous les muscles de mon corps se contractent en même temps. Je crie de douleur. J'essaie même de m'éloigner, mais Krisxox me tient toujours, fermement. Il fait pleuvoir mille baisers étrangement doux sur mon front et ma gorge. *Pour un mâle incapable d'aimer, il est extraordinairement affectueux…*

Je ferme les yeux mais Krisxox murmure à mon oreille, il me rassure. Il me mord le lobe, lèche l'intérieur, puis embrasse la peau tendre derrière. Je suis soudain distraite par la chaleur qui descend en cascade sur mon côté gauche. Il me dit de respirer, alors je respire.

Whoosh. C'est le son de mon âme qui quitte mon corps. Aaahhh. C'est le son de mon âme qui se réinstalle dans l'enveloppe vide de mon corps.

– C'est ça, m'encourage-t-il. Voilà…

Sa voix semble un peu tendue. Il souffle dans la courbe de mon cou quand ses hanches reculent légèrement, puis avancent.

Il répète le mouvement, en bougeant à peine, et grogne à nouveau. Pendant ce temps, je lutte pour ne pas être aspirée dans un vortex d'émotions. Des sensations contraires prennent d'assaut mon corps. Le désir combat la peur. La chaleur affronte le froid. Le plaisir est aux prises avec la douleur; mais après un autre de ses coups de rein, c'est le plaisir qui l'emporte.

– Krisxox…

Ses hanches se déplacent encore plus vers l'arrière jusqu'à ce que presque tout son corps soit sorti de moi. Je repousse ses épaules et regarde l'espace entre nos corps, le produit de ma virginité scintille sur son membre dur en nuances de rose.

– Oh, peste d'étoiles…

– Putain de Xok ! rugit-il en même temps. Svera, je… j'ai juste…

Il ne finit pas sa phrase. Il commence une douzaine, ou une centaine de phrases, qu'il ne finit pas.

Mes jambes sont écartées autour de lui si largement qu'elles commencent à trembler. De cette façon, mon corps est semblable à mon âme : tous deux tremblants et secoués.

– Remplis-moi, Krisxox. Jouis en moi.

– Xok ! Svera !

L'ombre d'un sourire se dessine sur mes lèvres quand il se retire juste assez pour me regarder dans les yeux. Il brille d'une légion de couleurs, surtout le blanc et la lavande. Il est surpris. D'une certaine manière, cela me stimule plus que la vue du violet. Krisxox, qui a probablement couché avec toutes les femelles de Voraxia, est *surpris*. Et c'est moi qui le surprends.

– Verax, parvient-il à grogner.

Sa voix est à peine compréhensible. Je pense encore à sa surprise. Elle est plus brillante que la lavande. Est-ce une bonne surprise ou pas ? Haletante, je lui réponds.

– Est-ce que je… Est-ce que ça te plait ?

Il éclate de rire. Je ne l'ai jamais entendu rire ainsi. Ses hanches perdent soudainement leur rythme. Il s'arrête complètement, bien en moi, et passe la main entre nous pour pétrir mon sein droit. C'est la caresse dont je rêvais depuis le début. Je gémis sans retenue.

– Tu veux savoir si ça me plaît ? Svera, tu… Tu me fais oublier qui je suis, gronde-t-il.

– Tu es Krisxox, lui dis-je.

L'obscurité fond sur moi tandis que la spirale se resserre et que la bulle me soulève vers le haut, toujours plus haut, à travers le plafond, en direction du cosmos.

– Nox. Plus maintenant. Krisxox n'aurait jamais couché avec une humaine.

Quand il recommence à plonger ses hanches en avant, électrisant tout mon corps, je le serre instinctivement.

– Ne… t'inquiète… pas… c'est… juste… un… rêve ! je souffle à chaque coup de rein.

Il accélère le rythme et passe sa main sur mes cheveux. Il m'embrasse lentement, ses lèvres ne sont que chaleur et désir. Sa bouche sur la mienne, il murmure :

– Et ça… ne se… reproduira… pas, encore … et encore… et encore…

Je ferme les yeux. Je cherche à ignorer l'effet qu'il a sur moi, je veux ignorer ce que ses mots éveillent en moi. Je me bats pour me rappeler que ce n'est pas le mâle qu'il me faut et qu'il ne respecte pas le triple Dieu. Je lutte pour ne pas oublier que même s'il me vénère maintenant, il ne m'aime pas et qu'il ne me considère même pas comme digne d'être sa compagne, mais… Krisxox est un fin stratège, et j'ai beau lutter, je sens qu'il va gagner.

Son autre main passe sous mes hanches et, tout en s'appuyant sur un coude, il parvient à soulever toute la moitié inférieure de mon corps. L'angle change et son xora s'enfonce plus profondément en moi, activant un nouveau panneau de contrôle de mon corps dont lui seul connaît les codes. Mon corps entier réagit. Je *lui appartiens*.

Mes ongles pénètrent sa peau si profondément que je crois bien qu'il saigne, mais je ne peux pas relâcher ma prise.

– Et toi ? demande-t-il alors que je halète, grogne et gémis. Est-ce que ça te plait ?

Je suis étrangement touchée. Même si j'ai été la première à poser la question, je ne m'attendais pas à ce qu'il se soucie de mon plaisir. Ma tête tombe en arrière et je soupire :

– Hexa, Krisxox… Je suis dans le jardin maintenant. Y es-tu aussi… avec moi ?

– Je suis là, gronde-t-il plus fort, en bougeant plus vite, plus frénétiquement. Putain de xok, Svera ! Oh… ça monte…

Il grogne contre ma bouche avant de l'envahir avec sa langue. Il a le même goût que moi. Il a la saveur du sel mêlé au nectar d'une sorte de fleur vénéneuse. Il me fait planer. Surtout lorsqu'il relève le torse et inspire bruyamment tandis que plus bas, ses hanches continuent de s'enfoncer en moi avec la même pression abrutissante. Comment fait-il pour ne pas faiblir ? D'où tire-t-il sa force ? Moi, je peux à peine lever la tête…

Il relâche mes cheveux, puis glisse sa main entre nous pour toucher le faisceau sensible de nerfs juste sous mes boucles pubiennes. Il l'effleure de ses six doigts, par petites touches, et j'éclate.

– Oh !

Mes épaules se soulèvent et je panique. Il me tient fermement et ne relâche pas son rythme, ni l'emprise qu'il a sur moi.

– Hexa, murmure-t-il quand je commence à trembler avec violence. *Wiii…*

– Oh, triple Dieu !

Je crie, mon torse se soulève de la palette comme si j'étais traversée par un courant électrique. Mon âme quitte mes os. Je flotte dans l'univers qui nous entoure de toutes parts. Je vois le cosmos dans les yeux de Krisxox, sans savoir où se terminent les bords de la pièce qui nous a avalés et où il commence, ni où je me situe dans tout ça.

Il représente *tout*.

Je suis meurtrie, blessée, ouverte et recousue, et alors que je cligne des yeux, Krisxox pose son front sur le mien et un souffle chaud sort de sa gorge. Il prononce mon nom et les muscles de son dos se tendent sous ma main. Ses hanches, quant à elles, se balancent encore et encore…

La chaleur a pris possession de mon être. Elle explose en moi et je me sens soudainement étourdie et désorientée. J'ai mal aux tripes et je sens le désir brûlant me traverser.

Qu'est-ce que j'ai fait ?

Qu'est-ce qui m'arrive? Je n'aurais pas pensé que je pourrais autant aimer le péché. Je pensais que mon triple Dieu m'épargnerait cette tentation. Je ne m'attendais pas à ressentir ainsi la puissance du Xanaxana.

Je ne suis pas une Voraxiane et les croyances des Voraxians ne sont pas les miennes. Je ne suis pas amoureuse de Krisxox. Je pensais que le Xanaxana s'attachait à lier les âmes, pas les corps; mais j'avais tort. Je ne me contrôle plus. Je ferme les yeux. Quand Krisxox crie mon nom, nos regards se croisent et la lumière de ses crêtes inonde la pièce qui nous entoure. À ce moment-là, je sais que je suis perdue, perdue au beau milieu d'un flot de plaisir. Perdue dans les petites parcelles de bien qu'il possède et qui me relient à lui. Peut-être l'ai-je toujours été.

Peut-être que que je viens de me perdre au pays du péché.

Peut-être que je suis au paradis.

Je n'en sais rien. Je ne sais qu'une chose : la bulle a éclaté. Elle n'est plus. La voix est partie, elle aussi. L'acte est terminé. Il n'y a pas de retour en arrière possible.

Il respire bruyamment, exactement comme moi.

C'est alors que la deuxième vague de l'orgasme survient et me brise. Elle fend mon crâne comme un fruit trop mûr. Je m'écroule dans les bras de Krisxox tandis que mes hanches se tordent et que je frotte impitoyablement mon clito sur son corps. Il suit mes poussées irrégulières comme s'il savait où j'allais alors que je ne sais même pas où je suis.

Il émet des gargouillis qui devraient être gênants, mais qui ne font qu'attirer une plus grande partie de mon âme vers cette corde qui me lie à lui. C'est le Xanaxana. Nous sommes liés. *Triple Dieu, aide-moi. Triple Dieu, sauve-moi.*

Mais je ne veux pas être sauvée. Je suis perdue dans le jardin maintenant, et je n'ai aucun désir d'être retrouvée.

– Svera, souffle-t-il. Svera, tu vas bien ?

Je cligne des yeux. Ses couleurs changent et se confondent. Mes doigts sont emmêlés dans ses cheveux, mes bras se relâchent autour de son cou.

Je secoue la tête et il reprend :

– Putain de xok. Je suis désolé. Je n'ai pas… Je…

Il n'y a rien de plus à ajouter.

– Je suis ton âme sœur Xiveri, je déclare tristement.

Le brasier dans ma poitrine s'est réduit à un petit feu de joie mais je suis toujours excitée. Je suis toujours pétrie de désirs. J'ai toujours envie de lui, mais j'ai retrouvé mes esprits.

J'ai retrouvé *ma honte*.

– Où sont... où sont mes perles ? je demande.

Krisxox est toujours en moi et je parle de mes perles.

– Verax.

Il a l'air confus. Il y a de quoi.

– Peux-tu ..?

Je pousse timidement ses épaules. J'ai peur de le toucher. J'ai peur de le regarder. Si je lève les yeux vers lui, nous allons coucher ensemble à nouveau. Même maintenant, je peux sentir son xora comme une braise chaude à l'intérieur de moi. J'en veux encore, j'en veux plus. Je ne veux pas m'arrêter !

Oh, peste d'étoiles. Qu'est-ce qui m'arrive ?

J'essaie de me dégager de son étreinte, mais il me tient doucement l'épaule.

-Attends. Je ne veux pas te faire de mal, marmonne-t-il à mon oreille.

-Oh... c'est... gentil.

Krisxox grogne. Je pense qu'il prononce mon nom, mais je ne réagis pas. Je fixe l'espace où nos corps se rejoignent et je regarde Krisxox se redresser lentement.

Il bouge si *lentement*... il éloigne son corps de mon corps. Nous soupirons tous les deux quand la tête engorgée de son xora glisse finalement hors de mon corps. Il est toujours en érection et ma gorge se noue à cette vue.

– As-tu..?

– Hexa, grogne-t-il, en étalant du bleu sur l'intérieur de ma cuisse gauche.

Elle tremble à ce contact, et même mes lèvres inférieures réagissent.

– Je n'avais jamais joui aussi fort auparavant.

– Tu es toujours… *dur*.

– Hexa. Parce que je suis à nouveau prêt pour te prendre encore. Mille fois s'il le faut.

Tout en disant cela, il tend la main vers mes genoux et lentement… il referme mes cuisses. Je m'attends à avoir un peu mal, mais il bouge si doucement que tout ce que je ressens, c'est une petite pression à l'extérieur de mes jambes et de mes fesses, dans mon dos, dans mes bras et mes mains. Il a beau s'éloigner, je le sens encore dans ma chair.

Je commence à rouler pour sortir du lit et attraper ma chemise, mais quand je la prends sur mes genoux, je me souviens qu'elle est déchirée. Je touche l'espace vide autour de mon cou et ma panique augmente.

– Qu'est-ce qu'il y a, Svera ? Parle-moi. Qu'est-ce qui te fait mal ?

Krisxox se déplace vers moi et couvre la main sur ma poitrine avec la sienne. Juste entre mes seins. Juste au-dessus de mon cœur. Je croise son regard et ne dis rien. Il n'y a rien à dire.

– Où est ma croix nagoom ?

Il hésite et essaye de lire mon expression.

Je ne peux pas en supporter davantage. Son regard me remplit de feu. Je ne sens que du liquide entre mes jambes. Sa semence bleue, mélangée à mon propre orgasme sirupeux, plus un peu de rose. *Je ne suis plus vierge.*

Et je ne suis pas mariée.

– Krisxox.

Ma voix est trois crans plus haut que d'habitude. Je commence à transpirer.

– Elle est là.

Il tend la main vers le bord de la palette. Il y a une petite table coulissante à côté. Ma croix nagoom est posée dessus, près d'un petit pichet d'eau. J'attrape les deux simultanément, avant de vider le pichet et de passer la croix autour de mon cou. Puis j'essaie de sortir du lit. C'est… difficile.

Mes jambes ne coopèrent pas avec moi, et la vérité est que je veux rester. Je veux que la bulle revienne et efface à nouveau la petite voix. Seulement il n'y a pas de petite voix et peut-être qu'il n'y a jamais eu de bulle.

Peut-être qu'il n'y avait que moi.

– Tu peux partir maintenant, dis-je en me dandinant maladroitement jusqu'à la pièce d'eau attenante à celle-ci, en essayant de ne pas laisser la semence encore logée au fond de mon corps se répandre sur le sol.

– Mais je te remercie, j'ajoute par-dessus mon épaule.

Ma voix se perd. Elle est tremblotante. Tout tremble.

Je m'attends à ce que la porte de la salle d'eau se referme derrière moi, mais elle émet un signal d'alarme. Je me retourne et je vois Krisxox nu dans l'embrasure de la porte, il la bloque avec son corps.

Mon cœur se met à battre plus vite. Je veux courir vers lui, je veux goûter ma propre saveur en léchant son xora.

Oh, peste d'étoiles. Triple Dieu… non ! *Non, je ne peux pas me tourner vers lui maintenant, sauf pour lui demander pardon.*

– Krisxox, je…

– Tu m'as supplié de venir et maintenant tu me rejettes.

Sa voix est froide, et ses crêtes, pour la première fois depuis qu'il est venu me rejoindre, sont incolores.

– Hexa.

Il secoue la tête, ses cheveux s'ébouriffent dans le vent que crée son souffle. Oh, par toutes les étoiles, qu'est-ce qu'il est beau… Pourquoi faut-il qu'il soit si attirant ?

– Pourquoi ?

Je frissonne.

– Nous n'aurions jamais dû… faire ça.

– Tu as dit que c'était ce que tu voulais, tu m'as supplié…

– C'est vrai, c'était ce que je voulais.

– Tu as dit que tu savais ce que ça impliquait.

– Eh bien, j'ai menti. Je ne suis qu'une pécheresse maintenant.

Il reste silencieux. J'entre dans le tube d'eau au centre de la pièce sans le regarder. Je veux le supplier de partir, mais je ne veux pas lui parler. Je veux me laver et faire semblant de…

Je ne sais pas ce que je veux.

– C'est arrivé parce qu'on le voulait tous les deux, grogne-t-il en tapant du poing sur le mur assez fort pour me faire sursauter.

L'eau gicle sur moi et je serre les perles autour de mon cou comme un étau.

– S'il te plaît Krisxox, pars.

– Nox.

Sa réaction me met en colère. Je me frotte le visage et me détourne de lui, pour qu'il ne voie pas mon front. L'eau me couvre, des lignes bleues glissent le long de mes jambes.

– Krisxox…

Ma voix tremble.

– Nox.

– Mais pourquoi tu veux rester ? Hein? Pourquoi ?

J'essaie de paraître forte, mais ma voix tremble.

– Tu détestes les humains !

– Je ne te déteste pas.

– Je suis humaine, Krisxox. C'est l'un ou l'autre, ou tu détestes les humains ou tu ne les détestes pas. Je… J'ai entendu ce que tu as dit à propos du bébé de Miari…

– Et moi j'ai entendu ce que tu as dit quand je t'ai sauvé la vie en tuant des Drakeshs. Quand je les ai tués pour toi.

– Tu… verax.

Krisxox se déplace sans me quitter des yeux.

– Je les ai tués pour toi, dans le cadre de mon autorisation du Raku. Je n'ai rien fait d'illégal.

– Mais tu… Donc ils sont morts à cause de moi ?

– Non, ils sont morts à cause d'eux-mêmes. Ils sont morts parce qu'ils sont venus chez moi et ont menacé mon âme sœur Xiveri.

Mon irritation est aussi chaude que l'eau qui coule sur ma peau.

– Donc, tu les as tués parce qu'ils t'ont déshonoré.

– Hexa.

Il se raidit.

– Nox, reprend-il. Ce n'est pas…

– Si, ça l'est. Et je suis désolée de t'avoir repoussé. Je ne pensais pas que ça te toucherait autant.

Je ne pensais pas que ça me toucherait autant. Qu'est-ce qui m'arrive ?

Mon cœur… s'envole. C'est comme si'l avait été arraché de ma poitrine et poussé dans le sien. Il l'a volé et je ne suis pas assez forte pour le récupérer. Je n'ai aucune chance contre le Krisxox de Voraxia.

– Svera, tu ne peux pas faire comme s'il ne s'était rien passé ! Tu m'as ouvert les portes du jardin. J'y suis maintenant. Nous y sommes tous les deux.

– Nox, Krisxox.

L'eau chaude ruisselle sur moi, efface les traces de ce qui s'est produit.

– Maintenant, nous ne sommes que ruines et destruction.

Il rugit et frappe à nouveau le mur.

– Quoi…? Je n'ai pas dit mon dernier mot, Svera.

– Tu avais raison. Ça n'est jamais arrivé, c'est juste un rêve. Il n'y a pas de « nous ».

7
Svera

Après son départ, je me mets à genoux et je pose mon front sur le sol. Je prie. Je me lève, je m'agenouille et je me lève à nouveau. Je serre ma croix nagoom si fort dans mon poing que je sais qu'il restera des marques sur le bout de mes doigts.

Elles iront peut-être de pair avec les marques qu'il a laissées sur ma gorge.

J'ai essayé de les frotter et de les éponger avec un tissu froid, mais il y a des marques visibles sur mon cou que je ne peux pas ignorer. Ces suçons couleur prune foncée se distinguent aisément sur ma peau marron clair.

Qu'est-ce que je croyais, que je pourrais cacher ce qui s'est produit ? Peut-être.

Je fixe le foulard sur ma palette. Je me demande ce que je dois en faire maintenant. Je n'ai plus le droit de le porter. Je suis une femme souillée, une femme détruite. Seules les vierges portent ces foulards. Tout le monde saura que je ne suis plus vierge et que je ne suis pas mariée. Tout le monde saura que le Xanaxana est venu pour moi et que j'ai échoué au test du triple Dieu.

Krisxox… Comment a-t-il réussi à combattre un tel désir aussi longtemps ? Je l'ai ressenti une fraction de seconde et il m'a fallu moins d'un instant pour céder.

Peut-être qu'il mérite plus l'amour du triple Dieu que moi. Comme Krisxox, le triple Dieu apprécie la force. S'il y a bien un être qui représente la force, c'est Krisxox.

Je repense à la façon dont il m'a portée, en prenant tout le poids de mon corps dans ses bras sans efforts. Je pense à la façon dont il m'a déplacée pour me mettre là où je me sentirais bien, là où je ne savais pas moi-même que je devais être. Je pense à la façon dont il a pris le contrôle et m'a soutenue pendant la douleur initiale.

Je me sens à nouveau excitée et j'ai les larmes aux yeux.

« Oh non, non. S'il vous plaît, triple Dieu, aidez-moi. »

Je me mets à genoux et prie pour son pardon. *Que va dire mon père ?*

Mon frère et lui essaieront de tuer Krisxox, j'en suis sûre; et Krisxox va les massacrer. Il *déteste* les humains. Rien de ce que je peux faire ou dire ne peut changer cela, le changement ne peut venir que de lui.

– Il déteste les humains, je murmure. Mon âme sœur Xiveri déteste les humains.

Le seul fait de prononcer le mot « xiveri » enflamme mes cuisses. Oh non, il ne *faut pas* que je mouille à nouveau. Je me suis déjà lavée deux fois.

Je déglutis et presse mon mouchoir sur mon front. J'ai beau être propre, je n'arrive pas à me rafraîchir. J'ai chaud, je suis tendue. Le jardin est plein de fleurs et elles scandent toutes mon nom.

J'ai besoin de me distraire. J'ai besoin… de travailler. Oui, il faut que je travaille, ça va m'aider.

Il est trop tard pour tenter d'entrer en contact avec les Voraxians, mais comme je ne pourrai pas les joindre sur le solaire à venir puisque je serai avec Miari, je me dis que des enregistrements feront l'affaire en attendant.

Je sors le bureau rétractable contre le mur et allume l'écran holo derrière lui. Au moment où ma bio-signature est reconnue, j'affiche le rapport des Evras le plus récent. Ils ont travaillé en étroite collaboration avec les biologistes de Voraxia pour déterminer quels aliments nous pourrions cultiver sur la colonie. Il s'avère que nos options sont limitées.

Mais c'est toujours un point de départ.

Je connais bien les pratiques agricoles de la colonie puisque j'ai souvent aidé Kiki et son père à récolter la canne à sucre. Nous en avons beaucoup, donc je passe outre toutes les suggestions de cultures sucrées, ainsi que les épices voraxianes plus... aventureuses, et je cherche dans le rapport des Evras quelque chose de plus consistant. Quelque chose qui peut assouvir la faim effroyable que beaucoup sur la colonie connaissent.

Voilà ce que je cherche.

Je fais une petite croix près de l'image de la grande racine violette que j'ai mangée ce matin. C'est du viron, c'est ce que Krisxox m'a dit avant de me donner mon plateau. *Pourquoi me nourrit-il et cuisine-t-il pour moi s'il me déteste ?*

J'oublie vite cette réflexion et remonte l'appareil d'enregistrement en indiquant qu'il faut mettre le viron en évidence. De cette façon, lorsque je rendrai ce rapport avec mes recommandations à Miari, aux Evras et aux biologistes, ils sauront de quoi je parle.

Je m'éclaircis la gorge.

– Le viron serait bien adapté au palais humain. C'est une racine violette et copieuse, riche en vitamines *et* en protéines. Elle peut être préparée de différentes manières et serait un excellent complément à…

Whoosh. La porte s'ouvre. Mes muscles s'enflamment de tension. Mon cœur fond. Ma honte commence à battre des ailes et à s'envoler.

Je cligne plusieurs fois des yeux et mets l'enregistrement sur pause. Sans le regarder par-dessus mon épaule, je dis :

– Tu peux rester comme tu le fais chaque lune, mais je ne veux pas entendre un mot.

Il n'y a que le silence qui me répond. C'est étrange. Après avoir retenu mon souffle, j'entends la porte se refermer. Ses pieds lourds foulent le sol jusqu'au siège que j'ai préparé pour lui.

Je l'entends secouer la couverture que j'ai placée là – un autre drap en fibre de werro. J'ai envie de le regarder. Je veux voir son visage, son expression, ce qu'il porte. Mais j'ai surtout envie de lui hurler dessus parce qu'il a pris ma virginité. J'ai envie de l'accuser même si c'est moi qui l'ai supplié et même s'il a essayé de m'en empêcher plus d'une fois.

Peut-être que ça n'a pas marché. Peut-être que ma virginité est toujours intacte et que c'était bien un rêve.

Je remets la machine en marche.

– … un excellent complément au riz sauvage comme alimentation de base. Comme le riz, le viron pousse sous terre et peut survivre avec très peu d'eau. C'est parfait pour le sol des colonies. Je recommande de commencer par cultiver le viron pour voir comment ça se passe avant d'essayer de faire pousser d'autres tubercules. De cette façon, nous pourrons nous assurer que la colonie a la capacité de produire un repas équilibré pour chaque habitant, même si quelque chose devait bloquer ou retarder les importations venant d'Illyria.

J'envoie le message et passe rapidement à la tâche suivante. J'en ai des dizaines à accomplir avec une relative urgence. J'agis un peu en tant que Rakukanna pendant son absence. L'univers est sur le point de changer avec le petit qu'elle va mettre au monde, mais le monde ne s'est pas arrêté de tourner pour autant. Les choses continuent à se produire et il s'en passe tellement dans la colonie en ce moment qu'il est difficile de tout suivre.

J'envoie trois autres recommandations de cultures aux Evras, ainsi qu'une liste de produits alimentaires que nous aimerions voir importés. Je mets également à jour la liste des articles dont nous n'avons plus besoin : trois humains ont fini à l'hôpital à cause de l'arbuste krell acide qui était censé ressembler à une plante verte.

Je suis sur le point de passer à ma prochaine tâche quand j'entends, derrière moi, la voix grave de Krisxox:

– Tu as aimé le viron ?

Je me crispe. Sa voix est presque aussi séduisante que son parfum.

– Hexa. C'était bon.

– Xhivey, grommelle-t-il. Alors tu devrais aussi leur suggérer l'ickeron. Nous avons du mal à le faire pousser sur toutes les planètes, il ne fleurit que sur Cxrian. Il pousse sur une vigne au-dessus du sol et a besoin de la lumière directe du soleil. Il est trois fois plus gros qu'un viron et a plus de saveur.

Je réfléchis à sa proposition. C'est une excellente idée. Elle me distrait tant que je ne me rends pas compte que pour une fois, il m'a adressé la parole.

– Consomme-t-il beaucoup d'eau ? je demande en balayant la liste du regard à la recherche de l'élément en question.

– Non, il ne lui faut que peu d'eau.

– Oh hexa, dis-je, en trouvant l'ickeron sur le listing. J'avais déjà pensé à cette plante, mais elle est couverte d'épines vénéneuses.

– Hexa, mais les humains n'auront pas à les éplucher et à toucher les épines. Ce sont les échalhas qui le font. Il y a bien un troupeau d'échalhas pour la reproduction et la traite sur la colonie maintenant, n'est-ce pas ?

J'acquiesce, je me tourne et je le regarde.

– Hexa.

Il hausse une épaule et détourne rapidement le regard.

– Dans ce cas, il suffit de faire pousser l'ickeron dans leur enclos. Ils mangent les peaux et laissent la tubercule nue derrière eux. Les humains n'auront plus qu'à les ramasser.

Je suis bouche bée. Je ne sais pas quoi dire. Il me faudrait quelque chose qui fasse ralentir le battement brutal de mon cœur, parce qu'en ce moment, j'ai l'impression que même si mon cœur a quitté ma poitrine, un autre a pris sa place. Deux autres pour être plus précise, deux remplaçants qui battent comme ceux des chevaux effrayés.

Et qui détestent les humains.

Ou du moins, qui sont censés les détester.

Je me retourne et fais un enregistrement rapide avec la suggestion de Krisxox. En avançant, je dis doucement par-dessus mon épaule,

– Merci pour ton aide.

Il se contente de grogner sans rien dire de plus.

Ensuite, je m'emploie à expliquer à l'ingénieur de la ville de Voraxia, Rehurion, pourquoi la congrégation du triple Dieu n'est pas satisfaite par la proposition de reconstruction concernant le centre de culte du triple Dieu. Le centre est construit sur les fragments du satellite Antikythera et ma congrégation les vénère. Encore une fois, dès que j'ai fini de parler, Krisxox intervient.

– Combien êtes-vous ?

– Verax.

Je n'aurais pas dû répondre du tout mais le mot m'a échappé. Je n'aurais pas dû placer la couverture pour lui sur le tabouret dans le coin. Je n'aurais pas dû respirer son doux parfum d'agrumes, le seul parfum de l'univers qui agit comme un baume immédiat sur mon âme et chasse tous mes doutes.

– Combien d'entre vous vénèrent le triple Dieu ?

– Hum… Eh bien, il y a mille sept cent quatre humains dans la colonie – bientôt mille sept cent cinq – et parmi eux, je dirais qu'environ deux tiers sont des adorateurs du triple Dieu. Mais tous les adorateurs ne sont pas pratiquants comme l'est ma famille.

Je retourne à mon écran holo et affiche le fichier que j'ai réussi à déchiffrer la dernière fois. Je l'ai trouvé dans l'une des nombreuses boîtes de Mathilda, chiffonné comme un morceau de parchemin plié. Je l'ai scanné et j'y ai consacré une quantité considérable de temps et d'énergie. La langue du texte a de quoi laisser perplexe. C'est du *Meero*, la langue des pirates Niahhorrus.

– Et les autres ? demande Krisxox.

Il me distrait.

– Verax.

– Ceux qui ne vénèrent pas ton triple Dieu, en quoi croient-ils ?

– Eh bien, je soupire, certains ont foi en une puissance supérieure, je ne sais pas s'ils la considèrent comme une divinité ou non. Certains croient aux esprits et aux ancêtres ; ils les prient comme je prie mon triple Dieu. Certains croient au karma – c'est un concept qui expose que l'auteur de toute bonne action est récompensé, ou puni, pour une mauvaise action, dans cette vie ou dans la suivante. D'autres encore croient en une force cosmique dans l'univers.

– Xana et Xaneru ?

Je hausse les épaules.

– Ça pourrait très bien être le cas, mais sous un autre nom.

– Et les autres ?

– Il y a des êtres humains qui ne croient en rien du tout. Ils pensent que nous sommes tous là, dans cet univers, par un heureux hasard. Ils sont persuadés que nous ne sommes tous que les produits de l'assemblage des éléments qui nous ont créés.

Il se tait suffisamment longtemps pour que je puisse me reconcentrer sur l'écran, puis il m'interrompt à nouveau.

– La Rakukanna et la Va'Rakukanna ne croient pas en ton triple Dieu.

– Nox.

Je souffle. Je suis agacée; pas seulement parce que j'ai été interrompue, mais parce que c'est la plus longue conversation que nous ayons jamais eue et comme par hasard, il a choisi le moment où je suis en colère et vulnérable. C'est vraiment un fin stratège.

– La Rakukanna a placé sa foi en la science, mais depuis qu'elle a trouvé son âme sœur Xiveri, je l'ai entendue dire des choses qui me poussent à croire qu'elle remet cela en question. Je crois qu'elle est prête à croire à autre chose.

– Quoi ?

– La magie.

Je souris en dépit de mon bon sens et le regarde par-dessus mon épaule. Mon abdomen se contracte en voyant la couleur qui jaillit de ses crêtes. Mes jambes se tendent même si elles sont terriblement douloureuses et je grimace. Krisxox s'éclaircit la gorge bruyamment.

– Et ta… Va'Rakukanna ? Que croit-elle ?

Je respire plus fort et réponds :

– Il y a peu, elle vénérait la même chose que toi.

– Quoi ?

– La haine.

Je retourne à mon écran, mais Krisxox, aussi impoli qu'à son habitude, m'interrompt à nouveau :

– Et maintenant ?

– Maintenant ? Oh, je ne sais pas. Peut-être qu'elle vénère Xana. Peut-être qu'elle ne croit en rien. Peut-être qu'elle n'a foi qu'en Va'Raku, son Okkari. Elle le vénère tout comme il la vénère, après tout.

– C'est pour ça qu'elle n'est pas conseillère ? Parce qu'elle ne vénère pas le bon Dieu ?

– Nox ! Bien sûr que non !

Je me retourne pour lui faire face, mes doigts forment des poings.

– Elle n'est pas conseillère parce qu'elle est Xhea pour son peuple. Elle n'aurait pas le temps.

– Et toi, tu as le temps ?

– Je trouve le temps de m'occuper de la colonie, elle compte beaucoup pour moi. Dans un univers où les humains ne sont désirés que pour leur capacité à procurer du plaisir, il faut bien que quelqu'un se soucie d'eux.

Sa mâchoire se serre et ses dents se pressent contre sa lèvre supérieure tendue. Il ouvre la bouche pour parler, mais je ne suis pas moi-même. Je ne le laisse pas faire.

– Non ! Ne fais pas ça, Krisxox. Ne dis pas quelque chose que tu ne penses pas.

– Je…

– Tais-toi !

Je crie et il semble plus abattu que lorsqu'il a été fouetté devant moi. J'ai honte. J'ai honte de moi. J'ai si honte que j'en ai mal jusqu'aux orteils. La honte s'est emparée de tout mon corps, elle m'avale.

Je prends ma croix nagoom, je me retourne vers l'écran devant moi et reviens rapidement sur les traductions que j'ai fait apparaître à côté du texte original.

Devant moi, s'étalent des décennies d'Histoire transcrites selon toutes sortes de méthodes. Cela représente beaucoup de travail pour moi et mon équipe. Nous avons pu en décoder une partie à partir d'anciens disques durs. Une autre partie se trouve encore dans d'anciennes boîtes de stockage électronique que nous n'avons aucun moyen d'ouvrir. La dernière partie est même manuscrite, sur du papier, du parchemin et du papyrus. Le tout nous est parvenu dans des dizaines – voire des centaines – de langues différentes qui ne sont plus connues.

J'ai la chance d'avoir l'aide de trois jeunes scribes voraxians talentueux qui m'aident dans cette tâche spécifique, mais je n'ai *pas eu envie* de leur demander de m'aider avec ce dossier particulier. J'avais un étrange pressentiment à son sujet. C'est toujours le cas.

C'est d'ailleurs plus un *mauvais* pressentiment qu'un étrange pressentiment. C'est même un horrible pressentiment, pour être honnête.

J'aurais pu confondre la page à moitié déchirée avec un morceau de papier brouillon mal classé dans cette unité de stockage nommée *Grain : Rotation onze à treize*, s'il n'y avait pas eu la répétition distincte de certaines marques. Elles sont comme des taches d'encre, toutes identiques, d'une incroyable perfection. Après un examen plus approfondi, j'ai compris à quoi j'avais affaire.

C'est un script en meero.

Cela fait un certain temps maintenant que j'étudie le Meero. Je suis déterminée à avoir de quoi me défendre la prochaine fois que je croise la route des Niahhorrus.

Je ne suis pas comme Kiki, je ne sais pas manier une lance.

Et je ne suis pas Miari – je ne peux pas en construire une.

Mais je peux apprendre, et mon père disait toujours que le savoir est un pouvoir. Quand ma mère a participé à la Chasse, elle l'a prouvé. Elle n'a pas été blessée par le mâle qui l'a revendiquée. Elle a pu parler avec lui et, bien qu'elle ne nous ait jamais raconté avec précision ce qui lui était arrivé pendant la Chasse, elle a dit que ce n'était pas si mal.

Je sors un bâton de charbon de bois et la feuille de papier sur laquelle j'écris mes traductions depuis que j'ai découvert cet étrange dossier.

Pour vous – Cinquante mornars treyxnas. Trois fereranins. Douze geerans.
Pour son excellence – Un oud.

La Chasse. Première lumière.

Ma traduction commentée se trouve juste à côté :

Pour vous – Cinquante sacs de noix d'Ebo. Les noix d'Ebo peuvent être moulues en farine, pressées pour obtenir du lait et transformées en pâte. Riches en nutriments elles constituent l'aliment de base de la population du sixième quadrant. Trois tonnes de fereranins (créatures à sabots faciles à domestiquer et à élever, dont la viande est un aliment de base pour les habitants du premier quadrant). Neuf tonnes de geerans (créatures à sabots vénérées par les adorateurs du triple Dieu, comme moi).
A son excellence – Un oud (??).
La Chasse. Première lumière.

J'entoure le mot oud. D'une certaine façon, il me semble familier. Mais où l'ai-je déjà entendu ? Et, plus important encore, à quoi sert ce papier ? Que fait Mathilda avec ça ?

Mathilda n'a pas été avare d'informations depuis que j'ai été nommée conseillère de la Rakukanna. J'ai découvert beaucoup de choses dont je n'avais auparavant jamais entendu parler. Kiki dirait qu'elle a délibérément caché ces informations. Pour ma part, je ne la crois pas capable d'une telle tromperie.

J'ai appris qu'il y avait eu deux satellites supplémentaires lancés depuis notre monde d'origine. Un appelé Isfahan, qui a emmené les humains sur la planète Sasor. Située en dehors des huit quadrants connus, elle est trop loin pour être atteinte. Le second satellite, Balesilha, a transporté des humains vers le cinquième quadrant. Ils *sont* assez proches et, depuis la découverte des coordonnées de Balesilha, j'ai commencé à comploter avec Ixria et les xub'Ixiras. J'espère pouvoir voyager vers ce satellite, récupérer les humains, et les intégrer à la Fédération voraxiane.

Pourquoi Mathilda a-t-elle gardé ces coordonnées secrètes ? J'ai beau chercher, je ne comprends pas pourquoi le Conseil et Mathilda ne nous ont jamais dit qu'il restait d'autres humains vivants dans le cosmos.

Elle prétend que savoir qu'il y avait d'autres humains dans le cosmos que nous ne pouvions pas atteindre aurait été trop démoralisant pour la colonie, mais je ne suis pas convaincue. Cela nous aurait au contraire donné du pouvoir de savoir que nous n'étions pas les seuls humains de l'univers. Cela nous aurait donné de l'espoir, quand les soleils étaient au plus haut et que le sol était trop sec pour produire des récoltes. Je suis persuadée que la vérité libère toujours.

Je n'aime pas cette idée mais je crois que Mathilda vénère plus le pouvoir que la vérité.

Il s'agit vraisemblablement d'un traité d'échange, un marché, un pacte. Je fixe les mots et je passe mes doigts sur ma croix nagoom encore et encore. Je n'arrive pas à savoir quels sont les signataires de cette transaction. Ça ne peut pas être Mathilda : la colonie n'a pas obtenu la récompense mentionnée par cet échange et ne pouvait certainement pas donner les objets énumérés dans la première section.

Qu'est-ce qu'un oud ?

Qu'est-ce que cela a à voir avec La Chasse ?

Et puisque tout est écrit en Meero : que savaient les Niahhorrus de la Chasse et de ce qui se passait dans la colonie ? Que savent-ils aujourd'hui ?

– Pourquoi possèdes-tu un document en Meero ?

Je sursaute et pousse un petit cri de frayeur. Krisxox se tient juste au-dessus de mon épaule et fixe l'holo-écran avec un air menaçant. Des rayons aussi lumineux que le soleil explosent de son front et fouettent tout sur leur passage.

Je me déplace rapidement pour mettre de l'espace entre nous. J'essaie de retenir ma respiration pour ne pas me laisser envahir par son odeur quand je réponds :

– Je l'ai trouvé dans les documents du Conseil d'Antikythera.

– Verax.

– C'est clairement une sorte d'échange; mais ce que je n'arrive pas à comprendre, c'est pourquoi le Conseil humain aurait ça. C'est écrit en Meero.

– Tu comprends le Meero ?

– Un peu.

En fait, je le parle plutôt bien.

– Dans ce cas, tu sais que ce n'est pas que du Meero.

Il passe par-dessus mon épaule pour désigner le papier étalé sur le bureau. Sa griffe tapote le mot *oud*.

– Ce mot-là, c'est du Drakesh, précise-t-il dans un souffle.

Je sursaute et lève les yeux vers lui. Soudain, les questions sans réponse qui flottent entre nous passent au second plan. Je sais maintenant pourquoi ce mot « Oud » m'est familier.

– C'est ce qu'a dit le mâle qui m'a attaquée, c'est comme ça qu'il a appelé le bébé de Miari et de Raku. C'est un mot *grossier* alors ?

– C'est la pire des insultes, même moi je ne l'emploie pas. Je ne l'ai entendu dire que trois fois dans ma vie : pour décrire des êtres qui ne sont pas Drakeshs, ou qui sont nés d'un mélange d'espèces considéré comme impur. Une fois par ma génitrice, une fois par Vendra.

Je grimace. *Vendra, c'était son nom, c'était le nom du guerrier drakesh qui m'a attaquée. Ce n'est pas son titre, c'est son nom.*

– Et une fois par Peixal, ajoute Krisxox.

– Triple Dieu !

Je ne peux m'empêcher de crier et de dire le nom du seigneur en vain. Je lève la main, la passe sur mon front et avec ma main libre, j'évente mon visage.

– Non, non… Ce n'est pas possible. Ce n'est pas…

– Verax ! s'écrie Krisxox.

Il me regarde et ses doigts se posent sur le dossier de mon siège. On dirait qu'il veut me toucher mais qu'il se retient.

– Qu'est-ce que c'est ? Qu'est-ce que tu vois ? reprend-il parce que je ne réponds pas assez vite.

– Je…

J'ai un soupçon. Un terrible soupçon.

Je me lèche les lèvres et je me précipite vers le tiroir où se trouvent d'autres pichets d'eau. Je tâtonne pour trouver le loquet mais Krisxox pose sa main sur la mienne, se place directement derrière moi et ouvre le tiroir. Mes doigts tremblent. J'ai de plus en plus chaud. Il prend le paquet argenté qui se trouve à l'intérieur, l'ouvre avec ses dents et me le tend.

– Merci, Krisxox, je chuchote.

Il est si proche, penché sur moi comme il l'est. Les longues mèches de ses cheveux blancs emmêlés me chatouillent l'épaule quand il bouge. On dirait… qu'il va… Non !

Je bois rapidement, repose le pichet et réponds enfin :

– Mathilda a dû passer des marchés avec le Bo'Raku qui a précédé Peixal et avec les Niahhorrus aussi.

Krisxox fixe l'écran. Son regard parcourt le texte en Meero encore et encore.

– Pogar, murmure-t-il dans un souffle.

– Verax.

– Pogar. C'est son nom d'esclave. Ne lui attribue pas plus de mérite qu'il n'en a en utilisant le titre qu'il a perdu.

J'acquiesce, je connais l'histoire. Les Bo'Rakus des dernières rotations ont tous été des monstres. Le fils a suivi les traces de son père. L'un a établi la Chasse. L'autre l'a poursuivie. Le second, cependant, a connu sa fin sur les plaines glacées de Nobu. Le premier a été exilé sur Kor après une invasion ratée de Nobu qui a été repoussée par Va'Raku.

Irritée, pour la énième fois, par l'utilisation compliquée des titres et l'Histoire encore plus complexe des Voraxians, je souffle et pointe l'écran avec plus de force.

– Oui, oui… Pogar. Mathilda a dû tenter de commercer avec lui, mais l'échange n'a pas pu se faire.

– Verax.

– Les petits n'ont pas survécu. Si c'est ce qu'on entend par *oud* ici, alors il s'agissait d'un échange contre un bébé hybride.

– Il aurait pu obtenir beaucoup pour un seul bébé. Surtout s'il avait l'intention de faire du commerce avec les Niahhorrus. Cependant, je ne pense pas qu'ils faisaient partie de ce marché. Il écrit en Meero seulement pour couvrir ses traces. Mais ça…

Sa griffe tape à nouveau sur mon parchemin. Sur le mot *Oud*.

– C'est une erreur. Il a écrit ça parce qu'il n'a pas trouvé d'autre mot pour décrire les bébés.

« Bébés », ce mot me surprend venant de lui. C'est la première fois qu'il reconnaît que c'est ce qu'ils sont, qu'ils soient humains, voraxians ou les deux.

– Tu penses que c'était un échange raté entre Mathilda et Pogar, alors ?

Krisxox acquiesce.

– Et toi, qu'en penses-tu ?

– Hexa, c'est aussi ce que je pense.

– Elle devra être punie.

Le froid me transperce le ventre. C'est étrange, parce qu'au fur et à mesure que cette horrible sensation me saisit, j'ai l'impression qu'il la ressent. Il se plie légèrement, il grimace comme s'il souffrait.

– C'est tout ce à quoi tu penses, n'est-ce pas ? C'est tout ce que tu veux, hein? Punir les humains ?

Le frémissement inimitable des moteurs interrompt ce qu'il aurait pu dire ensuite. Dès que nous avons stabilisé notre descente, je plie mon parchemin, le range dans la poche de mon abaya, puis vérifie rapidement l'état de mes cheveux.

Ce sera la première fois que quelqu'un de la colonie les verra.

Ils sont nattés en deux longues tresses fixées par de petits élastiques assortis à la couleur de mes cheveux. Chacune pend sur mon épaule pour atteindre ma poitrine. Je prends une nouvelle inspiration.

Allez, il faut y aller. Je peux le faire.

La honte me frappe, m'engloutit à nouveau.

Je ne sais pas. Peut-être que…

Je lisse les poils doux à la racine de mes cheveux et prends une autre inspiration fortifiante. Puis une autre. J'expire. Ahh. *Sois forte.*

– Qu'est-ce que tu fais ? demande Krisxox quand il me voit prendre le panier avec mes affaires – *des affaires qu'il a rassemblées pour moi* – et le second panier avec des cadeaux pour Miari avant de me diriger vers la porte.

Je m'arrête et le regarde, confuse. Mon visage se crispe. *Ne respire pas. Sois forte.*

– Nous sommes arrivés. Je me prépare à débarquer.

En grognant, il attrape l'un des foulards que j'ai déballés et laissés sur ma paillasse.

– Et tes *cheveux*? Ton triple Dieu ne va-t-il pas te punir si tu sors sans les couvrir? Tu l'as déjà oublié ?

Mes larmes coulent sans que je puisse rien faire pour les arrêter. Elles viennent avec la honte qui m'étouffe. Je cligne des yeux plusieurs fois et secoue la tête. J'essaie de ne pas me laisser submerger par la rage. Mais je n'y arrive pas.

– Je n'en ai plus besoin.

Je me dirige vers la porte.

Krisxox fonce à travers la pièce, il me bloque le passage. Il secoue le voile devant mon visage comme une manifestation physique du triple Dieu, comme un symbole de ma honte.

– Verax.

– Je ne te dois aucune explication.

J'essaie de l'esquiver, mais il est trop large, il remplit la porte de sa belle peau rouge. Son torse est nu. Il l'est toujours. Je veux y enfoncer mes ongles, grimper sur lui et le rouer de coups.

L'intérieur de mes cuisses tremble, j'ai du mal à maintenir mon propre poids. Je suis si fatiguée.

Mentalement et physiquement, je suis épuisée. C'est censé être un jour heureux. Comment vais-je pouvoir soutenir Miari ? Je suis censée être forte pour elle.

La honte ne m'a rien laissé, je suis vide.

– Svera, dis-moi ce qui se passe. Qu'est-ce qu'il y a ?

Sa voix se brise et quand je lève les yeux vers son visage froid et en colère, il déglutit plusieurs fois. Je me sens soudain trop fatiguée pour lutter.

– Seules les vierges portent le voile. Les femmes qui sont mariées ou détruites ne le portent plus.

Il se raidit.

– Détruites?

– Hexa. Détruites. Je ne suis pas mariée et j'ai enfreint un principe du triple Dieu. Je vais devoir me dénoncer devant la congrégation. Les prêtresses et les prêtres devront décider si je dois quitter la congrégation ou pas, et dans le cas où je resterais, si je suis forcée de me repentir.

Krisxox secoue la tête. Ses yeux n'ont jamais été aussi grands, et pendant un instant, il me terrifie.

– Krisxox, s'il te plaît, pousse-toi de mon chemin. Ces paniers sont lourds.

Et vu la façon dont on a baisé, j'ai à peine la force de les porter.

Il m'ôte les paniers des mains si rapidement que tout mon corps vacille. Il me prend contre sa poitrine, avant de les poser sur le sol. Rapidement, sans savoir comment s'y prendre, il se met à enrouler le foulard autour de mon visage.

Il couvre mes yeux, mon nez et toute ma tête. Est-ce qu'il essaie de m'étouffer ?

– Krisxox !

– Tu n'es pas détruite.

– Krisxox, arrête !

Je m'agite et je réussis à m'arracher à sa prise. Je recule dans la pièce et mes mollets touchent le bord de la palette. Je m'y affale pour atterrir directement sur ma pile d'écharpes.

– Je ne t'ai pas détruite. Je n'ai pas fait ça…

Ses crêtes clignotent maintenant et les couleurs me surprennent. Elles sont grises. Le gris, c'est la couleur du chagrin.

Quelque chose se tord à l'endroit où battent mes deux cœurs. Je lève la main et touche ma poitrine. J'ai l'impression de m'effondrer. *Inspire. Expire… Ahh… Respire. Détends-toi.*

– Krisxox, tu n'avais pas le choix. Je… t'ai supplié. Mais c'est fait maintenant. Je suis une femme détruite, souillée, aux yeux de ma congrégation. Ce n'est pas grave. Je n'aurais pas pu attirer un homme de ma congrégation de toute façon. Je suis trop pâle et même si quelqu'un avait voulu de moi… tu es là. Tu ne m'aurais pas laissée trouver un autre partenaire. Tu ne peux pas. Tu es mon âme sœur Xiveri. Tu as beau me détester, tu n'as pas d'autre choix que de défendre aux autres mâles de m'approcher. Alors… s'il te plaît, éloigne-toi maintenant.

Il n'en fait rien. Mes mots semblent briser quelque chose en lui. Il se met à genoux à mes pieds et attrape la palette de chaque côté de mes genoux. Il incline son front pour les toucher, glisse son visage entre eux, les force à s'écarter. Il mord l'intérieur de mon genou et je sursaute. Quand il se redresse, je peux voir qu'il a changé.

– S'il te plaît, Svera, dit-il en drakesh.

S'il te plaît.

Je ne suis pas sûre de savoir ce qu'il veut. Quand il répète ce qu'il vient de dire en humain mal maîtrisé et avec un fort accent, je suis complètement perdue.

– *Celle te playe.*

Je sursaute de là où je suis assise, et ça n'a rien à voir avec le fait que le téléporteur gronde en s'arrimant.

– Je… ce serait mal. Ce serait un mensonge…

– Fais-le pour moi. *Celle te playe.* Juste pour le moment. Je vais faire quelque chose. Je vais tout arranger, je te le promets, je vais tout arranger.

– Comment ?

– J'ai lu ton manuel sur les humains.

Je suis sous le choc.

– Ah bon? Vraiment ?

Il hoche la tête.

– J'ai lu tes explications sur *se pouzer*. Ce n'est pas différent du Xanaxana sauf que le Xanaxana est plus puissant. Nous sommes déjà des *népous* selon les codes de Voraxia. Je vais l'expliquer à ton peuple du triple Dieu et ils comprendront.

Je remarque qu'à aucun moment, il ne me propose de m'épouser selon mes propres coutumes. Non pas que je veuille qu'il le fasse. Il n'a pas l'étoffe d'un mari. Il n'est que le chef de la stratégie guerrière de Voraxia, rien de plus.

– En attendant, porte ton foulard.

Mes épaules s'affaissent. Je baisse les yeux sur le hijab posé sur mes genoux et l'enfile lentement, à contrecœur.

– Les gens mariés ne se détestent pas, dis-je tout bas.

Je glisse mes tresses sous le hijab avant de l'attacher solidement.

– Haine ou pas, ça ne fait aucune différence, dit-il en prenant mes paniers.

– Nox, je murmure tristement. Je suppose que ça ne fait aucune différence.

8

Krisxox

J'ai cédé à la panique. Et je suis ivre.

La pièce qui m'entoure est bondée, tout le monde se presse contre la vitre. L'Islu'Raku s'adresse à moi pendant que nous attendons la naissance du petit. Je grogne et lui fais signe de s'en aller : ce qu'il a à dire ne m'intéresse pas. Ce qui m'intéresse, c'est le beau visage de ma Svera de l'autre côté de la vitre.

Concentre-toi.

Putain de xok, concentre-toi !

Mon Xanaxana ne me laisse pas faire.

Voilà. Je l'ai dit. Mon Xanaxana délire à plein tube à cause de la putain de xok de femelle à la fente chaude comme du banban. Cette plante produit une fumée utilisée pour les feux cérémoniels des anciens villages Drakeshs. Au cours de ces cérémonies, ils pratiquent encore les arts sombres : *la magie. Svera est pleine de cette fumée, et quand elle s'échappe d'elle, elle s'abat sur moi, telle une nuée de malédictions irrévocables.*

Elle pense qu'elle est détruite ?

C'est moi qui suis complètement détruit, putain de xok ! Avant, j'étais un mâle fier, mais aujourd'hui, alors que je me tiens de l'autre côté d'une plaque de verre et que je regarde la chambre de maternité de la Rakukanna, je ne vois qu'une humaine. Elle. Je ne vois pas le Raku qui se tient fièrement à côté de sa compagne et lui donne à boire comme un esclave.

Je ne vois pas l'autre humaine, la Va'Rakukanna de Nobu, se tenir aux côtés de la Rakukanna pour lui murmurer à l'oreille. Je ne sens pas le frottement du bras du Va'Raku contre le mien alors qu'il se déplace à côté de moi tout en observant la progression de l'accouchement.

Je ne vois pas Lemoria et son armée de xub'Lemorias traverser la pièce avec précipitation, un nid pour bébé dans les bras, tout en vérifiant écran holo après écran holo pour s'assurer que les signes vitaux de la Rakukanna ne sont pas affectés quand elle commence enfin à pousser.

Tout ce que je vois, c'est Svera. Je scrute son visage quand, après un quart de solaire, l'hybride émerge du corps de la Rakukanna, tout rouge, humide et scintillant. On peut l'entendre crier même à travers la vitre. Il couvre de ses hurlements le soupir joyeux et reconnaissant du Va'Raku à côté de moi et les acclamations des autres xub'Rakus rassemblés qui observent la scène.

Soudain, je sens mon corps se contracter. Nox. Le Xanaxana est en train de m'engloutir. *Sa magie noire est à l'œuvre*. Mon xora se raidit à la vue de l'humidité sur le visage de Svera. Elle pleure à nouveau. Seuls les petits et les Humains pleurent. C'est une pratique méprisable et pourtant... Je ne peux m'empêcher de repenser à ce que j'ai ressenti en voyant l'humidité sur ses joues lorsqu'elle s'est effondrée dans mes bras. Elle avait mal, mais elle s'est montrée courageuse et elle a laissé mon xora entrer dans sa chaleur jusqu'à la base. J'étais en elle. Putain de xok, j'étais *en* elle et juste après, quand elle a rouvert les yeux, j'y ai lu… du chagrin.

J'ai couché avec des centaines de femelles et aucune d'elles ne m'a jamais regardé comme ça. Elle semblait déchirée, brisée.

Détruite.

Mon cœur – mon unique cœur, parce que je ne porte que le sien maintenant – ralentit et manque un battement. Puis un autre. Je pourrais mourir de la blessure qu'elle m'a infligée.

Nous nous sommes accouplés, j'étais en elle, et pendant l'acte, elle exultait. Elle était comme enflammée; mais quelques instants plus tard, quand tout fut fini, elle s'est éteinte.

Cela ne doit plus jamais arriver. Elle est à moi maintenant, pour toujours.

Que diraient ceux qui m'ont donné la vie ?

Ils l'appelleraient « *Oud* ».

Et s'ils le faisaient en ma présence, je les tuerais et je les enterrerais sans hésiter là où j'ai enterré Vendra.

Mon pied se dirige vers l'entrée de la salle d'accouchement. Comme Lemoria a déclaré que les spectateurs qui n'y avaient pas été invités ne devaient pas franchir le pas de la porte, Va'Raku attrape mon bras. Sans détourner le regard de la vitre, il dit doucement :

– Tes crêtes te trahissent, Krisxox.

Je me tends, je remets mes pieds en position et j'essaie de me reprendre. Mes crêtes bouillonnent d'émotion, mais ce n'est pas celle qui fait couler des larmes sur les joues de Svera. Je suis empli d'obscurité. Je la hais. Je la hais car c'est de sa faute si je ressens toutes ces choses. Et je hais sa congrégation : c'est de leur faute si elle a du chagrin. Mais celui que je hais le plus : c'est moi.

Je devrais me haïr pour avoir cédé à la tentation et pour avoir couché avec elle. Mais ce n'est pas le cas, je me hais parce qu'une fois de plus, j'ai lamentablement échoué, je n'ai pas été là pour elle.

– C'est un heureux événement, n'est-ce pas ? dit Va'Raku les mains derrière le dos alors qu'il regarde droit devant lui.

Ses crêtes ne trahissent pas un soupçon de la satisfaction que je peux entendre dans son ton. Il inspire :

– On ne peut que se réjouir d'un tel spectacle, et espérer avoir un jour cette chance.

Je me contente de grogner. Si je dis quelque chose d'irrespectueux envers son âme sœur Xiveri maintenant, je ne doute pas qu'il m'étripera et je n'ai aucune envie de le tuer. Pour quelqu'un qui n'est pas de sang pur, comme le prouve sa peau violette – une combinaison du bleu voraxian et du rouge drakesh – c'est un bon dirigeant. Il aurait probablement dû être Raku. Il l'aurait été s'il avait été prêt à renoncer à son rôle d'Okkari sur Nobu. Mais il n'a pas voulu renoncer à Nobu, c'est sa planète, son foyer.

Son *foyer*.

J'ai du mal à garder l'équilibre. Je prends appui contre un mur. Je ne sais pas pourquoi ce mot me dérange autant… Je décide de prendre une autre bière forte à la table voisine.

Svera émerge de la chambre d'accouchement quelques minutes plus tard avec la Va'Rakukanna et plusieurs xub'Lemorias. Les xub'Lemorias déclarent que la naissance s'est très bien déroulée. La Rakukanna n'a même pas eu besoin de l'aide de la technologie moderne pour faire naître l'enfant, elle a accouché naturellement, ce qui selon elles, est un miracle. *On a l'impression qu'elles acclament une grande victoire. Les femelles ont pourtant mis des petits au monde pendant des millénaires sans l'aide de notre technologie sanitaire.* Malgré tout, après les avoir écoutées, j'expire un peu plus profondément.

— C'est une fille ! s'écrie la Va'Rakukanna avant de bondir sur son compagnon qui la fait tourner sur elle-même.

Mon cœur solitaire bat plus vite alors que mon regard se pose sur Svera. J'aimerais ne pas la regarder, mais je ne peux pas m'en empêcher. Elle me regarde aussi, les joues roses, mais elle détourne rapidement les yeux pour discuter avec une autre xub'Lemoria. Je me demande si elle pense la même chose que moi.

J'aimerais qu'elle bondisse de joie dans mes bras.

J'assiste aux festivités qui se poursuivent l'esprit agité. Des xub'Rakus de notre grand quadrant se permettent de faire des déclarations audacieuses:

— Les humains nous ont sauvés !

D'autres vont encore plus loin :

— Nous avons une grande dette envers la Rakukanna.

Ou encore:

— Nous espérons que ce n'est que le début et que l'avenir nous apportera de nombreux petits hybrides.

Et enfin:

— La petite Rakuka marque le début d'une nouvelle ère dans l'Histoire de Voraxia.

Une ère dans laquelle les *ouds* n'existent plus. Une ère dans laquelle Svea pourrait… porter mon…

Putain de xok. Que feraient mes parents si…

Ces pensées m'épuisent. Je n'ai pas dormi depuis un solaire et je commence à le ressentir. Je suis en train de m'effondrer.

Lemoria émerge enfin de la chambre et les xub'Rakus rassemblés l'acclament comme si elle était une putain de xok de reine. Elle a au moins la décence de lever les mains et de rejeter, puis de faire cesser, toute cette adulation. Toutefois, elle présente la Rakukanna comme la véritable héroïne. Elle indique quelque chose à propos de son canal d'accouchement. Il n'est pas plus large que celui des autres humaines qui n'ont pas été capables de donner naissance à des petits ou qui ont perdu la vie en accouchant, cependant, sa persévérance et les conseils de l'équipe lui ont permis de mettre au monde un bébé en bonne santé.

Svera, quant à elle, prend part à la fête. Elle trinque et boit son breuvage rose sans alcool, tandis que les autres, moi compris, boivent une boisson alcoolisée bleue. Je ne trinque pas, mais je descends bière sur bière dans un coin de la pièce somptueuse. Je continue à boire alors que les autres xub'Rakus s'installent sur les divans et les poufs bas de cette salle, tout à leurs écrans holos. Ils s'affairent à communiquer les nouvelles aux confins de tous les quadrants.

La Va'Rakukanna retourne dans la chambre d'accouchement, avec son compagnon cette fois-ci. Elle tient le petit pendant que le Raku aide à nettoyer et habiller sa Rakukanna. Les crêtes de Va'Raku, qui observe le bébé, rayonnent d'un bleu profond de satisfaction et de plaisir. Il le couve des yeux comme si c'était le sien. Il va même jusqu'à prendre le petit être endormi emmailloté de langes quand on le lui offre, et il le fait sans se plaindre, ni poser de questions.

Je détourne le regard, je retourne à mon verre. Cet alcool n'est pas assez fort. Alors, je prends un autre verre. Pendant ce temps, Svera et Lemoria quittent la chambre et seule Svera revient quelques instants plus tard. Elle ne retourne pas dans la chambre d'accouchement, mais se dirige vers moi.

Je suis pris de panique un court instant. J'ai peur que tout cela lui ait donné envie de me poser des questions auxquelles je ne pourrai pas répondre, mais elle passe juste à côté de moi. Elle ne me regarde même pas. C'est presque comme si elle n'avait pas remarqué que j'étais là, alors qu'elle a posé sa marque, au fer rouge, sur mon font. Un signe dont je ne pourrai jamais me défaire, un signe que je porterai pour toujours.

Je la suis dans le vaste couloir comportant de nombreuses portes menant à d'autres chambres d'accouchement, toutes aussi opulentes que celle-ci. Il y en a des centaines dans le nouveau centre de naissance construit sur la colonie humaine. Il est destiné à accueillir les femmes humaines, hybrides et voraxianes. C'est censé être le plus grand centre d'accouchement de tout Voraxia, c'est comme s'ils avaient voulu créer une planète spécifique où les enfants de toutes sortes seraient vénérés.

À quoi ressemblera le petit de Svera ?

Cette pensée me fait tituber et l'alcool que je viens d'avaler remonte dans ma gorge avec de la bile. Ce n'est pas le fait d'imaginer le petit de Svera qui me rend malade.

Je suis malade à l'idée que si je ne fais rien, ce petit ne sera pas de moi.

Je peux sentir l'odeur du bébé sur ses bras, sur ses vêtements. Ça me perturbe. J'ai terriblement mal à la tête. Mon Xanaxana, lui, est ravi.

Le souvenir de sa chair nue se tordant sous la mienne me hante de jour comme de nuit. C'était, en un mot, spectaculaire. Ça a *tout* changé. Elle m'a détruit quand elle m'a regardé, excitée, sur cette palette basse. Elle m'a détruit quand elle m'a demandé d'aller chercher Tur'Roth. *Ce mâle ne devrait même pas être en vie.*

Elle est terrible.

J'ai connu des pirates Niahhorrus moins cruels. Cette petite vicieuse m'a utilisé pour son plaisir, elle a contrôlé mon xora, elle l'a fait sien. Il ne sera jamais à quelqu'un d'autre. Ce n'est même plus le mien. Il lui obéit, il se courbe à sa volonté. Elle ne le sait pas encore, mais elle n'a qu'à demander et je m'exécuterai. Tout ce qu'elle a à faire, c'est de me demander d'oublier ma fierté et de l'épouser.

Mais elle ne le fera pas.

Je ne suis même pas sûr qu'elle veuille toujours de moi.

Cette pensée me frappe comme un éclair. Ce n'est pas possible, et pourtant… Elle ne veut pas de moi.

Elle est mon âme sœur Xiveri, mais elle ne veut pas de moi.

Et je ne veux pas d'elle non plus, mais elle est à moi.

Le silence m'engloutit. Il siffle dans mes oreilles, il traverse l'espace vide. Qu'est-il arrivé à mon cerveau ? Comme un écran holo qui s'éteint à cause d'un dysfonctionnement, il m'a abandonné. Je n'arrive plus à réfléchir.

Qu'est-ce que je suis censé faire ?

Si nous ne voulons pas l'un de l'autre, mais que nous sommes irrémédiablement liés, sommes-nous censés vivre comme ça pour toujours ? Dans la douleur ?

Non.

Je n'aime pas la voir souffrir.

Elle a besoin que j'agisse, que je prenne la bonne décision. Elle a besoin que ce soit *moi* qui fasse le premier pas. Elle a besoin que j'arrange tout, que je la protège. Et cela, même si je dois la protéger de moi-même.

– Svera ! Attends !

Elle est presque à la porte de l'ascenseur qui va l'emmener à la surface de la planète. Nous sommes au plus haut des cinq étages de ce nouveau centre. Bien que l'ascenseur ait des rampes, comme un planeur, il n'a pas de murs. Elle pourrait tomber. *Je veux la rattraper.*

Ses joues sont rondes et lisses et ses grands yeux brillent étrangement. Quelque chose ne va pas.

– Où vas-tu ? Tu vas affronter Mathilda ?

– Tu ne penses qu'à ça, n'est-ce pas ? À la punir ?

Putain de xok. Qu'est-ce que j'ai dit ?

Elle ne m'a jamais parlé comme ça. On dirait qu'elle souffre.

– Tu es blessée ? Qu'est-ce que ce putain de xok de bébé…

– Oud ? C'est comme ça que tu allais l'appeler ?

L'entendre prononcer ce mot me terrasse. Je regrette de lui avoir révélé sa signification.

– Svera…

Elle ne répond pas. Elle se contente de pousser un cri d'agacement avant de se détourner de moi.

Elle agite la paume de sa main devant le lecteur et une faible lumière vert foncé illumine le seuil et le linteau. Sa demande a été enregistrée.

Le tapis au sol sous mes pieds est fait de plastique synthétique. Cela suffit à assourdir mes pas sans transporter les acariens qui peuvent affecter les malades.

– Tu ne peux pas partir sans me parler. Surtout après ce qui s'est passé. Tu peux me détester, mais je suis toujours ton protecteur et…

Elle me coupe la parole, aussi nettement qu'elle m'aurait tranché la gorge si ses mots avaient été des lames aiguisées.

– Plus maintenant. J'ai déjà fait une demande pour obtenir un autre protecteur.

– Verax !

Nox. Ce n'est pas possible. Je titube quand elle m'enfonce à nouveau ces lames dans le cœur cette fois-ci. Quelle créature terrible !

– La Rakukanna restera ici, sur la colonie humaine, pendant quelques temps. Je vais rester avec elle jusqu'à son retour à Voraxia. Je repartirai quand elle partira et ensuite je prendrai un werro pour moi à Illyria ou sur Nobu. On m'a déjà offert un dôme dans le village de la Va'Rakukanna.

– *Non.*

Je connais ce mot dans sa langue humaine. Elle l'a souvent dit devant moi.

– Si.

La rage a fait surface en moi. Elle me frappe comme une pluie de poings. Je secoue la tête, les effets et les implications de ses mots m'abattent. Ils font exploser mille émotions en moi tandis que la peau s'engourdit au bout de mes doigts. Je sens soudain la vie jaillir à travers chacune de mes cicatrices. Je lève les yeux vers son visage, vers la douce cicatrice sous son œil gauche. Elle est presque imperceptible maintenant, mais je peux toujours la voir me regarder comme un néon. Cette petite marque me rappelle sans cesse mon échec passé.

J'étouffe.

– C'est à cause de ce qui s'est passé sur le téléporteur ?

Je voulais attendre le bon moment pour en parler, mais bon, voilà que j'aborde le sujet malgré moi. Je viens de rendre réel ce qui était censé rester un rêve, un secret.

– Bien sûr !

– Je te l'ai dit, je vais arranger ça.

– Tu ne peux pas.

– Si, je peux…

– Nox, Krisxox. A moins que tu ne prévoies de m'épouser, non, tu ne peux pas. Et même si c'était le cas, même si tu voulais m'épouser, je ne le voudrais pas. Je ne veux pas de toi comme compagnon !

Saloperie d'ironie.

Je secoue la tête et regarde les portes de la plate-forme s'ouvrir derrière elle. J'essaie de me rattraper, de comprendre ce qui a changé.

La déchirure dans ma poitrine s'est aggravée, la nausée aussi. Je peux sentir Xaneru qui essaie de m'ancrer tandis que Xana me déchire d'en haut. Elle va reprendre le Xanaxana et même si c'est ce que je voulais et que je refuse d'y céder, je ne suis pas assez fort pour l'abandonner.

Hexa, je suis détruit. Mais même en ce moment, je suis heureux qu'il en soit ainsi. À cause d'elle. Elle est le jardin. Son nectar chaud ne fait que le prouver. *Ne me laisse pas seul dans le jardin, Svera.* C'est ce que je voudrais lui dire. Je voudrais le crier jusqu'à ce que mes poumons brûlent.

Que penseraient ceux qui m'ont élevé ? Qu'ils aillent se faire xok !

– Svera…

J'étouffe, ma poitrine se soulève alors que je m'adosse au mur.

– Ne fais pas ça. Je peux tout… arranger.

Elle fait un pas en arrière sur le palier et son bras bloque toujours la porte, mais c'est tout ce qui la retient ici avec moi.

Sans prévenir, elle arrache son foulard et le jette vers moi. Il voltige au sol, plus près de ses pieds que des miens, et juste avant que les portes ne se referment, elle m'achève :

– Tu en as assez fait.

Tout me tombe dessus. La vague. L'horreur. Toutes les tortures de l'Histoire me sont infligées d'un coup. Xana, dans son infinie sagesse, me donne ce que j'ai toujours voulu.

Elle me libère du lien Xiveri qui nous destine l'un à l'autre. La douleur est trop forte pour être supportée.

Je m'évanouis.

9

Svera

J'ai les poings serrés et les épaules tendues quand je finis par quitter la foule de gens qui m'entourent et se réjouissent de l'accouchement réussi de Miari. Je devrais me réjouir aussi, mais je suis triste. Les commentaires sur mes cheveux vont bon train. On se demande avec qui j'ai été mariée et pourquoi personne n'a été invité. Je ne dis rien, je n'explique rien.

Ma honte ne peut plus rivaliser avec le soupçon – *l'accusation* – qui grandit comme une infection au creux de mon estomac. Elle pourrit tout ce qu'elle touche.

Je cours aussi vite que mes sandales plates me le permettent dans la rue principale de la vieille ville. Je me rends sur la colline où les nouvelles maisons sont construites. Les membres du Conseil d'Antikythera ont été les premiers à se voir attribuer les maisons construites par les Voraxians. Ces demeures disposent de toutes les commodités de la technologie de Voraxia, associées à quelques innovations de notre colonie.

Toutefois, je ne me dirige pas vers les maisons des membres du conseil d'Antikythera. Surplombant le paysage, avec leurs façades composées d'un matériau couleur rouge poussière, qui ne laisse pas entrer la chaleur et qui ne tache jamais : ces habitations sont superbes. Par contre, *elles ont l'austérité des pierres tombales.*

J'emprunte un chemin de traverse et je m'arrête devant la plus grande des maisons de cette rue. Non, pas la plus grande, la deuxième plus grande en superficie après celle de Miari et du Raku ainsi que celles des autres xub'Rakus lorsqu'ils sont en visite. Mathilda et sa petite-fille, Deena, jouissent d'une propriété aussi grande que ces demeures. J'utilise ma main pour protéger mes yeux des rayons du soleil et je les fixe. *Mathilda, comment as-tu pu* ?

Non. Je ne peux pas tirer de conclusions hâtives. Je ne suis pas encore sûre; j'ai besoin de preuves. C'est ce que je me dis en quittant la route principale et en me dirigeant vers la petite maison en pisé que mes parents et mon frère partagent : *ma* maison. C'est la seule habitation que je puisse nommer ainsi, c'est la seule qui m'appartienne vraiment. Ma chambre à Qath n'est plus qu'un lointain souvenir.

Enfin… elle devrait être un lointain souvenir.

Ce *sera* le cas. Bientôt.

Ma maison était l'une des plus grandes de la colonie avant que les Voraxians ne commencent leurs constructions. Pour être honnête, elle est toujours l'une des plus grandes habitations de cette terre anciennement désolée. Ornée de ses grandes fenêtres en verre *véritable* au premier *et* au deuxième étage, elle a toujours eu des allures de palais comparée à la maison en bois délabrée dans laquelle Kiki a grandi, ou à la cabane en tôle encore plus misérable que Miari s'est construite quand elle a été assez grande pour quitter l'orphelinat.

La poussière de la porte se dépose sur ma main moite quand je frappe. J'avais tellement hâte de revoir mes parents que j'ai oublié l'inoubliable... mais lorsque la porte s'ouvre et que je vois le visage rayonnant de ma mère, ma joie s'évapore. Je ne ressens que la douleur d'une trahison que je ne pourrai oublier...

Il y a des vies en jeu, ressaisis-toi.

– Svera !

Le son de sa voix m'a énormément manqué. Ses sourcils se froncent sur son nez légèrement incliné.

– Qu'est-ce qu'il y a, Sheifala ? Ton voile ! Est-il tombé ? Il t'en faut un autre ? Habibi, s'écrie-t-elle par-dessus son épaule, va vite chercher un voile pour Svera. Le sien est...

– Nox.

Je secoue la tête. Sois *forte*. Je la fixe du regard. Sois *courageuse*.

– Nox, maman.

Ses yeux s'écarquillent. Elle ouvre la bouche, mais avant qu'elle ne puisse dire quoi que ce soit, je déclare :

– Je dois vous parler, à toi et à papa. Tout de suite.

– Bien... bien sûr.

Elle ouvre la porte et je rentre. Une fois qu'elle l'a refermée derrière moi, bloquant ainsi la lumière du soleil, je jette un coup d'œil autour de moi. Mon cœur se serre. Tant de choses se sont passées et, ici, rien n'a changé.

Les fauteuils en cuir de mon enfance sont toujours regroupés autour de la table commune. Elle est basse et faite d'un bois noir usé que mon grand-père a récupéré à l'extérieur du dôme quand il était jeune.

Il était alors l'un des chasseurs, mais il a fini par être attaqué par une petite créature aux défenses acérées. Quand il a été ramené au village, il n'y avait qu'un seul médecin : la mère de ma mère. Après l'avoir soigné, elle lui a donné un livre de médecine que son père avait pris dans le plus grand secret du satellite Antikythera. Il a appris l'art de la médecine en étant son apprenti et ils ont fini par être liés par une grande amitié. Leurs enfants, devenus médecins à l'âge adulte, se sont mariés.

De l'autre côté de la pièce, se trouve un tapis de prière. Il est étendu là comme s'il avait été utilisé récemment. Bien usé, vert, il présente une belle calligraphie en son centre. Il provient de l'ancien monde et c'est le bien le plus précieux de ma famille.

– Sheifala, dit mon père en arrivant au bout du couloir.

Il sursaute à la vue de mes cheveux et son regard descend jusqu'à ma gorge. Les marques qui s'y trouvent sont bien visibles. Sa main vient couvrir son cœur et le mien se brise presque au même moment. Mes deux cœurs se brisent dans un fracas assourdissant.

– Svera a quelque chose à nous dire, habibi, dit ma mère. Parle-nous d'abord de la naissance, ma fille. Est-ce que tout s'est bien passé ? Nous avons entendu des bruits de fête dans les rues et nous avons supposé que c'était pour une célébration.

Elle serre sa croix nagoom. Les perles de son collier sont aussi usées que les miennes. Elle transmettra ces perles à mon futur enfant, si j'ai la chance d'en avoir, et je transmettrai mes propres perles aux enfants de mes enfants. Ainsi, le cycle se poursuivra et grâce aux croix nagooms, aucune vie ne sera jamais oubliée.

– Hexa, je réponds par réflexe avant de continuer en humain. Je veux dire, oui. Miari et le Raku ont mis au monde une enfant sans encombres.

– Alhamdullah.

La voix de mon père résonne en même temps que celle de ma mère.

– Où est Ibra ? je demande.

– Il fait la prière avec Corane.

Super. Ça m'arrange qu'il soit absent pour cette discussion.

– Ils prient pour que tout se passe bien pour Miari. La colonie entière est dans tous ses états depuis qu'elle est entrée au centre médical. Ils espèrent qu'il n'arrivera rien à Miari, ou à l'enfant. Tu es sûre que l'enfant est née saine et sauve ? La… Rakuka ?

J'acquiesce. Je sens une boule se former dans ma gorge, j'ai du mal à déglutir. Je touche à nouveau mes cheveux. La façon dont mon père les regarde me met mal à l'aise. *Il va falloir que je m'y fasse.*

– Oui, maman, c'est une Rakuka, mais en privé, tu peux appeler le bébé Dora.

– Ah! C'est le nom parfait, mashallah, dit mon père en faisant le signe du triple Dieu sur sa poitrine, puis en embrassant le bout de ses doigts.

J'acquiesce. Ma mère renifle et je lutte un instant contre l'envie de la serrer dans mes bras… avant d'y céder.

– C'est en honneur à la mère de Miari.

– Oui, dit ma mère, l'air larmoyant, je sais, Sheifala, je sais.

Elle me serre fort dans ses bras et j'oublie l'espace d'une minute que je suis la conseillère de la Rakukanna et que je suis partiellement responsable de toutes les vies humaines et hybrides de cette petite lune tournant autour de Cxrian, lui-même en orbite autour d'un des soleils de Voraxia. Au lieu de cela, je pense à l'enfant que j'étais autrefois.

– Oh, Sheifala, tu trembles. Viens.

Puis, plus doucement, mon père murmure :

– Quoi qu'il se soit passé, nous le surmonterons ensemble.

Il touche mes cheveux et je grimace. Les larmes me montent aux yeux. Il ne connaît même pas la profondeur de ma dépravation, mais il m'a déjà pardonnée.

Pourrais-je moi aussi lui pardonner ?

Les bras de mon père se referment sur moi. Sa chemise sent la morelle. Des vêtements de ma mère, émane une odeur de nourriture brûlée. Elle a probablement encore essayé de cuisiner alors que ce n'est pas son fort. J'expire profondément et notre étreinte se prolonge silencieusement dans l'entrée de notre petite maison. Les mots se pressent dans ma gorge, ils m'étouffent. Je dois parler mais je veux garder pour moi la question qui alourdit mes cœurs. Je n'ai aucune envie de la poser à voix haute.

– Qui veut un peu de chay ? demande mon père.

Ma mère sourit en répondant par l'affirmative et je me dégage lentement de son emprise. Mon nez coule un peu et c'est les yeux rouges que je me dirige vers le salon. Je prends un des sièges bas et je replie soigneusement mes genoux sous moi.

– Je...

Je ne veux pas leur demander ce que je suis venue leur demander. Peut-être vaut-il mieux ne pas savoir.

– Je suis désolée que vous n'ayez pas pu assister à la naissance de la petite Rakuka. C'est la première naissance d'hybride sous la responsabilité de Lemoria et comme elle était inquiète, elle a donné la priorité à son personnel. Mais vous pourrez assister aux prochaines naissances qui auront lieu ici, y compris à celle du bébé de Jaxal et Lisbel, elle y veillera. Elle m'a demandé de vous présenter ses excuses les plus sincères. Elle sait que vous êtes des médecins compétents.

– L'enfant est né. L'enfant et la mère sont en bonne santé et en sécurité. C'est tout ce qui nous importe, dit mon père en prenant une gorgée de son thé accompagnée d'un morceau de pain au sucre et aux racines.

Il jette à nouveau un coup d'œil à mes cheveux, puis détourne le regard. Ses joues pâles s'empourprent. Je tiens mon aptitude à rougir rapidement de lui; je suis donc sûre que mes joues sont maintenant aussi roses que les siennes.

– Nous n'avons pas été froissés par le fait que Lemoria nous remplace, reprend-il. Le triple Dieu ne tolère pas une telle fierté.

J'acquiesce et prends une gorgée de mon thé de morelle. J'ai beau le garder quelques temps contre mon palais, je ne sens pas le goût de son épice florale. Ma langue gonflée empêche tout son de sortir de ma bouche. Mais puisque je dois accomplir mon devoir, je déclare prudemment :

– Après la naissance, Lemoria s'est étonnée du fait que Miari ait pu faire passer l'enfant aussi facilement dans son canal de naissance.

Le changement est presque imperceptible. Mon père se crispe. Ma mère baisse les yeux. Il ne s'agit là que de légers mouvements, mais je les ai perçus. J'ai la preuve qui me manquait. Maintenant, je *sais* tout, et je suis horrifiée.

– Quand je pense que j'avais honte et que j'étais terrifiée à l'idée de vous confesser mes péchés, alors que depuis tout ce temps, c'est vous qui devriez avoir honte ! Lemoria a dit qu'il n'était pas possible qu'autant de femelles humaines, avec un canal de passage semblable à celui de Miari, soient mortes en donnant naissance à des hybrides. C'est *vous* qui vous occupiez des femmes enceintes, vous étiez les seuls médecins. Vous *deux* !

Je les fixe sans ciller maintenant. Je les observe attentivement : leurs visages arborent une terreur et une honte qui dépassent de loin ce que j'ai pu ressentir en arrivant.

– Svera… commence ma mère.

Rien d'autre ne vient. Les mots ont déserté la pièce.

Personne ne parle. Personne n'ose parler. Le monde est si silencieux que je sens poindre une tempête à l'horizon. Une tempête d'émotions qui prend sa source dans ma poitrine. Quand je finis par reprendre la parole, elle se fait entendre.

– Dites-moi que vous ne les avez pas *vendus* à des traîtres voraxians. *Dites-moi* que vous n'avez pas fait ça.

– Svera…

Mon père essaie de me répondre mais il s'étouffe avec son thé et une quinte de toux l'empêche de parler.

Ma mère lui donne une petite tape dans le dos avant de presser doucement son épaule.

– C'est la conseillère maintenant. Nous n'avons plus besoin de la protéger.

– J'ai besoin de savoir, j'ajoute en tremblant. Je suis responsable de ce qui arrive aux hybrides. C'est moi qui suis chargée de faire le lien entre les deux mondes. Ne me mentez pas. Plus jamais. Je sais que Mathilda nous a caché beaucoup de choses – l'existence d'autres humains et son traité avec Pogar, entre autres choses. Je sais qu'elle était engagée dans des échanges illégaux avec lui. A-t-elle vendu un hybride ? Qu'est-il vraiment arrivé aux mères ?

– Comment… comment sais-tu tout ça ?

Les lèvres de mon père frémissent.

J'hésite, mais seulement un instant, avant de fouiller dans ma poche pour en sortir le bout de papier qui m'a coûté tant d'heures de travail et sur lequel j'ai griffonné une traduction. Alors que leurs regards parcourent la liste des demandes que j'ai écrites en humain – *le traité comportant l'échange illégal* – le visage déjà pâle de mon père devient dangereusement livide, et la poigne de ma mère se resserre autour de sa croix.

Mes parents demeurent ensuite silencieux un long moment. Ils fixent tous les deux la note, ils la lisent encore et encore. C'est mon père qui finit par s'interrompre le premier.

– Mathilda nous a dit que nous devions lui remettre les petits hybrides nés après la première Chasse. Nous n'avons été appelés que tardivement pour aider la première femme prête à mettre au monde un hybride, quand nous sommes arrivés…

Il secoue la tête.

Ma mère ferme les yeux.

– Quand nous sommes arrivés, Mathilda avait déjà aidé la maman à accoucher en notre absence. La mère était morte et le petit était proche de la mort. Mathilda était couverte de sang et d'égratignures. La femme, Tressmay, avait été poignardée. Le couteau était toujours planté dans sa poitrine. Le bébé avait été étranglé et griffé, mais il était toujours vivant. Nous avons réussi à le sauver, ton père et moi, mais par la suite, nous avons laissé la peur guider nos actes. Nous n'avions aucun doute sur ce qui s'était produit. C'était très clair. Tressmay avait dû comprendre que Mathilda voulait lui enlever son enfant. Elle s'est défendue. Mathilda ne pouvait pas mettre au monde les bébés, enlever les enfants et contenir les mères; alors elle nous a obligés à mettre au monde les enfants. Les mères, elle… elle les a tuées elle-même. Pour éviter que tout ceci ne se reproduise, ton père et moi avons avorté les bébés produits lors des chasses suivantes parce que nous ne voulions pas voir mourir les mères.

– Ça, c'était bien vrai, les vies des petits et des mères étaient en danger, souligne mon père. Ce que nous n'avons pas dit, c'est que la survie des petits n'avait absolument rien à voir avec la physiologie des femelles humaines. Elles sont tout à fait capables de mettre au monde des bébés hybrides. Ce que nous craignions, c'était qu'elles ne soient assassinées.

– Les petits ont donc été vendus ?

Je ne reconnais pas le son de ma propre voix. Elle est aussi basse et glaçante que celle d'une tueuse. Elle est froide comme celle de Krisxox juste avant qu'il n'assène le premier coup. Quand sa magnificence n'a d'égale que son calme.

– Nous n'en sommes pas sûrs… mais c'est plus que probable, répond ma mère.

– Pourquoi Miari et Darro ont-ils été épargnés ?

Mon père et ma mère échangent un regard. Mon père lève la main et touche le bord bleu délavé de sa kippa.

– Nous avons passé des rotations à nous poser la même question. Ta mère et moi pensons qu'ils ont été rejetés parce qu'ils n'étaient pas… conformes. Miari est née avec un poids insuffisant, elle était bien plus petite que tous les autres bébés. Quant à Darro, c'était le fils de Tressmay. Il avait été blessé peu après sa naissance. Il lui a fallu plusieurs solaires pour guérir, il n'a pas pu être vendu à temps.

J'acquiesce avant de me lever et de regarder mes parents. Ma voix tremble d'une rage silencieuse et j'essaie de me rappeler les mots de mon père.

– Nous allons traverser cette épreuve ensemble, dis-je. Mais j'ai besoin que vous confessiez vos crimes à la Va'Rakukanna. Kiki vous pardonnera. Pour ce qui est du triple Dieu, c'est une autre affaire. Peut-être qu'il ne vous pardonnera pas. Peut-être qu'il ne me pardonnera pas. J'ai donné mon corps à mon protecteur voraxian. Il m'a sauvé la vie et je me suis… perdue. Nous ne sommes pas mariés et n'avons pas l'intention de l'être.

Le visage de mes parents est marqué par la tristesse, l'amertume et le chagrin depuis qu'ils sont passés aux aveux. Je ne suis même pas sûre qu'ils m'aient vraiment entendue. Ma mère se contente de hocher la tête.

– Nous t'aimons, Sheifala. L'erreur est humaine, tous les êtres humains sont pêcheurs, même les meilleurs d'entre nous.

– Oui. Et j'en connais une plus pécheresse que la plupart.

– Où vas-tu, Svera ?

Mon père m'appelle avant même que je ne sois consciente d'avoir bougé. Je suis maintenant près de la porte, dans mon abaya taché de thé au niveau des hanches.

Je l'ouvre d'un coup sec et sors à la lumière.

– Je vais la massacrer.

10

Svera

– Mathilda !

Mon poing s'abat encore et encore sur sa porte. Je n'ai jamais frappé si fort sur une porte et je dois avouer que le son produit par ces coups répétés me surprend.

Boum, boum, boum.

– Mathilda !

La maison de Mathilda surplombe toutes les autres. C'est la plus grande et probablement *celle qui renferme le plus de secrets. Je les découvrirai tous.*

– Mathilda, ouvre la porte !

Soudain, elle s'ouvre devant moi et je m'arrête, le poing en l'air.

– Svera, roucoule-t-elle.

La douceur de sa voix mielleuse me fait sursauter.

– Mathilda, je…

Elle m'interrompt.

– Svera ! Tu es en avance ! Entre, ma chérie. Que s'est-il passé? On dirait que tu viens de voir un fantôme.

Alors qu'elle retire son bras et me fait entrer, je réalise que même si je connais bien ce visage, je ne connais pas du tout cette femme. Sa peau propre et lisse et ses longs cheveux gris et bouclés me semblent à la fois familiers et étrangers. Sa robe est faite des mêmes feuilles de morelle que celles que je viens de boire avec mes parents. Le thé de morelle noire est assez cher, mais cette robe… elle révèle une richesse incroyable. Miranda ne devrait pas jouir d'un tel trésor. Elle ne devrait pas jouir de la *vie*.

Je ne suis pas moi-même aujourd'hui. Je n'ai jamais eu de telles pensées auparavant. Je viens de m'en prendre à Krisxox pour avoir dit la même chose, j'ai même refusé de lui parler pour cette raison. Je me demande où il est. J'aurais peut-être dû lui demander de m'accompagner. Mathilda paraît amène et sympathique mais je sais que je ne devrais pas m'y fier. Elle est en train de mijoter quelque chose. Mais quoi ? Elle n'est pas assez stupide pour essayer de me tuer, je suis protégée par Voraxia.

Le signal annonçant la fermeture du loquet de sa porte résonne avec douceur.

– As-tu quelque chose à m'annoncer, conseillère Svera ? J'ai entendu dire que la naissance avait été un grand succès.

– En effet. Contrairement à tant d'autres naissances d'hybrides qui n'ont pas connu le même succès par le passé… cette naissance, s'est bien déroulée.

Ça y est. Je l'ai dit.

Je lui tends le papier faisant état du contrat monstrueux auquel elle a pris part et elle l'attrape. Ses yeux sombres parcourent la page. À ma grande surprise, elle a beau lire, elle garde cet air inquiet et faussement innocent sur le visage.

– Oh, ciel ! Je comprends mieux ton émoi. Tu veux savoir ce qu'est un *oud* ? Je suis sûre que tu n'as pas pu trouver de définition dans tes dictionnaires.

– Je sais ce que ce mot signifie et tu nous fais honte à toutes les deux en le répétant. Je ne veux pas savoir ce que signifie ce mot, je veux savoir où sont les hybrides. Il n'y a que cette information qui pourrait te sauver.

Elle me fait juste un signe de tête. Ses yeux sont doux; une grande bonté les imprègne. Il en est de même pour son sourire. Elle ramène ses longues mèches sur son épaule droite et s'enfonce plus profondément dans sa maison. Ce faisant, elle passe devant une cuisine remplie d'aliments que je n'avais jamais vus auparavant. Les réponses étaient ici depuis tout ce temps. Que nous cache-t-elle d'autre ?

– Je vois, je vois. Tu sais ce que ce mot signifie. Tu sais beaucoup de choses, n'est-ce pas ?

Elle ouvre une porte à sa gauche et me fait signe d'avancer. De là où je suis, je ne peux pas voir où mène cette entrée.

– Tu veux savoir ce que sont devenus les hybrides ? Viens voir.

– Tu ne nies donc pas avoir réalisé des échanges avec Pogar, tout en sachant qu'il vendrait les bébés aux Niahhorrus ?

– C'est ce qu'il était censé faire, répond-elle. Mais ce n'est pas ce qu'il a fait. Il les a vendus à un autre partenaire avant que les Niahhorrus ne puissent les avoir. Ils n'étaient pas aussi organisés qu'ils le sont maintenant. Rhorkanterannu n'avait pas encore réussi à unir les pirates. Je crois que la plupart des hybrides sont allés à Skyths, mais l'un d'entre eux a fini sur Sky. Attention, ce n'est pas la même chose, il ne faut pas confondre les deux.

Elle sourit.

– Aucun être humain ne voudrait finir sur Sky, d'après ce qu'on m'a dit.

J'ai lu des choses sur Sky. Les extraterrestres qui s'y trouvent sont spécialisés dans la création de bio-machines et sont réputés pour être les meilleurs pour greffer des améliorations cybernétiques sur leurs soi-disant patients, souvent contre leur volonté.

– Je suis déçue que tu ne comprennes pas pourquoi j'ai fait ce que j'ai fait, Svera. Tout ce que j'ai toujours voulu, c'est protéger la colonie des horreurs de l'univers.

– Tu as raison. Nous n'avons pas besoin des horreurs de l'univers, il y en a bien assez sur la colonie.

Elle cesse de sourire et un muscle de sa joue se crispe.

– Je ne m'attends pas à ce que tu comprennes. Tu es encore bien jeune.

– Je comprends très bien et je veux que tu me donnes les coordonnées des hybrides afin que je puisse les retrouver.

Elle soupire, puis secoue doucement la tête et fait de nouveau un geste vers la porte ouverte à sa droite.

– Toutes les réponses dont tu as besoin se trouvent là.

– Tu sais que tu ne peux pas me tuer, moi, n'est-ce pas, Mathilda ? Le Krisxox de Voraxia est mon âme sœur Xiveri.

Mon estomac se serre au moment où je dis dis ces mots. Aussi horrifiante que soit cette affirmation, c'est la stricte vérité.

Toutefois, je ne peux empêcher des pensées amères d'assaillir mon esprit : *après la façon dont je l'ai abandonné, j'ai le culot de déclarer à qui veut l'entendre qu'il est « mon âme sœur xiveri »* ? Je n'étais même pas vraiment en colère contre lui… Enfin, j'étais bien en colère contre lui, mais seulement parce que je ne pensais qu'à sa haine pour les humains et les hybrides. Je ne pouvais pas compter sur lui pour se battre à mes côtés contre le sort qui leur avait été réservé sur ma colonie. Je ne pouvais pas être sûre que dans son désir de punir, il aurait épargné la vie de mes parents.

Je ne lui fais pas confiance.

Parler de ce qui nous lie lui et moi, sonne faux en cet instant. La dernière fois que je l'ai vu, on aurait dit qu'il était sur le point de passer de vie à trépas, et je suis partie sans paraître m'en soucier, sans me retourner.

Je l'ai vu tailladé par les paralyseurs et les épées des Niahhorrus. J'ai vu son bras cassé, son cou menotté, son dos fouetté, son corps transpercé de toutes parts, piqué, coupé et meurtri, mais je ne l'ai jamais vu aussi blessé que lorsque je lui ai dit que je ne l'épouserais pas, même s'il demandait ma main.

– Ah, c'est donc pour ça que tes cheveux sont découverts, dit Mathilda prudemment.

Elle prie aussi le triple Dieu, mais elle n'est pas pratiquante au point de se couvrir les cheveux ou d'observer les rituels sacrés.

Elle lève la main et passe ses doigts dans ses longues mèches.

– Pour répondre à ta question: oui, je sais que je ne peux pas te tuer.

J'expire et je fais un pas en avant, vers la porte. Elle s'en éloigne et me fait signe de descendre les escaliers. Elle me suit de près et ne dit rien lorsque nous arrivons en bas.

Je ne dis rien non plus.

Je ne peux pas. J'ai le souffle coupé.

C'est… c'est magnifique.

De longs bassins rectangulaires sont remplis de plantes luxuriantes. Des lumières artificielles, suspendues au-dessus d'elles, les éclairent et favorisent leur croissance. Il y a trop de variétés pour que je puisse les nommer toutes. Sur la droite, d'immenses citernes semblent fournir de l'eau ou de l'engrais aux cultures par le biais de tubes transparents, bleus et argentés qui en sortent et se faufilent sur le sol plat et blanc.

À gauche, il y a une douzaine de réservoirs supplémentaires. Sur la plupart, sont marqués de noms que je ne peux pas lire. Par contre, l'un d'entre eux porte l'inscription *geeran*. C'est un type de viande assez commun à Voraxia. Une carcasse de geeran pourrait nourrir une colonie entière pendant une douzaine de solaires, et, à en juger par la taille de ce réservoir, il semble que Mathilda en possède des centaines.

-C'est magnifique, n'est-ce pas ?

J'ai retrouvé la parole mais je ne lui réponds pas. Mon regard s'est fixé devant moi. Sans prévenir, je me mets à courir vers la chambre transparente au fond de la pièce.

– Deena ? je m'écrie.

Je pose mes paumes sur le verre dès que je l'atteins, à la recherche d'un bouton ou d'un panneau de contrôle.

– Qu'est-ce qu'elle t'a fait ?

– Tu ne devrais pas être ici, répond Deena en jetant un coup d'œil par-dessus mon épaule.

Elle croise ses bras sur son énorme poitrine. Je n'en ai jamais vues d'aussi impressionnantes sur la colonie. Deena est plus ronde que toutes les autres femmes; et comment pourrait-il en être autrement ? Elle est piégée dans une cellule qui ne contient que des victuailles.

– Mathilda !

Je hurle maintenant. J'ai chaud, je ne suis plus moi-
même.

– C'est ta petite-fille et tu la gardes en cage comme un
rat !

– Mais c'est tout le problème, conseillère Svera… Ce
n'est plus ma petite-fille, c'est un rat. Elle a fouiné dans
mes affaires pendant des rotations comme une traîtresse,
comme un ignoble petit rat, et maintenant elle en sait
autant que toi. Peut-être même plus. Elle a sa place dans
cette cage et elle peut s'estimer heureuse. Si je ne l'ai pas
tuée, c'est uniquement par respect pour sa mère.

– Que tu as tuée, grogne Deena derrière moi.

Le visage de Mathilda ne change pas. Pas même un
peu. Elle reste impassible, engoncée dans une expression
que ni les années, ni les atrocités, ne sont parvenues à
affecter. Je me demande si cette femme est capable de
ressentir la moindre émotion.

– Oui, ma fille a malheureusement été victime de la
première Chasse. Je pensais qu'elle comprenait ma façon
de penser mais, après son accouchement, elle a essayé de
garder sa fille et je ne pouvais pas le lui permettre. Elle a
également menacé de raconter à la colonie ce que j'avais
fait si j'essayais de lui prendre son bébé, alors j'ai dû agir.
Tout comme je dois agir maintenant.

Je regarde le visage en forme de cœur de Deena. Ses
cheveux sont aussi frisés que ceux de ses grands-mères,
mais ils sont d'un brun profond teinté de rouge. Contre
toute attente, ses yeux sont d'un bleu intense et glacé. Ils
me regardent maintenant avec une flamme pure. Elle fait
un pas en arrière sur sa jambe gauche tordue et secoue la
tête une seule fois.

– Tu n'aurais vraiment pas dû venir, déclare Deena.
Cela fait une demi-rotation qu'elle attend ta venue. Elle a

planifié un mauvais coup depuis que les pirates sont venus pour vous enlever Miari et toi.

Je me tourne et jette un regard plein de haine à Mathilda.

– Tu vas payer pour tout ce que tu as fait, je lui lance les dents serrées.

– Malheureusement pour toi, je n'en ai pas l'intention. Je n'ai pas l'intention d'être exilée ou de renoncer à mon statut.

– Quel statut ? Tu es sous mes ordres, sous ceux de Miari et du Raku. Le Conseil sera dissous dès que j'en aurai donné l'ordre.

J'ouvre mon disque de vie et lance une série de commandes rapides mais… les images holographiques sont toutes bloquées.

– Les brouilleurs… chuchote Deena à travers la vitre dans mon dos.

– Selon ton disque de vie, tu n'as jamais quitté la maison de tes parents, précise Miranda en souriant.

Mes épaules sont tendues.

– Tu ne peux pas me tuer, Miranda. Tu l'as dit toi-même.

– Oh, mais je ne vais pas te tuer.

À ce moment-là, il y a un léger bip. Mathilda lève une main vers son oreille droite et la presse contre elle. Pendant un moment, on dirait qu'elle écoute quelqu'un lui parler, bien que je n'entende rien. Puis elle acquiesce, baisse sa main, et me regarde en souriant.

– Comme je te le disais, je ne vais pas te tuer Svera. Pas moi… précise-t-elle.

– Qu'est-ce que tu as fait ?

– Des pirates, chuchote Deena derrière moi. Ils sont ici. Svera, cours !

Le bruit des pas devient plus fort et quand je me retourne, je vois deux hommes descendre les escaliers. Ce sont des fils de membres du Conseil et ils portent chacun des armes que je n'ai jamais vues auparavant.

– Ce n'est pas de la technologie voraxiane, je chuchote.

– Nox, ce n'est pas de la technologie voraxiane.

Mathilda pose une main osseuse autour de mon épaule. Elle la serre plus fort qu'une femme de son âge ne devrait pouvoir le faire. Je grimace alors que la douleur me transperce.

– C'est *ma* colonie. N'essaie pas de m'en éloigner ou de t'opposer à moi, tu n'y arriveras jamais. Et n'essaie pas de fuir, tu n'y arriveras pas non plus.

11

Krisxox

— Fais attention, Krisxox. De loin, on pourrait te prendre pour un rôdeur.

Je grogne et entre dans la cabine du guérisseur. Elle est suspendue légèrement à l'écart des autres. C'est l'un des bâtiments de Qath sous haute protection. Li'Lemoria est le plus utile d'entre nous. Il a sauvé des malades, des blessés et des gens à l'article de la mort tant de fois qu'il ne les compte plus. Il m'a déjà sauvé par le passé. J'aurais beaucoup plus de cicatrices sans lui; même si, pour être honnête, les cicatrices ne m'ont jamais dérangé. Seule celle qui orne ma poitrine m'empêche de trouver le sommeil. Elle est placée près de mes deux coeurs, comme un troisième cœur. Un troisième cœur dont je ne veux pas.

La porte se referme derrière moi et Li'Lemoria se dresse de toute sa hauteur. Ce n'est pas un homme imposant ou menaçant – il est trop gentil pour cela – mais il est grand. Il m'observe maintenant et laisse un bref éclair bleu paraître dans ses crêtes. Je sais, en le voyant, que même si je l'interromps dans son travail, cela ne le dérange pas.

—J'aimerais te poser des questions sur le Xanaxana.

Ses crêtes se colorent un peu plus de bleu.

– Je ne suis pas un maître en la matière, répond-il. Pourquoi ne vas-tu pas voir Va'Raku ? Ou Lemoria ? Ou n'importe quel heureux élu du Xanaxana de Qath ?

– Parce que je veux savoir comment rompre le lien.

La couleur de ses crêtes s'éteint. Il se replonge dans son siège en forme de cuvette et se frotte le genou gauche. Il frotte aussi l'espace entre ses deux cœurs.

– C'est…

– Ce n'est pas pour moi, mais pour un ami… Si quelqu'un était lié à une autre personne par un lien Xiveri, comment pourrait-il rompre le lien ?

– Dans la mort.

Merde. Je ne peux pas la tuer et je ne veux pas me suicider non plus.

– Il n'y a pas un autre moyen?

Il secoue la tête.

– Non.

– Si ! Il le faut !

– Personne n'a jamais pu rompre un lien Xiveri. Aucun de ceux qui l'ont ressenti n'a été capable d'y résister.

– Donc c'est une question de force, de volonté. Ça, ça me parle. Je peux y arriver alors.

Le fuchsia colore tout son visage. Quelque chose lui échappe.

– Je ne comprends pas. Est-ce que c'est toi qui..?

– Non… non. Je veux juste que tu me confirmes une chose : si l'on résiste assez longtemps, on peut briser le lien ?

– Comme je te l'ai déjà dit, je ne sais pas ce qui se passerait parce que ça ne s'est jamais vu. Tu te rends compte de ce que tu dis ? Séparer des âmes sœurs xiveris ? C'est de la folie ! Ça pourrait les tuer.

Je ne veux pas provoquer sa mort. Je préférerais mourir que de lui faire du mal.

— Mais si je... euh... si mon ami ne ressent pas le lien xiveri, s'il résiste, alors personne ne mourrait s'il était rompu.

— Krisxox, de qui s'agit-il ?

— Nox. Ce n'est pas important. Je veux juste savoir si c'est possible.

— Et je te répète que ce n'est pas possible ! Xana et Xaneru ne font pas d'erreurs. Essayer de résister à la volonté de l'univers pourrait avoir de graves conséquences.

— ...Ou pas ?

Son expression est effrayante. Il est livide.

— Je pense que ce serait une terrible erreur.

Un grondement sous ma poitrine enflamme mon esprit et met fin à ce souvenir. Où suis-je ? Je ne suis pas sur Qath. Que s'est-il passé ? Je ne ressens que de la douleur.

Chaque inspiration est douloureuse. Une chaleur torride touche mes entrailles, puis se répand pour consumer ma peau. Je rugis à en faire trembler le sol.

Que s'est-il passé ? Je ne suis plus dans la cabine de Li'Lemoria. J'ai réussi à résister au lien Xiveri. Du moins, jusqu'à ce qu'elle le ressente aussi. Quand elle l'a ressenti, quand elle m'a désiré, j'ai tout de suite su ce qui allait se passer. *J'ai joui, je me suis régalé.* J'ai pris sa virginité et... elle a eu l'air tellement blessée après. J'ai essayé de lui dire que je la prendrais pour compagne, mais ensuite... ensuite... Que s'est-il passé ensuite ?

Elle a dit « nox ».

Je me suis évanoui. Putain de xok, je me suis évanoui.

Le Krisxox du Quadrant 4 s'est évanoui.

— Wow, je n'ai jamais rien vu de tel. Et toi, mon Okkari ?

J'ai l'impression que mon cou a été scié et recousu avec du fil barbelé quand je me tourne pour observer par-dessus mon épaule le couple qui marche vers moi. C'est l'Okkari et sa Xhea. Peste d'étoiles ! N'importe qui, mais pas eux !

– Krisxox, tes crêtes ! s'écrie la Va'Rakukanna en regardant son compagnon avec étonnement. Il y a un souci avec ses crêtes ?

– Verax, je rugis.

La douleur s'empare de moi à nouveau.

Elle me poignarde. Je peux tolérer n'importe quelle douleur – je me suis entraîné pour ça – mais l'impression d'être ainsi détruit de l'intérieur est une agonie pure, sans entrave. Je m'agrippe à ma poitrine où je peux sentir mon troisième cœur battre furieusement. Il est beaucoup plus gros maintenant et trop engorgé pour tenir dans l'espace qui lui est réservé.

J'ai rompu le lien. Nox, je ne l'ai pas fait. Alors qu'est-ce qui se passe ?

La réponse ne vient que lorsqu'une deuxième vague de douleur s'abat sur mon corps. *Échec*, s'exclame une voix de femme dans ma tête.

– Oh… Je crois que Krisxox ne les contrôle plus du tout.

J'essaie difficilement de prendre appui sur un genou et pose ma main gauche sur mon front. J'ouvre les yeux et regarde la moquette sur laquelle je peux voir une cascade de couleurs rayonnant de mon visage sur le sol. L'arrière de mes bras n'est pas épargné non plus et est illuminé de couleurs. Je parie que si je regardais mon putain de xok de xora, j'aurais aussi sous les yeux un spectacle lumineux. Xok ! *Qu'est-ce qui m'arrive ?*

– Je crois que c'est un retour de bâton, poursuit Va'Raku.

– Un retour de bâton ? demande sa femelle.

– Oui. Il a voulu ignorer son lien xiveri et il en paie le prix.

– Nox ! Ce n'est pas ce qui s'est passé. C'est elle qui m'ignore !

La douleur qui tord mes tripes s'intensifie, m'étreint impitoyablement. Mon xora se ratatine, mais mes pierres tremblent en dessous. Mon corps souffre, cependant, il meurt d'envie de connaître à nouveau l'extase. L'extase que seule une femelle peut m'apporter. Celle qui me déteste.

– Ah… ça explique tout.

Je me tourne pour leur lancer un regard noir, mais Va'Raku me regarde sans la moindre émotion tandis que sa putain de xok de reine cache son rire derrière sa main.

J'essaie d'éteindre le flot de couleurs qui s'échappe de moi comme d'un robinet, mais ce robinet-ci n'a pas de vanne, et je n'y arrive pas. La Va'Rakukanna passe devant son compagnon et agite dédaigneusement la main qu'elle avait pressée contre ses lèvres. Si n'importe quel autre être humain avait réagi ainsi, il ou elle aurait déclenché ma fureur. Mais elle, je la tolère; car elle, c'est une vraie guerrière. Elle n'a rien à voir avec Svera. Svera est un cas désespéré. *Le désespoir vient du fait qu'elle est à moi et que je suis indigne d'elle.*

– Laisse tes crêtes se déchaîner, Krisxox. Tu ne trompes personne. Nous savons tous depuis cinquante solaires que ton Xanaxana ne brûle que pour Svera.

Je reviens sur ce que j'ai dit. Cette femelle a déclenché ma fureur; et c'est elle qui va en payer le prix. Je commence à me lever, mais elle n'a pas l'air le moins du monde intimidée. Va'Raku, quant à lui, ne fait aucun geste pour s'interposer. Je perds mes moyens.

– Ça fait bien plus de cinquante solaires ! À mon avis, ça a commencé quand il l'a vue pour la première fois sur le téléporteur qui vous a emmenées, la Rakukanna, la conseillère Svera et toi, hors de votre colonie humaine.

– Depuis combien de temps Svera est-elle au courant ? Je demande en grognant.

J'essaye à nouveau d'atténuer les couleurs de mes crêtes, sans succès. Combien de temps vais-je souffrir ? Pourquoi prennent-ils plaisir à me faire honte ..?

La honte.

La prise de conscience jette un froid en moi.

C'est ce que ressent Svera. *Et je ne m'en suis pas soucié quand j'aurais dû ne penser qu'à elle.* Je l'ai laissée tomber quand j'aurais dû la prendre dans mes bras, être la couverture qui lui apporte du réconfort. Il faut que j'aille la retrouver. Si j'arrive assez vite, peut-être que je pourrai faire quelque chose…trouver une solution… Je pourrai même lui faire croire qu'elle est ma…

– Je ne suis pas sûr. Je pense que ça fait un moment; même si elle s'est sûrement montrée bien trop polie pour te le faire savoir.

La honte fait place à la colère. Elle est dirigée contre Svera cette fois. Comment *ose*-t-elle connaître mes véritables sentiments pour elle ? C'était un secret que je n'ai pas su cacher. C'est un nouvel échec.

– Donc quand tu l'as autorisée à trouver un nouveau protecteur, tu savais qu'elle était mon âme sœur Xiv… Xiv…

– Hexa, nous savions qu'elle était ton âme sœur xiveri, mais Svera a beau être ton âme sœur Xiveri, cela ne signifie pas que tu es la sienne. Si ça se trouve, les humains ont la capacité de réveiller le Xanaxana de plusieurs Voraxians, et entre nous, elle peut trouver beaucoup mieux que toi, répond la Va'Rakukanna.

– Espèce de…

– Krisxox !

La voix sombre de Va'Raku est sans appel. Il s'avance à côté de sa femelle et glisse sa main autour de sa nuque. Il me fixe du regard et je suis trop faible pour faire quoi que ce soit. Lorsqu'elle passe ses bras autour de sa taille et qu'ils sortent de l'ascenseur, je réalise que ma fierté m'a fait perdre un bien très précieux.

Du temps.

J'ai perdu la moitié d'une rotation. Va'Raku a raison. J'ai su qu'elle était mon âme sœur Xiveri depuis le premier instant où je l'ai vue à bord de ce transporteur. Si j'avais été gentil, j'aurais pu la séduire plus tôt. À l'heure qu'il est, nous nous serions répandus en rires, en regards complices et en baisers décomplexés comme Va'Raku et sa compagne le font en ce moment.

Ma réponse à la Va'Rakukanna n'est qu'un murmure. Peut-être que ce que je dis s'adresse surtout à moi:

– Ce n'est pas possible…

– Peut-être.

Elle lève les yeux vers Va'Raku en parlant. Ses cheveux noirs de jais ruissèlent sur sa peau comme de l'eau. Ils sont entachés d'un seul éclat de blanc. C'est son héritage Drakesh. Lui aussi, c'est un hybride. Ce mâle, l'un des seuls êtres que j'admire et que je respecte, est-il vraiment si différent de Svera ? Il a aussi des ancêtres Drakeshs et il est le produit d'un mélange inter-espèces. Il possède sa propre planète. c'est la plus grande planète de Voraxia, l'une des plus riches et l'une des plus fortes aussi. Il a repoussé une invasion Drakesh menée par l'ancien Bo'Raku, Pogar. Et récemment, il a uni sa vie à celle d'une humaine, sans aucune honte ou hésitation.

D'après ce qu'on m'a dit, il l'a même courtisée. Comme si elle n'était pas déjà sienne, comme si l'univers ne les avait pas déjà destinés l'un à l'autre.

Aujourd'hui, elle le regarde avec une adoration totale. Elle l'enlace. Elle le serre dans ses bras. Lui, il passe ses mains dans le nuage de ses cheveux, il les caresse doucement.

Juste avant que les portes se ferment, la Va'Rakukanna me lance :

– La haine accroît la blessure. L'amour l'efface. Fais-moi confiance sur ce point avant qu'il ne soit trop tard.

Elle pointe du doigt mes crêtes, mais avant que je puisse lui demander de me dire de quoi elle parle, les portes de l'ascenseur se ferment avec une petite sonnerie.

On frappe à ma porte. Je suis allongé sur mon grabat entre deux femelles drakeshs. Leur peau rouge scintille tandis que leurs doigts tracent les contours des muscles de mon abdomen. Ce sont de simples femelles d'accouplement qui ont accepté de m'accompagner dans ce voyage mais ça me fait du bien. Je les ai déjà prises plusieurs fois. Soudain, je ressens une poussée de désir et d'adrénaline hors du commun. Ce n'est pas la première fois. Je me sens différent depuis que nous avons atterri sur cette misérable petite lune. J'ai maintenant envie de baiser chacune des deux femelles une douzaine de fois de plus.

Nox, ce n'est pas d'elles dont j'ai envie. J'ai envie… de m'accoupler avec quelqu'un d'autre. Mais je ne sais pas avec qui…

On frappe à ma porte. J'oublie un instant la façon dont leurs doigts se croisent autour de mon xora turgescent. Je les repousse et je donne à la personne en question la permission d'entrer. La porte s'ouvre sans bruit et Ga'Roth apparaît. Il tient par le bras la créature la plus surprenante que j'aie jamais vue.

Elle est petite. Sa peau ne présente ni le rouge drakesh vibrant, ni le bleu voraxian – ni même une combinaison des deux. Sa peau est d'une couleur sable sombre. Elle est beaucoup plus claire que l'obscurité, mais beaucoup plus sombre que la rivière xamxin. Et ses yeux – ses énormes yeux ovales – ont différentes couleurs. Bien que les couleurs soient fixes, je peux voir au moins trois nuances différentes qui m'observent avec horreur. Elle est terrifiée. Cette femelle n'est ni Drakesh ni Voraxiane, et c'est la plus belle créature que j'ai jamais vue.

Je suis happé par cette femelle blessée qui sent le sang, la guerre, et quelque chose de sombre et de funeste. Elle m'attire vers elle comme si elle avait planté une lance dans ma poitrine et qu'elle m'avait ancré pour toujours dans son existence : c'est mon âme sœur.

J'ordonne à Ga'Roth d'arrêter de la toucher. Elle est nue et je veux la prendre maintenant. J'ordonne aux deux femelles de partir et de ne jamais revenir. Nous sommes seuls. La femelle nue est recroquevillée et mes pensées s'enflamment malgré tous mes efforts pour me retenir. Je sais que cette femelle est mon âme sœur Xiveri.

Mais elle n'est pas Drakesh.

Elle. N'est. Pas. Drakesh.

Cette pensée me heurte. Je m'éloigne. Surpris et profondément déçu, je constate qu'elle s'éloigne aussi.

Qu'a fait Xana ? J'ordonne à la femelle de dégager et elle disparaît dans la pièce humide. Juste après, je m'effondre. À genoux, les mains couvrant les crêtes de mon front, je ne peux que me lamenter car je suis maintenant sûr d'une chose...

Je suis maudit.

Cela ne m'empêche pas d'empoigner mon xora et de le caresser en pensant à la petite femelle impure qui se trouve dans l'autre pièce. Ma semence jaillit sur le sol en rafales bleues brillantes. Je jouis pour ma petite femelle humaine, celle qui était à moi depuis le début.

La femelle que j'ai perdue.

Je vais tout faire pour la récupérer.

Je cours vers l'ascenseur, le propulse sur le sable brûlant et fonce à travers le petit village de la colonie. Les gens s'écartent de mon chemin lorsqu'ils me voient arriver en courant. Je cours avec une telle intensité que mes jambes me portent jusqu'à la maison des parents de Svera en moins de temps qu'il ne faut pour le dire. Le traceur que j'ai illégalement placé sur son disque de vie m'a indiqué qu'elle se trouvait là. Bien que le Raku m'ait demandé de l'ôter de son disque de vie, je ne l'ai jamais fait. Et aujourd'hui, je m'en félicite.

Je frappe d'abord à la porte comme un forcené, puis je me souviens qu'il s'agit de ses géniteurs. Bien plus que je ne sois pas particulièrement lié aux miens, je sais qu'elle tient beaucoup à ses parents.

Je me redresse alors et j'essaie d'arranger mes cheveux pour qu'ils soient… agréables à voir. Je repousse mon xora pour que sa forme protubérante ne soit plus détectable sous mon kilt et j'essaie de calmer la rage de mes crêtes, mais elles se déchaînent encore plus.

La porte s'ouvre, révélant le visage ridé d'un homme. Il a une peau pâle, couleur pêche. C'est une couleur que je n'ai jamais vue auparavant, excepté sur les fruits. Je suis un peu surpris. L'homme, quant à lui, semble absolument furieux de me voir.

Il commence à parler mais comme je ne comprends pas ce qu'il dit, je crie pour lui couper la parole.

– Svera !

Il grogne et commence à fermer la porte, mais je ne le
laisse pas faire. Je pousse ma botte dans l'embrasure afin
de la bloquer.

– Svera !

Je crie plus fort maintenant.

– Non !

Il agite un doigt sous mon nez. Je n'aime pas ça. Je me
mets à grogner à mon tour :

– Oui.

– Non !

– Wiiiiii !

– Habibi !

Une femme s'avance et prend place aux côtés de
l'homme. Je sais immédiatement, avant même qu'elle ne
dise quoi que ce soit, que cette femme est la mère de
Svera; même si sa peau est un peu plus foncée. Ses
cheveux sont aussi plus foncés. Je la fixe du regard. Je
sens la honte s'accumuler dans mon entrejambe. Ma
queue rétrécit et mes couilles se vident lorsque je jette à
nouveau un regard vers son mâle. *Elle est mariée. Il a su
faire d'elle une honnête femme, lui.*

Ils parlent en humain avant que la femelle ne se
tourne vers moi.

– Mon mari et moi voulons que vous sachiez que vous
devriez avoir honte de ce que vous avez fait à notre
Svera. C'est une femme bonne et pure, et vous l'avez
souillée devant son Dieu. Nous comprenons que vous ne
vouliez pas l'épouser mais dans ce cas…

– Je veux la *pouzer* ! je m'exclame.

La femme me regarde, stupéfaite. Ses mains vont vers
la croix autour de son cou.

– Vous… vraiment ?

– C'est elle qui ne veut pas de moi. Je…n'ai pas toujours été…je…j'ai besoin…je veux juste lui parler !

La mère de Svera traduit pour le mâle et quand elle a terminé, le mâle lève son doigt et le remue rageusement vers moi à nouveau.

– Mon mari et moi ne pensons pas que vos intentions envers elle soient honorables, déclare la mère de Svera. Je ne suis pas sûre que vous soyez ici pour l'obtenir, mais sachez que nous ne vous donnerons pas notre bénédiction.

Une bénédiction… à obtenir ? Je recule.

– Quoi? Il faut que je vous demande quelque chose ?

La femelle acquiesce.

– Hexa. La coutume veut que le mâle demande la permission aux parents de la femelle avant de la courtiser. C'est ainsi que procèdent ceux qui adorent le Triple Dieu.

Je n'en ai rien à xok mais je réponds plus ou moins poliment :

– Xana n'a pas le temps pour ça. Quand Xana exige, on ne peut que s'exécuter.

– Xana ? Ah… hexa. Nous avons lu quelque chose à propos de Xana dans le manuel de Svera.

Elle échange d'autres mots avec le mâle qui répond par un cri de colère.

– Il dit qu'il ne vous croit pas, traduit-elle. Il dit qu'un mâle qui aime vraiment une femelle respecterait ses traditions.

Je gémis, exaspéré.

– C'est ce que j'essaie de faire maintenant !

La femelle secoue la tête.

– *Celle vous playe* ! Je… j'ai honte, mais elle n'a rien fait de mal.

Elle et son mari entament un autre bref échange avant qu'elle ne dise :

— Mon mari dit qu'il sait qu'elle n'a rien fait de mal. Entre nous, il a tendance à penser que Svera est parfaite...

— Elle est parfaite.

J'ai parlé sans réfléchir. Je suis sur des charbons ardents. Je lutte pour garder mon calme et ne pas défoncer leur putain de xok de porte.

— C'est ce que tous les parents pensent de leurs enfants, mais les époux doivent être plus lucides.

Elle secoue la tête, elle me parle comme à un enfant. Elle a raison. Au fond, j'en suis un en ce moment. Je ne connais rien des humains et de leurs coutumes. Comme Svera, c'est la première fois que je suis sérieusement lié à quelqu'un d'autre.

— Les époux sont censés connaître les défauts de leur moitié et les aimer quand même, poursuit-elle.

— Vous avez raison. Svera craint. Est-ce que je peux lui parler maintenant ?

— Vous êtes un mâle têtu, hein ?

— Si par têtu vous voulez dire que je n'accepte pas l'échec, même quand j'ai peu de chances de gagner, alors vous avez raison. Je vais parler à Svera, même si je dois démolir votre maison pour la voir.

Ma menace à peine voilée fait rire la femelle et le mâle s'esclaffe lui aussi en entendant la traduction. Toutefois, il serre le poing une fois de plus.

— Mon mari dit que Svera a du pain sur la planche avec un compagnon comme vous.

On dirait un début de bénédiction. Je serre les lèvres. Je ne souhaite pas les encourager davantage ou mettre à mal la bonne impression que j'ai pu faire.

– *Celle vous playe.* J'ai juste besoin de la voir et je veux lui parler de ce qui nous concerne. Je n'ai pas envie d'avoir à lui expliquer pourquoi j'ai démoli sa maison.

La bouche de la femelle se plisse. Il y a un autre échange entre elle et son partenaire. Finalement, elle dit :

– Vous pouvez lui parler si elle l'accepte, mais vous ne la trouverez pas ici. Elle est chez Mathilda.

– Chez Mathilda, cette femelle perfide ? Ce n'est pas possible, Svera n'irait pas là-bas seule.

Je vérifie à nouveau mon disque de vie. Le traceur de Svera est actif et indique qu'elle se trouve dans la maison de ses parents mais…il est statique. C'est presque comme si… nox… Serait-ce une ruse ? Elle doit avoir utilisé un *brouilleur.* Ceux qui maîtrisent cette technologie sont rares, et ces objets sont difficiles à obtenir. Je ne sais pas comment des humains ont pu s'en procurer un. Seuls des *pirates…*

– Où se trouve sa maison ?

– C'est la maison tout en haut du sommet de la colline. Si je vous le dis, c'est parce que Svera nous a dit que vous veilliez sur elle et… Pour ne rien vous cacher, nous craignons cette femme. S'il vous plaît, assurez-vous qu'elle soit en sécurité. Nous allons bientôt confier au Va'Raku et à la Va'Rakukanna des informations qui pourraient mettre en danger notre famille.

Je suis tendu.

– Vous n'avez rien à craindre. Vous êtes les géniteurs de ma compagne. Je veillerai à ce qu'il ne vous arrive rien. Ni à vous, ni à Svera.

Dès que je prononce ces mots, la douleur dans mes crêtes s'atténue. Je peux à nouveau respirer profondément.

La mère de Svera ne ressent pas ce soulagement, son sourire est empreint de tristesse.

– C'est gentil à vous de le dire, mais seul le triple Dieu peut nous aider, mon mari et moi.

Je m'apprête à lui couper la parole lorsqu'elle montre du doigt la colline de la colonie, où de nouvelles structures sont en cours de construction.

– Allez-y. S'il vous plaît, dit-elle. Protégez notre fille.

– Jusqu'à mon dernier souffle.

J'acquiesce et je tourne mon regard vers l'homme.

– Vous avez tort. Je *vais obtenir* votre bénédiction. Je suis Krisxox de Voraxia et je ne perds *jamais*.

Son visage devient aussi rouge que celui de Svera lorsqu'elle est submergée par l'émotion, quand la femelle traduit. Avant qu'il ne puisse répondre, je m'envole vers les maisons qui ornent le sommet de la colline.

Je frappe à la porte de la plus grande structure pendant ce qui me semble être une éternité. Personne ne répond. Je suis sur le point d'enfoncer la porte quand je reçois un coup sec dans le dos.

Je grogne et me retourne, mais il n'y a rien. Rien qu'un enfant tenant un bâton pointu.

– Qu'est-ce que tu fais ?

Je lui crie dessus, mais comme il ne parle ni le drakesh, ni même le voraxian, il se contente de me fixer avec un sourire sur le visage. Il n'a pas peur de moi. Il devrait être effrayé, mais il n'en est rien.

Au contraire, il lève à nouveau son bâton et me pique la cuisse avec. Je le repousse de la main et il trébuche un peu sur le côté.

Il me dit quelque chose en humain qui ressemble à un soupir, puis je reconnais le mot « œil ».

Que dit-il ? Est-ce qu'il me salue ? Cherche-t-il à m'avertir ? Je n'ai pas le temps d'y penser car je suis soudain traversé par la douleur. Tous mes muscles, tous mes tendons, tous mes os se tordent. Je me contracte jusqu'au bord de l'anéantissement. J'essaie de me forcer à ne pas exploser alors qu'un sentiment d'urgence fait resurgir la douleur en moi. C'est la punition de Xana...

Mais pas seulement. Il y a aussi ce putain de xok de bâton. L'enfant tente de l'enfoncer dans mon abdomen. Je tends le bras pour essayer de l'attraper, mais je m'interromps quand je vois qu'il le pointe à nouveau, cette fois-ci, vers l'horizon.

– Qu'est-ce que tu sais ? Qu'est-ce que tu veux me dire? je lui demande.

Il se contente de glousser. Je gémis, exaspéré, puis je me mets à crier :

– Svera !? Mathilda !?

Il hoche la tête. Mon souffle et mon pouls s'accélèrent. Il me montre à nouveau du doigt avec son bâton et, comme je ne réagis toujours pas, il se met à courir en sautillant.

Il court jusqu'à la crête de la colline, assez haut pour que je puisse voir de l'autre côté.

Putain de xok.

Je regarde le paysage morne et solitaire. Tout n'est que sable dense et compacté, d'une teinte légèrement plus rouge que le sol brun doré de la forêt de Qath. Contrairement à Qath, il n'y a pas de végétation ici.

Il n'y a que du sable à perte de vue, sur lequel quelques rochers épars forment des monts bosselés, plus écharpés à quelques kilomètres de là. Il y a aussi des morelles noires dispersées au hasard parmi eux.

Et un planeur.

Du moins, *je pense* que c'est un planeur. Il est étrange.
je n'en ai jamais vus de tels auparavant. Il n'a pas de
plancher argenté, il n'y a pas de plancher du tout. À la
place, des roues en caoutchouc roulent sous l'engin
métallique branlant. Des nuages de poussière noire
s'étendent derrière lui tandis qu'il s'avance sur le sable,
vers une destination inconnue.

– Putain de xok !

– Svera, me dit le garçon. Mathilda, Deena…

Il en dit plus mais je ne comprends pas. Nous sommes
interrompus par le cri strident d'une femelle.

– Mahmoud, éloigne-toi !

Une femme se précipite sur la route vers nous.
J'incline mes deux doigts les plus épais dans sa direction.

– Mahmoud, retourne à la maison ! crie-t-elle.

Il lève à nouveau son bâton et me fait un petit signe
de la main. Une pensée étrange me traverse l'esprit alors
que le petit humain qui ne connaît pas la crainte
commence à descendre la colline en faisant de petits
sauts maladroits.

Je ferai de lui un guerrier un jour. Un *guerrier Voraxian.*

La douleur dans mon corps s'atténue. Elle s'affaiblit
au fur et à mesure que je traverse le paysage.

J'ai deux choix, mais malheureusement, je n'y pense
pas sur le moment. Je pourrais continuer à poursuivre le
planeur à pieds ou je pourrais revenir en arrière et me
procurer un planeur. Je ne m'en rends compte qu'à mi-
chemin de la colline, alors que je cours vers le côté
brillant du Dôme de Droherion. Je ne vais pas y arriver,
je ne pourrai pas courir assez vite, c'est *impossible.*

Je mets rapidement de côté ce qui tient du *possible* ou
de l'*impossible.* J'ai dépassé tout ça.

Il y a une fente dans le dôme. C'est comme si un géant avait enfoncé sa main dans le dôme et en avait arraché un morceau. *Mathilda* est sûrement derrière tout ça.

J'ai tourmenté Svera avec ma haine et à cause de moi, elle a été attirée dans un piège.

Les soleils au-dessus de moi ressemblent à deux torches jumelles suspendues trop bas dans le ciel blanc. La lumière et la chaleur qu'ils dégagent sont insupportables. Néanmoins, je cours, je glisse sur les sables, je suis les traces et la fumée que le planeur humain putride laisse derrière lui.

Cependant, malgré son état déplorable, il est plus rapide que moi. Cela ne devrait pas être possible, mais c'est le cas. *L'impossible* et les *possibles* me poursuivent. Il s'éloigne rapidement maintenant et il disparaît derrière les paysages spectaculaires de screa qui approchent.

Lorsque je les atteins, je m'apprête à foncer, mais je sens une étrange énergie émaner de l'autre côté du screa. J'observe un instant puis je me mets à grimper.

J'escalade les bords déchiquetés des blocs de screa jusqu'à ce que j'atteigne leur sommet. Accroupi entre deux blocs de screa massifs qui me cachent efficacement, je repère un transporteur de combat Niahhorru.

Il plane au-dessus du sable, juste en dessous du plus haut point de screa. Je n'en crois pas mes yeux. Ce n'est pas possible ! Un vaisseau de cette taille n'aurait jamais dû être capable de passer les défenses Voraxianes que nous avons stationnées autour de la lune humaine. C'est impossible, et pourtant il est bien là.

Possible. Impossible. Ces mots m'atteignent comme la foudre. C'est une sensation que j'ai déjà éprouvée aux mains des pirates Niahhorrus à plusieurs reprises, et plus récemment, face à Svera. J'aimerais être face à elle à nouveau, même si c'est pour être foudroyé par son regard une nouvelle fois.

Peut-être que j'aurai cette chance... Je descends d'un air sombre vers l'extérieur chatoyant du transporteur Niahhorru.

Je dois admettre qu'ils ont beau être désorganisés, les Niahhorrus sont connus pour leurs prouesses technologiques. Ce sont des pros des échanges commerciaux et des affaires, alors ils mettent la main sur toutes sortes d'armes et de technologies illégales. Il faut bien des rotations pour que nos régulateurs se mettent à niveau et puissent gérer ces innovations.

Connaissant l'étendue de leurs possibilités technologiques, et vu le transporteur étrange qui me fait face, je sais qu'ils ont sûrement dû me repérer eux aussi, mais personne ne vient. Peut-être que j'aurai de la chance. Peut-être que ce transporteur Niahhorru n'est pas stationné ici pour me voler mon âme sœur Xiveri. Comme si je ne me débrouillais pas déjà assez bien moi-même pour la repousser... Je ne suis pas sorti de l'auberge.

Xana est maléfique.

Je me laisse tomber sur le sable dur. Il roule et crisse sous les semelles épaisses de mes bottes. L'air est chaud. Je peux entendre des voix maintenant. Elles ne sont pas distinctes, mais elles sont proches. Le matériau du vaisseau m'est totalement inconnu et il n'est pas immobile. Nox, alors que je me fraye un chemin autour de ses bords froissés et étrangement assemblés, j'ai l'impression qu'il respire à côté de moi. J'ai l'impression d'être face à un organisme vivant.

Putain de xok, qu'est-ce que c'est que ça ?

– ...vou pouvé la prandre, dit la voix.

Ce sont les premiers mots que je peux distinguer et ils sont prononcés en humain, une langue que je n'ai pas pris la peine d'apprendre… Je m'en mords les doigts, car aujourd'hui, la vie de mon âme sœur est en jeu et savoir quelques mots d'humain aurait pu m'aider à la sauver. Je serre les dents, je sens revenir en moi cette chaleur familière qui me quitte rarement, tout comme la cascade de couleurs sur mes crêtes qui ne me laisse pas une seconde de répit.

La réponse est en meero, une langue que je connais. C'est la langue du commerce. C'est la langue des pirates. Je connais aussi cette voix. Le feu ondule derrière mes paupières. *Rhorkanterannu…*

Je secoue la tête. J'essaie de me concentrer malgré ma rage et la punition de Xana. Je suis tiraillé.

Une deuxième voix parle, une voix qui vient momentanément apaiser cette douleur. C'est celle de Svera. *J'arrive, Svera.*

-Mathilda est une traîtresse, déclare-t-elle. Elle me déshonore. Elle *te* déshonore.

Un bruit de claque suivi du « oomph » à peine audible de Svera me refroidit soudain. Je ne suis pas armé, mais l'espace d'un instant, j'imagine me jeter immédiatement sur ceux qui la détiennent. Nox, je suis Krisxox. Je suis un stratège. Je dois la jouer fine. Je ne peux vaincre Rhorkanterannu que s'il est seul, et les pirates ne le sont jamais.

Le silence s'éternise. Je lève un pied du sol, mais avant que je puisse faire le pas suivant, le bruit de pierres qui tombent attire mon attention vers la gauche.

Une femme humaine tente de suivre le chemin que j'ai pris en descendant la montagne. Surpris, je la regarde approcher dans ses vêtements ternes. Ce qui m'étonne encore plus, c'est qu'elle me regarde droit dans les yeux en se déplaçant par petites saccades maladroites. Elle a les joues rouges et sa lourde poitrine rebondit à chaque fois qu'elle s'élance brusquement sur la prochaine corniche.

J'évalue rapidement sa taille. Elle est légèrement plus grande que Svera mais bien moins gracieuse… Ah. C'est sa jambe. Elle forme un angle anormal. Par contre, cela ne la ralentit pas trop alors qu'elle se dirige vers le sable à quelques pas derrière moi.

Elle me fait signe de la main, comme si je n'étais pas déjà en train de la fixer. Puis elle me fait un geste humain en croisant ses doigts encore et encore jusqu'à ce que je finisse par céder, à contrecœur. *Je me rapproche de l'endroit où elle se tient en traînant les pieds.*

Quand je suis à portée de main, elle m'attrape. S'élançant en avant, une de ses mains humaines trop douces attrape mon poignet et elle commence à tirer. Je résiste, mais seulement parce qu'elle m'éloigne de Svera. *Svera a besoin de moi et il n'y a rien ni personne dans ce putain de xok d'univers qui pourrait me détourner d'elle.* Pourtant j'ai passé mon temps à me détourner d'elle, par le passé. Chaque solaire de notre vie à deux, je n'ai pas cessé de la réprimander, de la ridiculiser ou de l'ignorer.

Je trébuche et c'est ce faux-pas qui permet à la petite créature de me tirer autour du vaisseau. Je ne sais même pas si c'est l'arrière, l'avant ou l'un des côtés du vaisseau. La femelle humaine soulève les longues mèches enroulées de ses cheveux et appuie sur une petite perle noire insérée dans son conduit auditif. Puis, avec sa main toujours sur mon bras, elle ferme les yeux.

D'un mouvement brusque, je l'empêche de continuer à me toucher. Je déteste que cette femme, quelle que soit la putain de xok de raison, touche mon corps. *Mon corps appartient à Svera.* En plus, elle me fait perdre mon putain de xok de temps…

Putain de xok !

La surface du vaisseau qui se trouve juste devant elle – devant nous – se fend le long d'une fine jonction imperceptible à l'œil nu. Un trou sombre s'ouvre au milieu de tant de lumière. Les yeux de la femelle humaine s'ouvrent mais elle n'a pas l'air surprise de voir le vaisseau obéir à son geste – pas autant que moi en tout cas. Je suis sans voix. Je la fixe un moment sans comprendre.

Putain de xok, mais qu'est-ce que je suis con ! Je l'ai sous-estimée tout ce temps.

Quand elle s'avance et me regarde par-dessus son épaule, l'agacement se lit clairement sur son visage. Je n'ai pas le choix. Je dois la suivre et me fier à son plan.

Putain de xok. C'est reparti.

12

Svera

Mon cœur bat la chamade lorsque je m'agenouille devant le plus grand et le plus beau vaisseau que j'aie jamais vu. Il n'a rien à voir avec le dernier vaisseau Niahhorru dans lequel Miari et moi avons été capturées. C'était un gros bloc de pièces de métal grossièrement construit qui avait vieilli pendant des décennies (peut-être même des siècles ou des millénaires) avant que je ne le voie.

Ce vaisseau-là, a l'air d'être tout droit *sorti* d'un nuage sombre, telle une goutte d'encre sur du sable blanc. En outre, il semble se *transformer* sous mes yeux. En quelques instants, il se fond dans le paysage. Je cligne des yeux encore et encore, et ne retrouve la parole que lorsque Deena, retenue derrière moi par deux gardes humains que je connais depuis que je suis petite, se manifeste aussi.

– Ne fais pas ça, Rhork. Attends….

J'inspire profondément et je lève les yeux vers les mâles qui descendent du vaisseau. Ce sont des mâles *Niahhorrus*. Un frisson parcourt mon corps alors que je suis projetée dans le passé, dans les bras de Nondah qui me plaque au sol. Je me bats pour rester en vie. Je ne sais pas me défendre, je n'ai qu'une petite dague en ma possession, mais je me bats quand même.

Non, ce n'était pas tout ce que j'avais. Krisxox est venu pour moi.

Je cligne rapidement des yeux et j'essaie d'utiliser mes dernières forces, mais c'est… difficile. Les mauvais souvenirs sont un poison. Ils piquent comme des aiguilles, ils neutralisent. Les portes du vaisseau s'*ouvrent* comme les deux bords d'un aimant qui se repoussent l'un et l'autre, avec une rapidité surprenante. Les pirates descendent. Je me sens comme une enfant: fragile, impuissante.

Ils ne sont que trois, cette fois, mais cela ne me rassure pas pour autant. Au contraire, la vue de leurs corps massifs m'assèche la bouche.

J'essaie de me lever. Un instant, je pense à m'enfuir; mais un poids lourd sur mon bras me retient au sol. La main de Mathilda m'agrippe fermement, cependant, contre toute attente, c'est d'une voix mielleuse qu'elle prend la parole :

— C'est très gentil de vous joindre à nous, Rhorkanterannu. Veuillez pardonner les divagations de ma petite-fille lunatique. Elle n'a jamais été de très bonne compagnie, et en plus, elle a perdu l'habitude de recevoir, cela fait un moment que nous n'avons pas eu d'invités.

— Oui, parce qu'elle était enfermée, maltraitée et enchaînée par sa propre grand-mère !

Je ne peux m'empêcher de prononcer ces mots avec rage. J'ai beau savoir que ce pirate s'en moque, je veux qu'il l'entende. Je veux qu'il le sache, même si mes efforts resteront vains. Dans l'affaire qui nous occupe, l'acheteur est aussi mauvais que le vendeur. Ou presque. À ma connaissance, il n'a pas tué de femmes humaines, lui.

Pas encore.

Rhorkanterannu grogne par son large nez. Ce son, tout comme sa gestuelle, est étrangement humain… mais ce sont les seules choses un tant soit peu humaines chez lui. Il est, à ces exceptions près, l'incarnation du carnage. *De la guerre.* Du combat à mort, et surtout, de la victoire.

Il porte des cicatrices sur ses plaques comme autant de décorations de guerre et de marques dont il est fier. C'est d'ailleurs presque tout ce qu'il porte. Il n'a qu'un pantalon épais qui pend suffisamment bas sur ses hanches pour révéler les muscles en V sculptés de son abdomen. Son pantalon est gris, et il est assorti à sa peau, tant par sa couleur que par sa texture désagréable. Le tissu a l'air dur et rugueux. *Il faut sûrement qu'ils soient assez épais pour empêcher les nombreuses armes qui pendent à sa ceinture de déchirer ses plaques ou sa peau.* Cette pensée me fait frémir. Pourquoi un mâle comme lui, qui est déjà une arme vivante, a-t-il besoin de plus d'armes pour se défendre ? Pas pour se défendre, sans doute pour éradiquer…

Son crâne imberbe et strié reflète le soleil alors qu'il nous regarde; Mathilda, moi, et ce qui se trouve juste derrière moi.

– Rhork, dit encore Deena.

J'ai d'abord du mal à comprendre de quoi elle parle, puis je me souviens que le nom complet du pirate qui m'observe est Rhorkanterannu. *Pourquoi Deena l'appelle-t-elle Rhork ? Pourquoi lui parle-t-elle avec une telle familiarité ?*

– Tu ne peux pas prendre Svera, poursuit-elle.

L'expression de Rhorkanterannu ne trahit rien. Son regard est juste fixé sur Deena.

– Elle n'est pas consentante, *elle*, Rhork. Mathilda a juste besoin de se débarrasser d'elle.

J'entends à nouveau le bruit d'une claque et Rhorkanterannu s'immobilise dangereusement alors que Deena expire douloureusement derrière moi.

Ses yeux ne sont plus que des fentes. C'est moi ou son bras droit se dirige vers le blaster accroché à sa ceinture ? J'ai comme l'impression que nous sommes soudain tous très, très proches de la mort.

– Je ne tolère pas qu'on fasse du mal aux femelles, dit-il.

Il m'a déjà dit quelque chose de similaire auparavant. Juste avant qu'il ne massacre le mâle qui m'avait blessé à la joue. Je lève la main et touche la cicatrice.

Derrière moi, Deena rit comme si elle avait *perdu la tête*.

– Ah oui ? Et que comptes-tu faire à Svera ? Schrov ! Tu crois qu'elle va apprécier de subir un shekurr avec toi et ta bite de pirate ? Tu crois que ça ne va pas lui faire du mal ?

Ce n'est qu'au moment où elle dit « shrov » – ce n'est que quand je l'entends jurer en meero – que je réalise qu'elle a parlé en meero pendant tout ce temps.

Où a-t-elle appris à parler cette langue ? Quelque chose m'échappe…

– *Assez* ! crie Mathilda.

Est-ce qu'elle interrompt Deena maintenant parce qu'elle voit que Rhorkanterannu est clairement déstabilisé ? Sa mâchoire se crispe. Un muscle de son cou épais, le long de sa gorge, l'une des rares parties vulnérables de son corps, se tend.

– Rhork, *s'il te plaît*. C'est moi qui te le demande. Je te le *promets*. Je vais faire le shekurr. Prends-moi à la place…

– Non !

Mon cri résonne. Au même moment, Mathilda s'éloigne de moi et j'entends un *bruit* sourd et horrible.

Rhorkanterannu dégaine son plus grand blaster en moins de temps qu'il ne faut pour le dire. Je vois ma vie entière défiler sous mes yeux. Je vais mourir. Nous allons tous mourir. C'est l'être le plus rapide que j'aie jamais vu, nous n'avons aucune chance.

Enfin… c'est le plus rapide, après Krisxox.

Heureusement pour nous, il ne tire pas.

– Ceux qui blessent des femelles en ma présence ont tendance à mener des vies très courtes et à agoniser dans les pires souffrances.

Ses yeux sont ardents quand il s'exprime. Les plaques dures de ses lèvres s'écartent pour révéler des dents de pierre. Elles sont d'une couleur étrange, elles brillent comme de la nacre. C'est étrange, parce qu'elles ne vont pas du tout avec le reste de son corps.

– Rhorkanterannu, votre Grâce… commence Mathilda.

– Je suis un pirate *Niahhorru*, pas le seigneur d'un quadrant. Appelle-moi Rhorkanterannu. Et maintenant, donne-moi une bonne raison de ne pas te décapiter avant de laisser le reste de ta carcasse ici afin que le clan de khruis que nous avons repéré avant d'atterrir s'en régale. Je suis sûr qu'ils n'attendent que ça.

Derrière moi, Mathilda émet un grognement étranglé. Je n'ai pas l'habitude de me réjouir de la souffrance des autres mais je ressens un intense sentiment de satisfaction.

– N'écoutez pas Deena, elle ne sait pas ce qu'elle dit. Elle ne comprend pas que le corps d'une vierge a une *très grande valeur* pour n'importe quel mâle. À ce propos, elle est aussi vierge et je peux aussi vous la vendre, pour le bon prix.

Personne ne parle.

Le regard de Rhorkanterannu se pose à nouveau sur Deena. Il semble songeur, mais je ne peux pas lire son expression.

– Centare, ricane-t-il (c'est le mot Meero qui signifie *non*). Je ne veux pas d'elle.

Derrière moi, Deena émet un petit son juste avant que Rhorkanterannu n'ajoute :

– Elle est défectueuse. Personne n'en voudrait à la vente aux enchères d'esclaves, pas même si elle était offerte gratuitement. Relâche-la. Elle ne vaut même pas l'ebo qu'il faudrait pour la nourrir.

Mathilda éclate de rire. Ce rire malveillant, bien plus acide que les mots de Rhorkanterannu, me fait frissonner. J'essaie de me dégager de la poigne de fer de Mathilda, mais elle se resserre.

– Vous n'avez pas tort. Relâchez-la ! ordonne-t-elle aux gardes.

Deena se libère de leur emprise avec un grognement désespéré. Elle me regarde et s'écrie :

– Ne t'inquiète pas. Je ne les laisserai pas faire !

– Sauve-toi avant qu'elle ne change d'avis ! Cours !

Elle montre son majeur à Rhorkanterannu et à ses pirates, se retourne, et part en courant. Contre toute attente, sa jambe défectueuse ne l'empêche pas de s'éloigner très rapidement.

Rhorkanterannu et Mathilda la regardent partir.

– Ne va pas trop loin, Deena, lance Mathilda d'un ton léger et joyeux.

Puis elle se retourne vers Rhorkanterannu et joint ses mains.

– Pouvons-nous continuer, Rhorkanterannu ? Comme je le disais, vous pouvez prendre cette femelle.

Rhorkanterannu hésite un long moment. Le blaster braqué sur nous, il fixe Mathilda du regard comme s'il pesait le pour et le contre. À coup sûr, Mathilda sent que le succès de l'échange ne tient qu'à un fil.

– N'oubliez pas que je suis votre seul accès aux femmes humaines de cette planète. Je ne pourrai vous garantir cet accès que si vous prenez celle-ci. La prochaine fois, le prix sera beaucoup plus élevé… affirme-t-elle pour achever de le convaincre.

– Qu'est-ce que tu lui as demandé, Mathilda ? Hein ? Qu'est-ce qu'il doit payer ?

J'ai beau hurler, elle ne répond pas.

Rhorkanterannu ne me regarde pas du tout, mais son expression change. Ses plaques bougent presque imperceptiblement alors qu'il n'a quasiment pas bougé lui-même. Il n'est qu'un mur de muscles.

– Attrapez la femelle. Amenez-la à bord, crie-t-il soudain.

Les deux pirates derrière lui s'approchent de moi. J'ai des crampes d'estomac, je me sens malade et mon front est couvert de sueurs froides. Mes mains deviennent moites. Pendant ce temps, les pirates s'approchent de moi avec précaution et me soulèvent du sol avec leurs huit bras. Je me liquéfie sur place. J'avais combattu Nondah en ce jour de cauchemar, sur cet autre vaisseau, mais aujourd'hui, ce sont ces mêmes souvenirs qui m'empêchent de me battre.

– Krisxox, je chuchote.

Je sais qu'il est loin maintenant, il est inutile de l'appeler, mais je ne peux pas m'en empêcher.

Nous atteignons une rampe basse qui monte dans les entrailles noires du vaisseau. J'enfonce les talons de mes sandales sur sa surface glissante et je crie :

– Qu'est-ce que tu leur as demandé, Mathilda ? Que t'apportent les femelles humaines que tu tues ou que tu troques ?

Je regarde par-dessus mon épaule et la dernière chose que je vois, c'est le doux sourire de Mathilda qui répond d'une voix mélodieuse :

– Rien du tout.

Puis on me traîne dans le noir. Mon estomac remonte dans ma gorge. J'ai envie de vomir, mais je n'en ai pas le temps : je perds connaissance.

13

Svera

Ce n'est pas la première fois que je me retrouve dans cet état. C'est la première chose qui me vient à l'esprit lorsque je me réveille avec l'impression d'avoir dormi près d'une rotation. Pourtant je n'ai passé que quelques instants dans les vapes puisque je suis toujours traînée par les mêmes mâles sur ce qui semble être la même rampe.

Je cligne des yeux pour chasser le brouillard dans ma tête et je déglutis plusieurs fois pour ne pas vomir tandis que je lutte pour bouger ne serait-ce que l'un de mes membres. Ils sont tous attachés. Je suis moi-même placée entre les deux mâles qui me portent avec huit bras.

Je regarde autour de moi. *Peste d'étoiles*, ce transporteur est immense. Il est encore plus grand qu'il n'y paraît de l'extérieur. Sous la pression, mes oreilles se débouchent et ma sueur glisse sur mes bras lisses, elle est bien visible sous mon abaya déchirée et couverte de cendres.

Il y a tant de rampes, comme celle qui se trouve en dessous de moi, qu'elles s'entrecroisent. Toutefois, aucune d'entre elles n'a de barrière de protection. Quand je regarde en bas, je manque m'évanouir. Il y a des Niahhorrus partout. Des centaines d'entre eux. Peut-être plus. Ils se déplacent de-ci, de-là, déterminés. Certains portent plus de vêtements que les autres. Quelques uns portent des outils. Il y a tant de niveaux en-dessous de celui sur lequel je me trouve que je ne parviens pas à les compter.

Les planches d'argent qui s'entrecroisent et se meuvent sous mes yeux vont et viennent je ne sais où. La mécanique qui les anime est trop difficile à saisir. *Pire* encore, même si, pour être honnête, c'est aussi un *spectacle impressionnant;* les murs de ce vaisseau ne sont pas statiques. Ils ont la même mobilité, la même fluidité que ceux que j'ai vus à l'extérieur du vaisseau. Ils se séparent parfois par endroits pour révéler un ciel noir rempli de milliards d'étoiles lointaines. Puis les fenêtres se referment, engloutissant l'univers avant de le révéler à nouveau dans de nouvelles fenêtres qui apparaissent et disparaissent ailleurs, tout autour de nous. Tout cela me donne le vertige et me désoriente, ce qui m'empêche de retenir efficacement le chemin emprunté par les pirates qui me retiennent.

Les deux guerriers me portent facilement, alors je laisse aller mes jambes faibles et chancelantes pour les ralentir. Cela ne fait aucune différence. Deux mains viennent saisir ma taille, rejoignant celles qui se trouvent sur mes bras. Les guerriers me soulèvent de sorte que mes pieds ne touchent même plus le sol gris et lisse. L'un d'entre eux appelle Rhorkanterannu.

Il s'arrête à mi-chemin de cette rampe qui mène à un mur d'argent étincelant et regarde par-dessus son épaule vers la gauche. Je suis son regard vers le mur extérieur. Il s'est encore ouvert pour révéler un aperçu de l'univers. Je peux voir ma colonie lunaire, elle n'est plus qu'une tache brune qui a d'abord la taille d'une main, puis celle d'un haricot, puis celle d'un grain de riz. Pour finir, il n'y a plus rien.

Il a dû utiliser à nouveau sa machine, la machine qui avait transporté trente de ses guerriers sur la surface de Voraxia sans qu'ils soient repérés. Il l'a forcément utilisée à nouveau, et cette fois, pour transporter un vaisseau entier.

– Allez d'un quadrant à l'autre encore une douzaine de fois, jusqu'à ce que nous soyons sûrs que les Voraxians n'ont plus aucun moyen de nous suivre. Nous ne pouvons pas faire la même erreur que la dernière fois. N'oubliez pas de désactiver son disque de vie.

L'un des pirates qui me tient tripote mon bras gauche tandis que l'autre lève sa main jusqu'à son oreille et commence à parler rapidement à voix basse. Je l'observe, intriguée, comme j'ai observé Mathilda lorsqu'elle discutait sans interlocuteur apparent. Là aussi, je ne vois pas à qui il s'adresse. *Il doit avoir une sorte de communicateur...*

Rhorkanterannu repart au moment où le mur se déplace à nouveau, engloutissant la seule possibilité que j'avais d'apercevoir à nouveau ma planète, ma colonie, ma maison. Tous les fils d'espoir qui me liaient à ce monde maintenant disparu se rompent.

Je sens une poussée de rage et d'hystérie se préparer à prendre le contrôle de mon corps, mais je sens aussi... quelque chose d'autre. Un picotement dans ma poitrine fleurit à l'endroit où se trouvent les cœurs de Krisxox, bien au chaud sous mon sternum. Ce picotement est étrangement *apaisant*.

Je suis ensuite hissée *à travers* le mur suivant. Il n'y a pas de portes sur ce transporteur. Je suis déposée dans une longue pièce rectangulaire encadrée par trois murs d'argent. Je m'y trouve seule avec Rhorkanterannu. L'un des murs est entièrement transparent et offre une belle vue de la lumière changeante. Au bout de quelques instants, ces traînées de lumière deviennent des étoiles. Le processus se répète et comme j'essaie de suivre leur mouvement, j'ai le tournis. Je comprends alors que la vitesse de ce transporteur doit être proche de celle de la lumière.

Je me tourne ensuite vers le mâle avec qui je suis seule et j'inspecte la pièce qui nous entoure. C'est une pièce luxueuse, opulente, pleine de choses bizarres. D'énormes filets sont suspendus à intervalles irréguliers et, au centre de la pièce, se trouve un podium à l'allure très bizarre. A part cela, il n'y a pas une seule décoration sur les murs, mais le sol… Par toutes les comètes, je n'ai jamais vu un sol si extravagant. Il est recouvert de tapis tissés à la main qui ont l'air d'avoir été créés par des humains.

– Ils me viennent de pilleurs Eshmiris. Ils font fréquemment affaire avec Kor et ils prétendent avoir localisé un astéroïde rempli de déchets humains. En général, je me méfie d'eux, mais je n'ai pas pu résister. Je les ai trouvés magnifiques.

J'acquiesce, distraite par l'éclat d'un tapis vert qui surpasse les nombreux autres tapis en beauté. Après avoir tendu le bras, je repousse un filet pour l'atteindre et le dégage des tapis superposés qui le dissimulaient partiellement.

Je passe mes doigts sur les lettres brodées en or sous les lumières tamisées beiges et jaunes.

– Allah alrahman el rahim, je chuchote avant de me tourner vers Rhorkanterannu, qui me regarde maintenant d'un air perplexe.

– Qu'est-ce que ça veut dire ?

– Personne ne connaît le texte original, il ne reste plus que les symboles.

Je lui souris, même si c'est sans grande conviction.

– Pour moi, cela signifie que mon triple Dieu ne m'a pas abandonnée.

Je ferme les yeux, murmure une prière, puis ajoute :

– Et cela signifie que tu n'as pas été trompé par ces pilleurs. C'est un véritable tapis de l'ancien monde.

Je commence à le poser, mais il murmure d'une voix rauque :

– Alors, il est à toi.

Je soutiens son regard avec plus d'assurance. J'ai beau être seule, tout n'est pas perdu pour autant. Je ne suis pas totalement ignorante dans l'art du combat. Je peux me défendre contre ce mâle, je me suis déjà entrainée avec Krisxox et il n'y a rien de plus effrayant que de se battre contre lui.

Ok. Je scrute Rhorkanterannu et son corps si… différent du mien. *Tout va bien se passer, tu peux le faire Svera.*

– Merci mais je n'en aurai pas besoin. Je ne vais pas rester longtemps ici.

Je pose le tapis de prière et me tourne vers lui, les bras croisés.

– Maintenant, dis-moi ce que tu veux.

Il glousse tout bas, ce qui me déstabilise. Le son ondulant de sa voix me donne l'impression d'être à la dérive en mer, sans aucune chance de trouver le rivage.

– Qu'est-ce qu'il y a de drôle ?

Mon meero limité m'empêche de dire le fond de ma pensée, toutefois, je poursuis :

– En tout cas, vous ne me forcerez pas à participer au shekurr.

– Que sais-tu du shekurr ?

Une folie furieuse s'empare du tourbillon d'argent de ses yeux.

– Je sais que c'est une cérémonie Niahhorru destinée à stimuler la reproduction. Comme votre taux de natalité est extrêmement bas, au cours de cette cérémonie, plusieurs mâles cherchent à féconder une femelle.

– Et c'est un honneur pour cette femelle. Si le shekurr est réussi et qu'elle est capable de mettre au monde un petit, alors elle ne manque pas de pères pour l'aider à l'élever et pour la protéger.

– Chez nous, la famille se compose d'un père et d'une mère. Nous sommes monogames et unis pour la vie.

Rhorkanterannu inspire si profondément qu'il me fait sursauter. Ses lèvres s'écartent pour révéler des dents chatoyantes – dont certaines, près de l'arrière, ont l'air limées – et son bras inférieur gauche se lève pour couvrir son estomac.

– Quoi ? s'écrie-t-il.

Il frissonne et se tourne brusquement vers la fenêtre.

– C'est un concept étrange pour un mâle comme moi, ajoute-t-il.

Il croise l'ensemble de ses bras supérieurs sur sa poitrine et serre les mains de ses bras inférieurs derrière son dos. Il n'en dit pas plus.

– Pour moi, c'est le shekurr qui est un concept étrange.

Il soupire.

– Les Niahhorrus ont une longue durée de vie; nous avons donc un peu de temps devant nous, mais pas beaucoup plus. Je n'ai pas envie de soumettre une femelle non consentante au shekurr, mais la survie de mon espèce passe avant tout. Sevrenn iahndru lat.

Cela signifie : « La vie passe avant tout ». C'est la devise des Niahhorrus. Cette devise, plus que son implication, me fait frissonner. Je sais qu'il croit en ces mots plus qu'en toute autre chose.

– Je dois donc te forcer à rejoindre le shekurr. Tu as un quart d'heure pour te préparer.

Il pivote sur ses talons et je suis enveloppée par le déplacement d'air que son énorme corps crée alors qu'il me frôle et se dirige vers la sortie. Mon cœur bat la chamade. Je peux sentir le goût de ma peur dans ma bouche. J'*étais persuadée* que l'honneur des Niahhorrus aurait empêché cela. Je *me souviens* de la façon dont il m'a défendue contre Nondah et les Niahhorrus qui ne pouvaient pas contrôler leur désir d'accouplement. Je me souviens de la façon dont il a *massacré* le pirate qui m'a blessée. Je touche la cicatrice sur ma joue. Je me sens embarrassée, confuse. Je connais l'honneur des Niahhorrus, ou je croyais le connaître. Était-ce un mensonge ?

– Ok.

Le mot sort de ma bouche comme un fardeau dont je ne parviens pas à me défaire.

– Force-moi, alors. Quand tu me tiendras avec tes quatre bras, je suppose que tu sentiras fier de toi, hein ?

Il me tourne autour, s'avance vers moi et attaque. Je n'ai rien vu venir. Mon cœur bondit hors de ma poitrine. Je tombe en arrière et atterris sur le tapis de prière que je viens de poser.

Rhorkanterannu me recouvre de son corps, plante ses quatre mains sur le sol et me force à m'allonger. Il décolle ses hanches et sa poitrine de moi, mais ses genoux effleurent l'extérieur de mes mollets lorsqu'il les pose. Je ne peux plus bouger mes jambes.

– Tu connais assez mon peuple, petite femelle, pour savoir que nous n'aimons pas les insultes. Tu as réussi à m'insulter deux fois en une seule phrase dans une langue qui n'est pas ta langue maternelle; tu as du mérite, je te l'accorde. Mais je ne tolérerai pas une troisième insulte.

– Les insultes, c'est tout ce qui me reste, je réponds.

Ma poitrine se soulève malgré le poids qui l'alourdit, chaque inspiration est une lutte.

Ses yeux brillent. Soudain, une visière se baisse pour les couvrir et je sursaute. J'ai lu quelque part que les Niahhorrus gardent généralement les yeux ouverts : les visières ne se baissent que lorsqu'ils partent au combat. Se prépare-t-il à se battre ?

Oui.

– Centare. Ce n'est pas tout ce qui te reste, tu possèdes autre chose.

Sa chaleur s'abat sur moi et avec elle, le souvenir de cette agression passée : j'ai été vaincue, j'ai été blessée par un autre pirate. Je me bats contre ces pensées.

– Quoi ?

Ma voix n'est qu'un murmure, un souffle.

– Tu as des coordonnées.

Je fronce les sourcils tandis que sa visière se relève, révélant des yeux argentés tourbillonnants. Il a une arcade sourcilière peu profonde et une peau argentée. À la naissance de ses cheveux, deux grandes crêtes vont de son front à l'arrière de sa tête. Dans la vallée qui les sépare, s'étendent des pointes.

– Comment..?

Il ne répond pas, il se contente de lever un sourcil. La réponse est évidente.

– C'est le *serpent* perfide, diabolique et manipulateur qui nous sert de cheffe qui te l'a dit, bien sûr, je poursuis.

Il glousse. Son haleine sent le givre de Nobu, la propreté hivernale et la faim dévastatrice.

– Ontte. (C'est le mot meero pour dire oui). C'est une bonne description.

Lentement, il se relève. Je reste allongée là où je suis.

– Elle m'a vendu du rêve. Elle m'a parlé d'un satellite rempli d'humains laissé sans surveillance et flottant sans but dans l'espace. Elle a même affirmé qu'il se trouvait dans la zone grise, *ma* zone ! Je n'avais aucune raison de croire cette misérable femelle sans honneur…

– Qu'est-ce qui t'a fait changer d'avis ?

Je déglutis plusieurs fois, sans parvenir à tromper ma soif. Sans parvenir à retrouver un semblant de sérénité. Comment a-t-il pu obtenir des informations à ce sujet ? Je ne connais pas la réponse à cette question, mais je sais que s'il ne connaît pas les coordonnées parce que Mathilda n'a pas voulu les lui donner, alors il va exiger que je les lui donne. Je le sens. Il n'y a que deux options : les humains sur Balesilha ou mon corps.

Mon corps appartient à Krisxox. Je ne peux pas le lui offrir…

Mon cœur se serre. Ironie du sort : il me manque. Krisxox me manque…

Et pas seulement parce qu'il aurait pu me protéger. Il me manque parce que je peux me fier à lui. Je le connais bien ; je sais même à l'avance comment nos disputes vont se terminer. Elles prennent toujours fin de la même façon : je fonds et je bouillonne en même temps.

– Les Eshmiris.

Je comprends d'où lui vient cette assurance.

– L'astéroïde, je chuchote.

– Tout à fait. Il n'y avait pas que des tapis là-bas, petite conseillère. Ils ont trouvé des humains.

– Quoi ?

J'ai parlé avant d'avoir pu m'en empêcher. Je presse une main sur ma poitrine et me redresse.

– Ce n'est pas possible. Tu as donc des humains ?

– Centare, je n'en ai pas. J'ai vu des cadavres humains. Des centaines d'entre eux. Cela nous a pris un certain temps, à mes pirates et à moi, pour rassembler les pièces du puzzle; mais quand nous avons réussi, nous sommes arrivés à une théorie plutôt intéressante… Les humains trouvés par les Eshmiris étaient toujours enfermés dans des chambres de stase. La plupart de ces chambres étaient cassées et celles qui ne l'étaient pas ont cessé de fonctionner il y a des dizaines de rotations. Selon notre estimation, qui s'appuie sur l'état de décomposition des corps, cela faisait presque une centaine de rotations qu'elles s'étaient éteintes. Nous ne savions pas pourquoi ces humains se trouvaient là, ni pourquoi des êtres sensibles avaient été jetés à cet endroit avec des ordures. C'était presque comme s'ils avaient été *intentionnellement* mis au rebut. Cela ne pouvait pas être le fait d'êtres appartenant à l'un des quadrants connus. Nimporte quel être de ces quadrants, que ce soit un Oosa, un Eshmiri, ou un autre, aurait trouvé une utilité à des créatures aussi douées et fertiles. Nous sommes donc parvenus à la conclusion que c'était des humains qui étaient responsables de ce carnage. Il ne restait alors plus qu'une question sans réponse : pourquoi des humains causeraient-ils intentionnellement la mort de ceux de leur propre espèce ?

Il fait une pause. Je sais que c'est à moi qu'il pose cette question, et cette fois, j'ai une réponse. J'aurais préféré ne pas en avoir, car cette réponse, et le fait qu'elle s'impose à moi plus facilement que ça n'aurait été le cas il y a une rotation – même un solaire – me donne l'impression d'avoir perdu quelque chose de très important.

Ma foi en l'humanité.

– Ils étaient un fardeau.

– Ils étaient un fardeau, répète Rhorkanterannu en souriant.

Ce sourire me donne froid dans le dos. Il s'avance lentement vers moi. Ses pas lourds, amortis par les tapis, n'en sont pas moins capables de me faire sursauter à chaque fois.

– Ontte, Svera, ils étaient un fardeau.

Il tend une main et je la prends timidement. Je le laisse m'aider à me relever. J'époussette ma tenue alors qu'il s'éloigne de moi pour arpenter la pièce avec détermination.

– Pour qui étaient-ils un fardeau, petite conseillère ? Et où sont les autres humains maintenant ? Je sais qu'ils sont dans la zone grise entre le Quatrième et le Cinquième Quadrant. Je sais qu'ils sont quelque part sur mon propre territoire, mais j'ai retourné ciel et terre sans pouvoir les trouver.

Il finit sa marche à quelques pas de moi et lorsqu'il me rejoint, il envahit directement mon espace personnel. Un frisson me parcourt. Mon corps sait qu'il se trouve face à un prédateur.

– Où sont-ils ? chuchote-t-il.

– Tu vas devoir lire mes pensées si tu veux le savoir.

Je serre les dents et recule devant la pression de ses griffes qui grattent délicatement le côté de mon visage. Elles s'attardent sur la légère cicatrice que je porte depuis notre dernière interaction.

– Tu es très courageuse, petite Svera, mais tu vas me donner les coordonnées. Tu sais ce qui est en jeu si tu ne le fais pas.

– Tu es un… mauvais mâle, je murmure.

Il sourit.

– Contrairement à ta chère et tendre Mathilda, je n'ai jamais prétendu le contraire. Garde bien ça à l'esprit pendant que tu réfléchis à mon offre. Je te laisse un petit moment. Quand je reviendrai, je ne serai pas seul. Trente de mes frères seront avec moi et je te préviens : ils ont entendu des histoires merveilleux sur les fabuleuses chattes humaines. Quoi que tu décides, ne l'oublie pas.

Il est presque au mur quand une porte apparaît devant lui. Elle se referme après son départ. J'essaie de faire de même mais quand je me place face au mur, aucune porte n'apparaît pour moi.

Je frissonne et regarde la pièce. Je suis maintenant seule. Mes yeux tombent sur le tapis de prière et je tremble un peu en le déployant devant la fenêtre.

Je prie. J'espère que Rhorkanterannu me laissera suffisamment de temps pour cela avant le shekurr. Il doit savoir qu'il n'y a pas d'autre option. Je ne vais pas condamner un satellite entier d'humains à ce destin juste pour sauver ma peau.

Je vais faire le shekurr.

Et quand je le ferai, je penserai à Krisxox.

J'expire en tremblant, puis je commence à me déshabiller.

14

Krisxox

Il n'est pas facile de se déplacer dans les sombres entrailles du vaisseau et je n'ai aucune idée de l'endroit où nous sommes exactement. Nous n'avançons pas dans des conduits, je n'ai jamais rien vu de tel. Une substance noire s'éloigne de nous quand nous rampons, comme une mousse légère ou une couverture tirée par une force invisible.

Putain de xok, j'ai beau être Krisxox du quadrant quatre... je n'aime pas ce monde sombre qui, de temps en temps – lorsque l'humaine qui m'accompagne active une commande – nous dévoile une variété de pièces. Certaines sont remplies d'armes, d'autres sont des quartiers privés de pirates, quelques unes constituent des unités de préparation de nourriture et les dernières contiennent des stocks et des stocks de caissons empilés. Au milieu de tout cela, l'humaine avance avec aisance. Apparemment, les espaces confinés ne la dérangent pas du tout.

Nous finissons par trouver une pièce dont l'accès est libre. Il s'y trouve des petites capsules de sauvetage.

L'humaine en désigne une du doigt, mais je lui attrape le poignet.

– Svera, je grogne.

Elle lève les yeux au ciel et commence à me parler en meero. *Décidément, cette femelle humaine n'a pas fini de me surprendre.*

– Ok. On va la chercher ta Svera, t'inquiète pas; et après, on revient ici. Je voulais juste savoir où elles étaient.

Elle se remet à ramper et je grogne dans son dos en meero :

– Pourquoi m'aides-tu ?

– Parce que Svera ne mérite pas d'être enlevée par ce bâtard ou les trente branleurs qu'il appelle ses amis.

Je suis soudain envahi par la rage et je réponds avec plus d'agressivité que nécessaire.

– Putain de xok ! Dépêche-toi !

Elle lève les yeux au ciel mais elle commence tout de même à avancer plus vite.

Peu de temps après, elle me demande de ramper presque à plat ventre dans l'obscurité – bien sûr, sans me donner la moindre putain de xok d'*explication*. Nous ne sommes éclairés que par les couleurs de mes crêtes et leur pression inconfortable. Leur lumière, *sa lumière*, me réchauffe.

-Putain de xok ! On est bientôt arrivés ? Je siffle dans le noir.

Devant moi, la femelle regarde par-dessus son épaule. Ses locks s'agitent vers moi comme des épines Niahhorrus fluides. Elle lève un seul doigt vers ses lèvres avant de le pointer vers le bas. Un moment passe, puis l'obscurité s'ouvre pour révéler en un éclair le monde en dessous. Cette technologie est tout simplement... Il n'y a pas de mots pour la décrire. Je n'ai jamais vu ou entendu parler d'un truc pareil. Le plus surprenant, c'est que cette femelle maîtrise cette technologie. Et elle est *humaine*.

Elle est allongée d'un côté du trou, à plat ventre, alors je vais du côté opposé. Je m'approche de l'entrée, tendu et prêt à abattre tout Niahhorru qui se trouverait aux côtés de Svera, si c'est bien là qu'elle se trouve. C'est le cas, elle est là.

Mais elle est seule.

Qu'est-ce qu'elle fait ? Elle est contre la fenêtre. La détermination que je peux lire dans son regard me fait frémir. Tout à coup, elle commence à enlever son costume.

Nox. Nox. Dites-moi que je rêve ! Elle n'est pas en train de se préparer volontairement pour le shekurr, si ?

La rage fait son retour. Elle me frappe de tous les côtés. J'attends qu'elle soit complètement nue et assise en haut de l'unique podium de la pièce. Il est assez grand pour qu'elle puisse s'y étendre confortablement. Elle plante ses pieds sous ses fesses, écarte ses cuisses, puis elle… putain de xok !

Elle se *caresse*. J'ai des envies de meurtre en voyant ce qui se passe devant moi. A-t-elle perdu la tête ? Tout à coup, la détermination sur son visage laisse place au plaisir.

– Krisxox, murmure-t-elle.

Ses yeux sont fermés. Elle ne me voit pas.

– Krisxox, répète-t-elle.

Son dos se courbe et à côté de moi, la femelle met une main sur sa bouche.

Je l'avais complètement oubliée. Je lève un doigt vers mes lèvres, puis je place ma paume sur ses yeux. Je ne veux pas qu'elle regarde ça. Le plaisir de Svera est à moi.

Il commence d'ailleurs à agir sur moi avec toute la puissance d'une onde de choc.

Les couleurs de mes crêtes pulsent et s'intensifient, alors même que la douloureuse punition de Xana prend fin. Je suis arrivé à destination : elle est mon foyer, ma maison, *ma vie*. Ce constat s'impose à moi. Je me sens à la fois misérable et merveilleux.

Elle est mon foyer.

Qu'est-ce que je fais ? Qu'est-ce que j'ai fait ? J'ai failli la perdre… et tout ça pour quoi ? Parce qu'elle n'appartient pas à la bonne espèce ? Les mots de mes ancêtres résonnent dans ma mémoire. Je me souviens sans mal de ce qu'ils ont pu dire sur ceux qui n'étaient pas Drakeshs. À leurs yeux, il ne s'agissait que d'êtres *dégoûtants, indignes, impurs, volages et stupide*s. Des êtres *inférieurs*. Tous ces mots, je pourrais les utiliser pour me décrire.

– N'ouvre pas les yeux, je grogne à l'humaine à côté de moi.

Elle souffle avec impatience à travers les doigts qui couvrent encore sa bouche et même si je n'apprécie pas particulièrement ses manières, je sais qu'elle a raison. Nous *ne pouvons pas* nous payer le luxe de nous laisser distraire. Nous n'avons pas assez de temps; mais je m'en moque, pour Svera, je ferai en sorte de trouver le temps. Je sens Xaneru m'entourer de ses bras et m'étreindre avec amour tandis que je passe mes pieds dans l'ouverture et atterris sur le sol en dessous en m'accroupissant.

Au moment où j'atterris, Svera se crispe et rapproche ses jambes. Je me précipite vers elle. Je sais que nous n'avons pas beaucoup de temps et je ne veux pas perdre un seul instant. Je saisis ses chevilles, la traîne jusqu'au bord de la plate-forme, écarte ses genoux et m'avance entre eux.

Je caresse les deux épaisses nattes de ses cheveux tandis qu'elle se relève pour s'asseoir.

– Qu'est-ce qui t'a pris de t'offrir aux Niahhorrus comme ça ? Tu…

Je m'avance encore pour placer ma paume sur son intimité. Elle est brûlante.

Elle est *à moi*.

– Tu ne peux pas t'offrir à eux. Tu m'appartiens.

Les yeux de Svera s'agrandissent. J'y vois du noir, du vert et du brun doré. J'y vois des traces du jardin. J'y vois des promesses d'un avenir radieux… La tension dans mes épaules est difficile à maintenir. Je veux m'enfoncer dans ces fleurs.

– Qu'est-ce qui t'a pris Svera ?

Je passe mon doigt le plus épais sur sa joue, je lève la main et je touche les perles autour de son cou.

– Tu pensais que je ne viendrais pas pour toi ?

Elle éclate de rire juste avant d'attraper l'arrière de ma tête et de me tirer vers sa bouche. Je pose mes lèvres sur les siennes, prisonnier de ses délices.

– Putain de xok, je chuchote.

Ça a commencé comme ça la dernière fois. C'est ce qui nous a mis dans le pétrin. Mais, comme la dernière fois, je ne suis pas assez fort ou assez intelligent pour m'éloigner d'elle.

Sa langue se mêle à la mienne et je gémis quand elle passe de ma bouche à ma mâchoire, puis à mon oreille et à mon cou. Elle me mord assez fort pour qu'un nerf dans mon cou fasse tressaillir mon bras droit. Je l'enroule autour de son dos, je l'attire encore plus près de moi jusqu'à ce que la chaleur de sa chatte enflamme mon abdomen. La douleur du Xanaxana se dissipe peu à peu.

– Je suis désolée de t'avoir repoussé, murmure-t-elle.

– Tu peux l'être. Tu t'es mise en danger, je réponds contre sa bouche pulpeuse. Vu ton taux de réussite, on dirait que c'est ce que tu recherches. Si je ne te connaissais pas si bien, je croirais que tu aimes être emprisonnée par des pirates.

Svera éclate de rire et postillonne. Je m'en moque; j'aime tout d'elle, j'aime jusqu'à ses gouttes de salive.

– Si ça se reproduit, je vais devoir te punir, je poursuis.

Je capture ses cheveux dans un poing et caresse sa joue avec les miens.

– N'essaie plus de me fuir, plus jamais.

– Si j'essayais vraiment de te fuir, je ne serais pas si heureuse de te voir maintenant.

Elle déglutit plusieurs fois et je me retire juste assez pour effleurer ses lèvres, sans l'embrasser. Je veux juste sentir leur douceur, sentir sa chaleur. Elle est si chaude.

Je veux aussi la dévorer, la pénétrer, et exploser en elle encore et encore. Après tout, elle est déjà sur la table d'accouplement, prête à prendre ce que je veux lui donner.

– J'ai juste…

Son visage devient rose et elle mord sa lèvre inférieure.

– Je savais qu'elle ne pouvait pas me tuer, et je ne pensais pas qu'elle ferait une chose pareille. Ça doit faire des dizaines de solaires qu'elle a planifié tout ça. Je me suis laissée avoir comme une bleue. Mais tu m'as trouvée. D'une manière ou d'une autre, tu me trouves toujours.

Elle secoue la tête et ce que je lis dans ses yeux me prend de court. Elle me regarde comme si elle était en admiration et que j'étais son héros.

– Comment m'as-tu trouvée ?

– Grâce à ton humaine.

Je pointe le doigt vers le trou où je l'ai laissée. D'ici, je peux voir que l'autre femelle humaine a entièrement ignoré mon ordre et nous observe, tout en nous faisant de grands gestes avec les mains.

– Il faut y aller.

Je me penche et goûte la bouche de Svera une fois de plus avant de me retirer, de prendre sa tenue et de la rhabiller. Puis je la prends dans mes bras et la pose sur le sol; mais elle s'éloigne de moi de quelques mètres et s'accroupit.

– Qu'est-ce que tu fais ? je siffle alors qu'elle se relève et plie un tapis vert sous son bras.

– Il est beau, hein ? Rhorkanterannu a dit que je pouvais le prendre.

– Non, mais, je rêve !

Elle se contente de sourire. Je me précipite rapidement vers l'autre humaine après avoir attrapé Svera et son putain de xok de tapis. Je la soulève afin qu'elle puisse atteindre l'autre côté du trou.

– Deena ? s'écrie Svera ébahie.

Elles échangent en humain pendant que je bondis dans l'obscurité à côté d'elles.

Par bonheur, la femelle appelée Deena maîtrise ce vaisseau. Elle scelle donc le trou sous nous et nous nous éloignons dans l'obscurité, vers les capsules de sauvetage.

Au bout d'un moment, comme la conversion se poursuit en humain et qu'il m'est impossible de comprendre, je demande à Svera de traduire ou de parler en meero. Contre toute attente, dans notre trio composé du Krisxox de Voraxia et de deux humaines avec un accès limité à la technologie : nous parlons tous le meero. Ces humaines ont de quoi forcer l'admiration. *Elles savent surmonter les obstacles. Elles sont pleines de ressources, elles sont intelligentes, brillantes même.*

Quand je pense que pendant tout ce temps, j'ai sous-estimé les humains. *Qu'ont fait mes ancêtres de leur côté ? Rien d'aussi impressionnant.*

– Comment as-tu appris le Meero ? demande Svera à Deena en passant à la langue en question.

Deena se contente de secouer la tête.

– Ce n'est pas important.

Elle continue à ramper et, brusquement, change de direction.

– Comment fais-tu pour commander le vaisseau ? je siffle.

Deena hésite assez longtemps pour se retourner et nous faire face. Des couleurs dansent sur une petite perle d'argent au centre de sa paume, elle brille presque autant que mes crêtes. Elle la remet dans son oreille et soulève ses cheveux pour que je puisse regarder, mais la perle est profondément enfoncée et je ne peux plus la voir maintenant.

– C'est un jeton Niahhorru. J'en ai volé un à Mathilda il y a quelques temps. C'est beaucoup plus moderne que les moteurs de vie des Voraxians. Il peut s'associer à d'autres jetons et il peut servir de communicateur. Le vaisseau est fait du même matériau. C'est comme une sorte de… jeton géant. Du coup, je peux communiquer avec lui.

Putain de xok.

– Tous les Niahhorrus portent cet appareil ?

Si c'est le cas, alors nous serons facilement détectés. Elle secoue la tête.

– Pas tous. Juste quelques-uns. Rhork en porte un lui par contre.

Xok.

– Tu pense qu'il nous a détectés ?

– Je ne pense pas. J'utilise le jeton en mode sous-marin. Je pense que j'ai réussi à brouiller le communicateur. Ça devrait aller.

Puis Svera pose une question à laquelle je n'avais pas pensé.

– Mais tu as déjà... communiqué avec Rhorkanterannu ?

Deena grimace comme si la question l'avait blessée. Elle ne répond pas. Elle continue à ramper et, après deux autres tours, elle finit par dire :

– Je n'avais... personne d'autre à qui parler. Et je ne pensais pas que... Il allait te forcer à faire le shekurr en bas, n'est-ce pas ? C'est pour ça que tu étais nue sur la table...

Svera acquiesce et la rage enflamme le long de ma colonne vertébrale, arrosant le monde entier de rouge depuis mes crêtes.

– Ontte. Il essayait de me forcer la main; mais ce qu'il veut vraiment, ce sont les coordonnées d'un satellite humain sans surveillance. Mathilda lui a dit que je les avais.

Le visage de Deena s'assombrit et elle ferme les yeux un long moment. Je me demande ce qu'elle pense et pourquoi son expression semble si douloureuse quand elle dit:

– Donc ce qu'il veut, c'est capturer tout un tas d'autres femelles humaines pour son shekurr !

– Bien sûr ! Tout le monde le sait, je siffle. Ce mâle ne reculera devant rien pour permettre à la race Niahhorru de se régénérer. Maintenant, continuons.

Deena a un hoquet et couvre sa bouche avec le dos de sa main. Puis le sol juste derrière elle s'ouvre.

– Nous y sommes.

Je m'approche d'elle et je scrute l'espace à la recherche de menaces. Il n'y en a aucune. Je me tourne alors pour prononcer des mots que je croyais ne jamais pouvoir dire à un être humain :

– Tu es très courageuse. Merci pour ce que tu as fait, j'ai une dette envers toi.

À ma grande surprise, elle balaie rapidement ces belles paroles de la main.

– Ouais, ok. Ça me fait une belle jambe, murmure-t-elle.

Son visage se durcit. Quelque chose m'échappe. Quelque chose en rapport avec Rhorkanterannu et cette femelle, mais pour l'instant, je n'ai pas envie de le découvrir.

– Nous devrions nous séparer, déclare Deena.

– Quoi ? Centare ! s'écrie Svera avant de se déplacer jusqu'à ce qu'elle soit entre Deena et moi.

Nous sommes tous les trois allongés sur le ventre, épaule contre épaule.

Deena serre les dents et montre du doigt l'ouverture dans la pièce bien éclairée en dessous de nous. Sur d'énormes portes, se trouvent des symboles Meero lumineux qui indiquent quelles capsules sont remplies, alimentées et opérationnelles.

– Je vais prendre le premier module, préparez-vous à prendre celui-là , dit-elle en désignant une autre capsule. Quand vous sentirez que le vaisseau commence à accélérer et à vous poursuivre, détachez-vous. N'activez pas la puissance avant que les Niahhorrus ne soient hors de portée. J'espère les distraire assez pour qu'ils me poursuivent sans s'en prendre à vous. Même s'ils se rendent compte qu'une autre capsule a été détachée, ils penseront peut-être que c'était moi qui cherchais à créer une diversion.

Je hoche la tête. Ce n'est pas un plan infaillible, mais je n'aurais pas dit mieux. Je sens une étrange couleur toucher mes crêtes alors que je regarde l'humaine appelée Deena.

– Maîtrises-tu l'art de la stratégie guerrière ?

Deena me lance un regard étrange en retour et ouvre la bouche. Mais c'est Svera qui prend la parole :

– Ontte, bien sûr.

Elle sourit à la femelle, mais peu après, elle secoue la tête et pose sa main sur l'épaule de Deena.

– Deena, c'est un bon plan, mais je ne peux pas te laisser te sacrifier pour nous.

– C'est ma décision, Svera.

– Rhorkanterannu va te rattraper ! Et tu sais ce qu'il fera quand il réalisera que tu n'as pas les coordonnées. Il te forcera à participer au shekurr…

Deena se crispe. Ses yeux se ferment et ses lèvres se pincent.

– Centare, il ne le fera pas. Comme il l'a déjà dit, je suis défectueuse.

Elle fait un geste vers sa jambe gauche. Défectueuse ? C'est étrange. Comme les Voraxians, les Niahhorrus considèrent les cicatrices comme des marques dont on doit être fiers. C'est la preuve qu'elle a souffert et survécu.

– Donc tu n'as pas à t'inquiéter pour le shekurr.

Svera secoue toujours la tête, mais Deena attrape son bras suffisamment fort pour que les poils se dressent sur l'avant de mes bras.

– Svera ! C'est bon, ok ! Maintenant, monte dans le module. Retourne à la colonie et *pulvérise* Mathilda. Il faut lui faire payer toutes les saloperies qu'elle a faites. Et je ne parle même pas de ce qu'elle a prévu de faire dans les solaires qui viennent.

Svera est un peu plus convaincue du bien fondé du plan. Elle essaie à nouveau de protester, mais Deena la secoue encore plus fort.

– Svera, je n'ai aucun pouvoir là-bas ! Personne ne m'écouterait, personne ne me croirait. Mathilda a raconté à tout le monde que j'étais l'enfant gâtée de la colonie. Enfin… regarde-moi !

Elle pointe le bas de son corps. Je ne sais pas pourquoi mais elle attrape la chair de son ventre et lui donne une étrange traction.

– Regarde ce qu'elle a fait de moi. Elle m'a gavée pour que tout le monde pense que je ne suis qu'une princesse pourrie gâtée. Pourquoi penses-tu qu'elle ne s'est pas souciée que je puisse revenir en courant pour alerter la colonie ? Elle sait que personne ne m'écoutera. Je t'en supplie, pars. S'il te plaît. Si tu savais l'enfer qu'elle m'a fait subir, tu… vous… Je ne veux *plus* la revoir. *Je veux que tu t'occupes d'elle.* Tue-la, envoie-la dans l'espace… Fais comme tu le sens, j'en ai rien à foutre, mais occupe-toi d'elle. Je veux juste être sûre qu'elle ne peut plus blesser personne. Moi, je ne peux pas gérer ça, mais toi, tu peux, alors il faut que tu le fasses. Par contre, je peux gérer Rhork.

Svera fixe Deena. L'atmosphère est lourde de tension. Svera ne peut pas laisser un être humain sur le bord de la route. Nox, Svera ne peut laisser *personne* sur le bord de la route, humain, Voraxian ou autre. Elle était prête à subir un shekurr pour épargner des humains qu'elle n'a jamais rencontrés, qu'elle ne pourra peut-être même pas trouver.

– Garde les coordonnées, finit par dire Svera.

– Centare. Plutôt crever !

Deena commence à descendre dans la pièce, mais Svera la retient.

– Si on t'attrape, tu auras besoin d'une monnaie d'échange. On ne sait pas ce qui pourrait arriver. Et si Rhorkanterannu décide que finalement tu n'es pas défectueuse ? Et s'il décide que comme tu es défectueuse, au lieu de te garder ou de te relâcher, il doit te vendre ? Il pourrait te vendre à Sky ! Tu sais ce qu'ils te feront là-bas ? Ils vont probablement t'ouvrir et te greffer des parties bio-mécaniques pour essayer de faire de toi un soldat ou un assassin. Il pourrait aussi te vendre aux Oosas qui t'utiliseraient sans fin comme objet de plaisir, ce qui finirait peut-être par te tuer. Tu ne sais pas ce qui peut se passer. Tu dois garder un moyen de négocier. Si ça se trouve, les humains de ce satellite sont bien équipés et capables de se défendre contre une attaque de Rhorkanterannu.

Deena se moque.

– Pfff. Si tu le pensais vraiment, tu lui aurais déjà donné les coordonnées.

– Deena, s'il te plaît.

– *Celle te playe*, toutes les deux ! On est en train de perdre du temps.

– On est bien d'accord, souffle Deena en traînant son corps vers le trou.

Svera lui attrape le bras.

– Je ne monte pas dans cette capsule avant de t'avoir donné les coordonnées.

– Putain, tu fais chier ! s'écrie Deena.

Je souffle à mon tour avant de confirmer :

– Ah, ça, c'est Svera…

– Deena, écoute-moi, dit Svera d'une voix froide et inébranlable.

Elle énonce et répète les coordonnées encore et encore jusqu'à ce que Deena soit capable de les lui réciter de mémoire.

– C'est bon ? demande Deena.

Svera sourit et répond en humain :

– Oui.

– Occupe-toi de Mathilda, répète Deena juste avant d'entrer dans la première capsule de sauvetage.

– Et toi, utilise les coordonnées si ça peut t'aider, lui répond Svera.

– Je n'aurai pas besoin de le faire, mais merci.

De sa démarche bancale, Deena s'approche de sa nacelle. Je ne doute pas un instant, alors qu'elle s'éloigne de nous, que les pirates Niahhorrus ont trouvé là une adversaire de taille. Je l'appelle :

– Deena !

Elle s'arrête au centre des quatre sièges, puis choisit le plus grand, celui avec le panneau de contrôle intégré au niveau de l'accoudoir.

– Quand tu te détacheras, éloigne-toi rapidement, je reprends.

Ces capsules de sauvetage ne peuvent pas dépasser la vitesse de la lumière, mais elles peuvent s'en approcher.

– Le vaisseau de Rhorkanterannu peut immobiliser ta capsule si tu te trouves trop près. Ne le laisse pas t'approcher. Continue à te téléporter jusqu'à ce que tu le sèmes. Nous ferons la même chose.

L'air sérieux, elle hoche la tête.

– Compris.

Elle ne dit rien d'autre, pas même un mot de remerciement. Je sens le bord de ma bouche se soulever.

– Fais attention à toi, je rajoute.

– Ok, ok !

La porte de sa capsule se ferme entre nous et elle commence à se détacher sans prévenir.

Je me précipite avec Svera dans le module que nous allons réquisitionner et l'oriente vers l'un des sièges. Quatre d'entre eux sont positionnés face à face. La coque de cette capsule est construite avec le même matériau que le vaisseau mère Niahhorru. Elle n'a qu'une seule fenêtre, relativement circulaire. De la matière noire apparait et disparait à travers le corps transparent. Les étoiles sont visibles tout autour de nous, tout comme la capsule de sauvetage de Deena qui s'est détachée et flotte dans l'espace.

Le grondement de notre propre capsule qui se détache couvre la voix de Svera, qui marmonne à nouveau des prières. Je prends le siège en face d'elle et tape les coordonnées de la colonie humaine dans l'accoudoir.

J'attends un moment pour passer en distorsion. Je veux m'assurer que le vaisseau poursuit bien Deena et que celle-ci réussit aussi à passer en distorsion.

Svera regarde dans la même direction que moi et nous restons tous les deux assis, tendus, à regarder le vaisseau infiniment plus grand prendre de la vitesse et poursuivre la petite capsule dans la lumière des étoiles, jusqu'à ce que même le vaisseau de la taille d'un astéroïde – ou peut-être d'une petite lune – finisse par disparaître.

Ils sont partis.

Svera est en sécurité.

J'expire.

J'allume la machine à pleine puissance et mets le cap sur la colonie, notre maison. *Notre maison ? Comment ça ?* Quand notre capsule de sauvetage commence enfin à bouger, Svera détourne les yeux de la vitre et me regarde. Enfin. J'ai l'impression qu'elle me voit *pour la première fois.*

Ma peau se hérisse à chaque fois que son regard se pose sur moi. Ça ne devrait pas être possible, mais ce n'est pas seulement un regard, pas vraiment; parce que rien chez elle n'est jamais exactement ce qu'il devrait être. Et parce que les mots « possible » ou « impossible » n'appartiennent plus à mon vocabulaire.

Tremblant sous le poids de son silence, je déverrouille la ceinture qui m'attache à mon siège et me lève.

– Tu as une dette envers moi, Svera.

Elle sursaute et me regarde avec surprise.

– Quoi ? Pourquoi ?

– Tu t'es mise en danger, tu as voulu te sacrifier pour les humains, *encore une fois.*

Elle secoue la tête sans comprendre.

– Et à cause de ça, j'ai une dette envers toi?

– Hexa.

Je m'approche lentement d'elle, mais même comme ça, il ne me faut que deux enjambées pour être à ses côtés et me mettre à genoux.

– Qu'est-ce que tu veux ?

Je prends le tapis roulé sur ses genoux et l'écarte. Je remarque que l'un de ses pieds tapote le sol et fait bouger ses cuisses.

– *Pouze-moi.*

Elle s'immobilise, sa mâchoire se relâche. J'appuie mes deux mains sur les bras de son siège et je me penche. Je sens qu'elle va refuser. Je sais que je le mérite. Mais cela ne m'empêchera pas de lui demander de s'unir à moi encore et encore et encore.

– Tu ne veux pas vraiment m'épouser, dit-elle alors que je me penche vers elle.

Ma bouche n'est séparée de la sienne que par une seule hésitation, pas plus que ça. Je l'embrasse tendrement.

– Tu ne sais pas ce que je veux.

Je l'embrasse à nouveau.

– Tu veux vraiment m'épouser ?

– Rien n'est plus important pour moi. Rien d'autre n'a d'importance.

Ses yeux flamboient quand elle les ouvre. Elle se lèche les lèvres et sa poitrine se serre.

– Oh… Par les étoiles… Je pense que…

Son regard se pose sur mes crêtes. Je me crispe quand elle se penche et mord ma poitrine à l'endroit où mes plaques laissent place à une peau plus sensible.

Une sensation d'embrasement se propage comme de l'électricité dans mon côté droit et je me raidis maladroitement. Je la soulève et la porte jusqu'à la paroi la plus proche du transporteur. Contre l'immensité de l'espace, je la frotte contre mon corps. C'est tellement bon. Ce corps est *le mien.* Je la protégerai, je serai toujours là pour elle.

– *Pouze-moi*, Svera, je souffle dans son cou en la caressant encore plus lascivement à travers ses vêtements.

J'ai remonté sa tenue et elle gémit quand ses lèvres inférieures, déjà humides, entrent en contact avec ma peau. Je la fais descendre et tout ce qui la sépare de mon xora, c'est la fine épaisseur de mon kilt.

– Je vais y réfléchir, dit-elle simplement.

Qu'est-ce qu'elle peut être cruelle mine de rien. Je ris et me frotte plus fort contre elle, tout en regardant l'effet qu'ont mes caresses sur elle.

– Tu vas me *pouzer* Svera, et je serai le *népou* qu'il te faut.

– Mais… tu n'as même pas la permission de mes parents.

– Je l'obtiendrai, je grogne. Je suis Krisxox de Voraxia.

– Et moi je suis une humaine.

– Hexa. Une humaine qui m'a emmené dans le jardin et m'a détruit au beau milieu des fleurs. Dis-moi ce que je dois faire pour devenir ton *népou*, et je le ferai.

Elle gémit; fort, profondément.

– Krisxox, s'il te plaît, prends-moi.

J'éclate de rire avec amertume.

– Après ce qui s'est passé la dernière fois ? Nox.

Ses yeux s'ouvrent et elle se met à geindre.

– Quoi ? Tu ne vas pas me prendre ?

– J'ai ressenti ta honte.

Je lève la main et je touche mes crêtes.

– J'attendrai que tu sois ma *flame* pour te prendre.

– Femme, murmure-t-elle. Mais tu ne sais même pas ce que c'est…

– Si, je proteste en saisissant sa poitrine avant de faire glisser ma langue striée le long de son cou. Je sais que la *flame* et le *népou* partagent cet *amoore* l'un pour l'autre.

– Et… que sais-tu de l'amour ?

– C'est le jardin, Svera.

Mes pierres sont serrées contre mon corps, tendues, entièrement happées par le besoin de jouir avec cette femelle. Je la fais descendre sur le sol, j'arrache son costume et je révèle la nudité de ce beau corps qui m'appartient.

Je relâche mon kilt et regarde ses yeux s'enflammer, mais au lieu de la couvrir de mon corps, je baisse ma bouche jusqu'à ses mamelons et je lèche chaque pic brun foncé tour à tour. Puis je descends encore plus bas.

Je mords et suce le long de sa peau. Tout en bougeant, je poursuis :

– L'amour n'est pas le feu dans le désert, mais le désert lui-même. Ce n'est pas l'éruption lumineuse de la supernova, mais l'espace. C'est l'éternité, l'absence de changement. C'est une constante. C'est *heimo*.

Elle halète quand j'atteins sa peau la plus sensible, juste sous ses boucles. Je tire dessus, puis je la dévore. Elle crie fort et longtemps quand je frotte mes crêtes sur son bouton le plus sensible. Le nectar de sa fente chaude se déverse sur mon menton et je le lape, en y enfonçant profondément ma langue quand elle commence à frissonner.

Elle s'accroche à mes cheveux comme si c'était la seule chose qui l'ancrait dans ce module. Quant à moi, je la goûte, je la suce et je la lèche jusqu'à ce qu'elle se brise.

Elle jouit pour moi et je me sens comme un dieu.

Son corps se contracte autour de ma langue alors que je la retire lentement de son corps. Elle gémit et donne involontairement des petits coups de pied avec sa jambe droite.

– Krisxox, supplie-t-elle.

Je m'assois, j'enlève mon kilt, puis je me laisse tomber en avant sur une main. L'autre saisit mon xora à la base avant de monter et descendre, une fois, deux, trois et une douzaine de fois de plus.

Je me vide sur tout le corps de Svera, recouvrant ses seins de mon sperme bleu, en particulier ses délicieux mamelons. Je couvre son ventre de côte en côte, sa poitrine, son sternum. Je veux qu'elle soit couverte de ma semence, et en ce moment, elle l'est. Les bras écartés de chaque côté, elle garde les lèvres entrouvertes comme si elle désirait ardemment prendre mon xora dans sa bouche. Cette pensée me rend complètement fou et de nouvelles gouttes bleues viennent orner mon gland. Je me décale vers l'avant, admire son corps dénudé avec son costume remonté autour du cou, et m'approche de sa bouche.

Un jet de bleu mouille ses lèvres et sa joue. Elle cligne rapidement des yeux, puis me désarçonne, le sourire aux lèvres, en mettant mon xora dans sa bouche.

Elle passe ses bras autour de mes fesses et me pousse en avant, en laissant mon xora dans sa bouche. Elle me prend dans sa bouche chaude et humide : les nerfs le long de ma tige explosent simultanément.

– Aaaaah !

Je rugis, puis crie lorsque sa chaleur crée un vide autour de moi. Elle aspire et je m'effondre sur un coude, incapable de contrôler la façon dont mes hanches frémissent et plongent en avant, à l'intérieur et vers l'extérieur.

– Putain de xok ! *Pouze-moi*, Svera !

Elle glousse, mon xora toujours dans sa bouche, et la vibration m'électrise jusqu'aux orteils. Je m'effondre à côté d'elle, et glisse lentement hors de sa bouche. Tous mes muscles sont encore en action, mais je ne peux pas bouger.

Le temps s'écoule, pas beaucoup, mais assez pour que je la supplie une nouvelle fois.

– *Pouze-moi. Celle te playe.*

Elle se redresse et lèche le bleu sur ses lèvres. Elle jette un coup d'œil à sa poitrine et aux éclaboussures de bleu, puis ma petite humaine vicieuse fait glisser un doigt sur son téton, en ôte le bleu, et aspire ce doigt dans sa bouche.

– Tu as bon goût, murmure-t-elle.

– Putain de xok, Svera… J'ai besoin de toi.

– Alors prends-moi.

Elle se baisse et étale le bleu de ses boucles inférieures… vers le bas. Elle introduit deux doigts à l'intérieur de sa chatte et se met à genoux. Elle tend la main vers mon xora, mais j'attrape son poignet avant qu'elle ait pu le toucher.

– Je ne peux pas, dis-je en tremblant. C'est contraire à la loi du triple Dieu.

– Écoute, je… je n'étais pas en colère contre toi après notre première fois, dit-elle lentement. J'étais en colère contre… tout. Et Krisxox, je suis désolée de te l'apprendre, mais ce qu'on vient de faire, c'est aussi contraire à la loi du triple Dieu.

Elle fait un geste vers sa touffe, le bleu qui s'y trouve, et elle enlève son costume de son cou pour le laisser tomber sur le sol à côté de moi.

– Mais je ne t'ai pas pénétrée ! je proteste.

– Hexa, mais c'est quand même contraire aux règles du triple Dieu.

– Putain de xok, je grogne, en me redressant.

Je touche le côté de son visage et regarde sa bouche.

– *Celle te playe*, Svera.

Elle se détourne légèrement.

– Tu as lu tout le manuel ? Tu as récité les mots que j'ai écrits sur l'amour, sur *heimo*. Sais-tu ce que mot signifie ?

– Hexa. *Heimo* signifie *maison* dans votre ancienne langue humaine. Bien sûr que j'ai lu ton manuel, dis-je après un temps. Je l'ai même mémorisé.

Elle me regarde de haut en bas et recule d'un bond. Puis elle me *frappe*. Elle me frappe, elle me gifle. Ça ne fait pas mal, mais je suis quand même très surpris.

– Qu'est-ce qui se passe ?

– Prends ça, tiens ! Ça t'apprendra à avoir été une telle brute pendant tous ces solaires. Ça t'apprendra à me dire ça maintenant, alors que j'essaie de te détester.

– Pfff ! Dans tes rêves ! Tu n'es pas capable de détester qui que ce soit. C'est pour ça que je sais que je vais te *pouzer*.

Elle lève les yeux au ciel et me pousse l'épaule. Je cède jusqu'à ce qu'elle me repousse sur le sol et passe une jambe par-dessus moi. Elle pose sa chatte trempée sur mon xora et glisse sur les crêtes qui bordent mon érection.

– Svera…

Je la prends par les hanches en la tenant loin de moi.

– Non, pas avant…

– Mais tu as *une dette* envers moi !

– De quelle putain de xok de dette tu parles ?

Elle me regarde fixement et se penche en avant, coinçant mes épaules sous ses mains beaucoup plus petites. Je la laisse faire.

– Tu as été impoli et très grossier avec moi à chaque solaire depuis que je t'ai rencontré. J'ai donc le droit d'exiger que tu me prennes aujourd'hui.

Putain de xok.

– Mais ton Dieu…

– Mon Dieu…

Elle souffle et se redresse en provoquant à la jonction de nos deux corps une sensation de pure agonie. Elle se frotte le visage et étale du bleu sur sa joue.

– Mon triple Dieu est… déroutant. Mes parents…

Elle secoue la tête et glisse sur moi. Quelle tentatrice !

– Les femelles qui sont mortes lors de la première Chasse n'ont eu aucun mal à mettre au monde leurs petits, reprend-elle. En fait, Mathilda les a vendus à Pogar qui les a ensuite vendus à quelqu'un d'autre – mais pas aux Niahhorrus. C'est Mathilda qui a tué les mères humaines. Il y aurait donc pu avoir d'autres naissances après les autres Chasses mais mes parents ont procédé à des avortements, pour sauver toutes les femelles des meurtres prémédités par Mathilda. Ils ont dit à tout le monde que la première série d'hybrides et de mères étaient mortes en couches parce qu'ils avaient peur de Mathilda. La seule raison pour laquelle Miari et Darro n'ont pas été vendus c'est parce qu'ils étaient considérés comme défectueux à la naissance.

Elle soupire. Je suis tiraillé entre le choc et le désir ardent qui me consume. Non, je ne suis pas seulement tiraillé, je suis *détruit*.

– Donc, pour revenir à mon triple Dieu, je ne sais pas quoi te dire. C'est un être cruel s'il a permis que tout cela nous arrive. Et j'en ai fini avec la cruauté pour le moment.

Elle touche mes crêtes, qui brillent encore furieusement. Je ne sais plus si Xana me punit encore ou si j'ai simplement perdu le peu de contrôle que j'avais sur elles. Peut-être que je rattrape le temps perdu en laissant paraître au grand jour mes couleurs pour qu'elle les voie. Je ne ressens plus de douleur, pas comme avant. Maintenant, je ne ressens que de la tristesse.

Je secoue la tête.

– C'est… impardonnable.

Elle grimace.

– Mes parents pensaient…

– Nox. Pas tes parents. Tes parents sont des héros. Ils ont sauvé d'innombrables femmes. Mais Mathilda… Tu as raison, je dois être obsédé par l'idée de punir parce que si je l'avais devant moi tout de suite, je l'écorcherais vive avec plaisir.

Je saisis son poignet et ramène son corps là où il était sur le mien.

– Mais Mathilda n'est pas là, alors pour l'instant, ne pensons pas à cela. Pour l'instant, ne pensons qu'au jardin.

Je soulève ses hanches et positionne mon érection sous son entrée.

– Si tu es sûre que c'est ce que tu veux, alors je t'y emmènerai.

– Tu ne comptes plus m'épouser ? demande-t-elle avec un sourcil levé.

Ses tresses tombent sur ses seins tachés. Elles sont frisées et effilochées par endroits. Je lève la main et tire sur les liens qui les attachent. Rapidement, je les peigne avec mes griffes jusqu'à ce que ses cheveux se répandent en vagues brun doré sur ses deux épaules. Elle ressemble au paradis, à un cadeau tout droit venu de son Dieu et du mien.

– Bien sûr que si, il n'y a aucun doute là-dessus.

– On verra.

Juste au moment où je suis sur le point de protester et de lui prouver ma bonne foi, elle s'abaisse sur moi.

Nous gémissons de concert, nos respirations se mélangent alors qu'elle se penche en avant, et se rattrape sur ma poitrine. Je déplace ses bras sur le côté afin de pouvoir sentir ses seins contre moi pendant que je m'enfonce en elle. Sa chaleur est une pure extase. Je lâche juron après juron alors qu'elle murmure des mots pieux.

– Prends ton plaisir, petite vicieuse cruelle.

Elle commence à bouger, hésitante, puis elle change de mouvement et balance ses hanches d'avant en arrière. Finalement, elle trouve une position qu'elle aime, une où elle peut frotter ses boucles douces contre mon corps alors que je me cambre en elle.

Son dos se courbe. Elle pousse ses seins vers l'extérieur. Putain de xok, qu'est-ce qu'elle est belle ! Elle commence à gémir alors que le tourbillon de son orgasme gagne en ampleur.

Je suis haletant, les cuisses serrées, le corps tendu; je lutte pour me retenir de jouir.

– Vas-y, je dis. Suis-moi.

Elle ne comprend pas ce que je veux dire, mais son corps sait ce qu'il faut faire et bientôt, nos mouvements s'accordent, suivent une pulsation régulière. Le battement de nos corps, de nos peaux, ressemble aux tambours de mon propre cœur. Je sais, en regardant son visage, qu'elle le ressent. Le Xanaxana est là. Le Xanaxana a pris possession de nous. Il se déchaîne. La douleur de la punition de Xana a presque disparu et je sais que cela signifie que la honte de mon âme sœur Xiveri s'estompe aussi, ne serait-ce que pour le moment.

– Oui, c'est ça…

– Krisxox, gémit-elle.

Sa bouche s'ouvre et son corps commence à trembler. Ses entrailles se resserrent autour de mon xora et juste au moment où elle jouit et que je jouis avec elle, j'entends la sonnette d'alarme.

Je rugis dans ses cheveux alors que mes hanches se soulèvent et que tout son corps bascule. Je l'attrape contre ma poitrine et l'étreins dans mes bras tandis qu'elle hurle dans les plaques qui recouvrent mon pectoral droit. Son nectar et ma semence glissent le long de ma tige pour mouiller mes pierres tandis que sa chatte se serre convulsivement autour de moi.

Je crie son nom. Elle gémit le mien.

La sonnerie de l'alarme retentit avec plus de force, avec plus d'urgence. Je me retourne mais mes hanches, bloquées, claquent contre elle, mes couilles frappent son cul à chaque poussée.

Je me vide en elle encore et encore, en marmonnant son nom. Au moment où j'ai terminé, je me retire d'elle, même si cela nous déplaît à tous les deux.

J'atteins difficilement la chaise de contrôle et vérifie l'écran.

– Putain de xok.

– Qu'est-ce que c'est, Krisxox ? demande Svera d'un air hébété.

– Habille-toi. Tiens, prends ça.

Je boitille jusqu'à elle. Je dois avoir l'air d'un fou quand j'ouvre la cache d'armes construite dans le sol. Je lui tends une dague courte. Ce n'est pas ce qu'il y a de mieux mais j'ai trop peur qu'elle se blesse pour la laisser utiliser un blaster ou une arme plus dangereuse.

– Verax, dit-elle.

– Nos propulseurs ont été désactivés et il y a un vaisseau Eshmiri en approche.

– Eshmiri ?

– Ce sont des pirates, un peu comme les Niahhorrus mais, euh… différents.

Son visage devient d'abord rouge vif puis d'un blanc livide.

– On ne peut pas… On devrait… Tu vas te battre ?

Je vais essayer, mais les Eshmiris ne sont pas comme les Niahhorrus qui se battent au moins avec une once d'honneur. Les Eshmiris sont cinglés et ils utiliseront sans doute des désamorceurs dès qu'ils auront ouvert les portes.

– Hexa.

Le vaisseau entier tremble et gronde. Svera manque de tomber, mais parvient à se rattraper au dossier d'une chaise juste à temps.

J'enfile mon kilt et commence à placer des armes sur ma ceinture.

Svera, quant à elle, secoue la tête, pour reprendre ses esprits.

– Nox. Nox, nox, nox.

Elle laisse tomber sa dague et attrape son tapis inutile à la place.

– Tu penses toujours que le combat est la seule solution, ajoute-t-elle.

Elle me rejoint et couvre ma main avec la sienne. Dans mon poing, je tiens une grenade.

Le vaisseau Eshmiri s'ancre à nous, mais je soutiens son regard. Je préfère l'admirer elle, tandis qu'elle se redresse pour lisser ses jupes, comme si elle n'était pas complètement couverte de ma semence et comme si nous n'étions pas piégés dans notre petite capsule; elle comme moi, et sur le point d'être vendus.

– Qu'est-ce que tu vas faire ? Tu vas les attaquer avec des discours ?

J'hésite à lever les yeux vers elle. Son regard est froid. Ça me donne des frissons. À moi. Krisxox. Je suis dix fois plus grand qu'elle, mais je me sens soudainement pris dans son ombre. Et ce n'est pas la première fois.

– Tout à fait, répond-elle. Je vais négocier.

15

Svera

Au moment où les portes de notre capsule de sauvetage s'ouvrent pour révéler un petit bataillon de pilleurs Eshmiris brandissant toutes sortes d'armes étranges, Krisxox est toujours en train de me regarder comme si j'étais devenue complètement folle.

J'ai lu beaucoup de choses sur les Eshmiris et j'ai déjà vu des holo-images les représentant, mais ça ne m'empêche pas d'être très surprise en les voyant arriver. Ils sont plus petits que moi mais plus costauds : leur torse ressemble à un tonneau et leurs jambes à des moignons. Leurs bras épais et musclés portent les lourdes *armes* avec lesquelles ils sont venus à notre rencontre. Je savais à quel point un être vivant pouvait avoir l'air dangereux, Krisxox en est la preuve, mais ces petits Eshmiris vont encore plus loin : ils ont l'air carrément siphonnés. C'est sûrement parce qu'ils nous font tous de *grands sourires*.

Leurs visages sont principalement constitués d'immenses yeux et de petites bouches rondes remplies de dents minuscules en forme de rasoirs placées là où devrait se trouver un menton. Ils ne respirent pas avec un nez, mais grâce à des branchies positionnées derrière les rabats rigides de leurs grandes oreilles qui reposent à plat sur leur crâne rond. Ces branchies filtrent tous les types d'air, ce qui leur permet de survivre jusqu'à un demi-solaire dans l'espace sans oxygène. Du moins, c'est ce que disent les rapports. J'espère qu'ils n'auront pas à nous le prouver aujourd'hui.

Ils m'observent avec curiosité, tout en sautant et en poussent des cris de guerre aigus. Ces cris sont si insupportables qu'ils pousseraient n'importe qui à fuir au plus vite.

Mais je ne fuis pas. Pas même quand Krisxox m'attrape le bras et essaie de me tirer en arrière.

– Putain de xok, Svera ! crie-t-il avant d'empoigner un blaster et de le pointer sur le premier mâle qui lève un long bâton dans notre direction.

Il y a une lance fixée à l'extrémité de ce bâton, et je sais que si elle touche Krisxox ne serait-ce qu'une fois, nous serons condamnés. Cela le paralysera, et je me retrouverai seule avec eux.

– Toi, tu cherches à être punie, siffle-t-il.

Je ne me laisse pas décourager pour autant et je fais un pas de plus vers les Eshmiris, les deux mains levées.

– Stop !

Mon cri a l'effet escompté. Les Eshmiris se taisent et se regardent les uns les autres. Ils doivent être au moins vingt, tous entassés dans l'embrasure de la porte, mais il y en a encore plus dans le puits sombre du vaisseau abandonné derrière eux.

Nous aurions dû nous douter qu'il y aurait une attaque. Les Eshmiris sont connus pour se glisser dans les vaisseaux de guerre Niahhorrus et pour faire des raids sur tous les transporteurs. Ils s'attaquent aussi bien aux petits vaisseaux de commerce qu'aux capsules de sauvetage comme celle-ci, c'est leur spécialité ! Ils concentrent leur recherche – et leur production – technologique sur les boucliers occultants, ce qui leur permet de ne pas être détectés, même par les flottes les plus avancées.

– Svera… m'avertit Krisxox.

Je peux voir l'éclair de son blaster à côté de ma tête. C'est un engin massif braqué sur l'Eshmiri qui pointe une arme sur ma tête.

– Écoutez. Nous ne sommes que deux et nous savons que vous avez l'intention de nous capturer pour nous vendre, je commence en Meero.

Ils se regardent les uns les autres. Du moins, la plupart. Les autres me fixent, hochent la tête et sourient.

J'expire, et continue en tremblant :

– Nous sommes prêts à nous rendre…

– Putain de xok ! Non, mais tu délires ! Jamais de la…

– Nous sommes prêts à nous rendre, je répète plus fort. Mais à une condition. Vous allez bien nous vendre, ontte ?

Ils hochent tous la tête, avec des sourires plus larges maintenant – certains se mettent même à rire.

– Ok. Dans ce cas, nous voulons choisir à qui vous nous vendrez.

Leur structure de commandement est un mystère pour les Voraxians, donc je ne sais pas où diriger mon regard, je ne sais pas à qui m'adresser exactement. Les Eshmiris parlent tous en même temps et apparemment pas les uns aux autres. Je ne comprends rien à ce qui se trame sous mes yeux.

Au bout d'un moment, deux d'entre eux s'adressent à moi en meero.

– Pourquoi accepterions-nous cette condition ? dit le premier.

– Ok. Et nous voulons aussi à boire ! crie le deuxième.

Ce n'est pas tout à fait ce à quoi je m'attendais mais je rebondis sur ce qui a été dit en dernier.

– Ontte, excellente idée. Venez tous à bord, je vais faire du bon thé.

Je ne sais même pas s'il y a du thé dans cette capsule de sauvetage.

– Ensuite, nous pourrons décider ensemble où vous nous vendrez. C'est dans notre intérêt à tous. Si vous refusez, nous devrons malheureusement vous combattre. Mon âme sœur Xiveri, ici présent, est le Krisxox de Voraxia. C'est le plus valeureux combattant de cette planète. Vous nous tuerez quand même, j'en conviens, mais il tuera beaucoup d'entre vous si nous nous battons maintenant, et en plus, vous ne serez plus en mesure de nous vendre. Nous serions tous perdants, je pense que vous comprenez qu'il vaut donc mieux s'entendre. Vous pouvez venir.

Je fais un pas en avant malgré les grognements de Krisxox, et je m'approche de l'Eshmiri qui pointait son arme sur moi. Je pousse doucement la pointe sur le côté et regarde ses yeux s'agrandir encore plus. Ils occupent quasiment tout l'espace de sa tête. Prudemment, je place ma main sur son épaule.

– Venez, je répète. Nous allons discuter.

Je réussis à faire entrer tous les Eshmiris dans notre capsule de sauvetage. Il n'y a plus une seule place au sol ou sur les sièges. Je réussis aussi à trouver une sorte de boisson noire dans des tubes en forme de fioles et à les distribuer aux Eshmiris rassemblés. Ils gloussent joyeusement en buvant.

Krisxox se tient contre un mur. Il refuse de s'asseoir ou de baisser son arme, mais les Eshmiris n'ont pas l'air de s'en soucier. Ils crient et parlent entre eux en Eshmiri, une langue aiguë qui ressemble à un rire et qui me fait sourire malgré moi chaque fois que je l'entends.

Peut-être que ce sourire incontrôlable vient simplement du fait que je suis assise sur un siège en train de négocier avec mes ravisseurs tout en buvant un sirop noir immonde, ou c'est peut-être parce que je fais tout cela complètement couverte de sperme bleu sous mon costume, ou c'est peut-être juste parce que j'ai finalement réalisé que le mâle qui regarde fixement tout ce qui se passe contre le mur du fond est mon âme sœur Xiveri.

– Alors, dis-je avec un sourire, en regardant autour de moi ce groupe… étrange.

Les Eshmiris sont enveloppés de bouts de cuir et de tissu coloré. Certaines couleurs sont mates et familières, tandis que d'autres, iridescentes, brillent, d'autres encore vibrent comme si elles étaient chargées. Ils ressemblent tous à des mâles mais je me ravise en me rappelant ce que j'ai lu à leur sujet. Les Eshmiris n'ont qu'un seul sexe. Les bébés grandissent dans des cocons quand plusieurs Eshmiris se réunissent et… s'accouplent.

– Que diriez-vous de nous vendre aux Voraxians ? Nous sommes des membres très estimés de Voraxia, ils vous paieront, c'est sûr.

– Combien ? s'écrie d'un des Eshmiris.

– Au moins…

Je regarde Krisxox. Il lève trois doigts.

– Trois millions de crédits, je poursuis.

La salle s'emplit de chuchotements, de rires aussi. Un désaccord entre deux Eshmiris éclate et se règle lorsque l'un d'eux frappe l'autre à la mâchoire. Ce dernier s'affale en riant sur l'Eshmiri assis à côté de lui.

– Nous obtiendrons plus en vous vendant aux Niahhorrus. Ils nous donneront un vaisseau !

– À Voraxia, on pourrait vous offrir un vaisseau, je l'interromps.

– Oui, mais pas un vaisseau niahhorru.

Cette réponse provoque des murmures d'assentiment. Mon coeur commence à battre la chamade. S'ils ne veulent pas nous vendre aux Voraxians, alors à qui vont-ils nous vendre ?

Quelques noms me parviennent de part et d'autre, certains me sont familiers, d'autres non.

– Et Igmora ? Elle nous donnerait beaucoup de crédits pour la femelle. Kintarr aussi.

Une multitude de « *ooohh* » se fait entendre.

– Non, crie l'un d'eux. Elle ne veut pas des adultes, elle n'aime que les bébés, tu ne t'en souviens pas ? Elle aime les élever dès la naissance. Elle ne prendrait pas la femelle.

Des voix s'élèvent pour confirmer.

– Et les Oosas ? je propose.

Je connais personnellement Reoran. Si on pouvait être vendus aux Oosas, je suis sûre qu'on pourrait s'arranger avec Voraxia. Je convaincrais Reoran.

– Les Oosas. Hmm…

– Ontte, les Oosas nous donneraient beaucoup de crédits.

Ils ont l'air d'accepter ma proposition, mon cœur bondit de joie dans ma poitrine.

– Attendez ! crie l'un d'eux. Et Sky ?

– Oh ontte, Sky !

– Nox ! je crie. Nous n'irons jamais à Sky ! Plutôt mourir.

Ils émettent des sons tristes et déçus.

– Et Evernor ? demande l'un d'eux.

Il semble y avoir un accord provisoire sur ce point. Krisxox intervient :

– Evernor nous convient. Nous voulons aller à Evernor.

Des rires et quelques applaudissements saluent son intervention. Finalement, il semble y avoir un large consensus sur le fait qu'Evernor est la destination vers laquelle nous allons voyager.

– Ce sera Evernor, alors.

L'Eshmiri assis à mes pieds se lève et me tapote le dessus de la tête.

– Vous irez à Evernor, conclut-il en me souriant avec ses dents pointues et effrayantes.

Tous les Eshmiris se sont mis debout en même temps que lui.

Sans un autre mot de protestation, ils commencent à sortir de notre capsule. Je suis tellement stupéfaite que nous soyons parvenus à un accord que je leur fais un signe de la main pour saluer leur départ. Ils recommencent à murmurer à ce geste, gloussent bruyamment et me font signe en retour, en utilisant leurs deux bras courts et musclés. Je leur offre un dernier sourire confus alors que la porte se referme entre nous.

– C'est quoi Evernor ? je demande en me tournant vers Krisxox.

Il a déjà réduit la distance entre nous de moitié. Il me soulève. L'un de ses bras est sous mes fesses, l'autre s'enroule dans mes cheveux. Ses lèvres trouvent les miennes et il m'embrasse si fort que je frémis jusqu'aux orteils. Sa bouche a un goût de citron et de sucre, l'acidité est relevée, sublimée par cette saveur sucrée. Sa langue est couverte de crêtes et elle racle le palais de ma bouche, pressant contre ma langue, léchant mes lèvres. Il m'embrasse comme quelqu'un qui s'est exercé des milliers de fois, a étudié tous les manuels, a lu mes pensées et sait exactement comment je veux être embrassée.

Peut-être qu'il ne mentait pas quand il disait qu'il s'était entraîné pour moi.

Au moment où je commence à perdre mon souffle, il met fin au baiser avec un rire sauvage et rauque. Le son me désarçonne, c'est la première fois que je l'entends rire ainsi. C'est une mélodie enchanteresse, ça doit être le langage des étoiles.

– Verax, je dis.

– Putain de xok ! Je n'arrive pas à y croire ! Tu as réussi !

Il me sourit. Il effleure ma joue.

– Tu es incroyable, ajoute-t-il.

Mon cœur palpite de fierté.

– Merci.

– *Pouze-moi.*

Ma bouche s'ouvre et mon estomac fait des bonds. Je me reprends rapidement et murmure :

– Peut-être.

Il embrasse mon front, doucement, avec tendresse.

– Je vais me contenter de ça… pour le moment.

Il commence à s'éloigner de moi et reprend certaines des armes qu'il a laissé tomber sur le sol. Un Eshmiri a abandonné une épée fine et il l'inspecte, puis me la tend avant de me forcer à la tenir fermement.

– Qu'est-ce que tu fais ?

– Tu es le jardin, se contente-t-il de dire. Fière, ardente, cruelle et douce. Et tu m'as détruit, Svera. Tu m'as détruit avant même que je sache qui tu étais. Tu m'as détruit la première fois que j'ai regardé dans tes yeux et que j'y ai vu des étoiles. Tu es une lumière pure et meilleure que moi dans tous les domaines. Tu me donnes envie de faire partie de cette lumière, de m'élever au-delà de mon héritage et d'être tout ce que tu mérites, même si je sais que je ne pourrai jamais l'être parce que tu mérites l'univers. Mais ça ne m'empêchera pas d'essayer. Je ne suis pas parfait, mais je suis ton mâle. Ton âme sœur. Et je vais te *pouzer*. Tu m'appelleras *népou* et je t'appellerai *flame*.

Je lui fais un sourire et je secoue la tête.

– Un époux, je dis. Une femme.

– C'est ce que j'ai dit.

– Nox, je réponds en rigolant. Ce n'est pas ce que tu as dit.

Il grogne et ouvre la bouche, mais le vaisseau fait soudain des embardées à un rythme violent et saccadé. J'attrape son bras pour me stabiliser.

– Où allons-nous, Krisxox ? C'est quoi Evernor ? Sont-ils des alliés de voraxia ?

– Ce n'est pas une espèce. C'est un endroit.

– Et… c'est bien ?

Son sourire me déstabilise.

– Krisxox…

– Tu as rempli ta part du contrat, maintenant c'est à mon tour d'agir.

Il prend ma main, celle qui tient l'épée, et la lève bien haut.

– Place au combat.

16

Krisxox

– Par toutes les comètes, Krisxox ! Qu'est-ce qui t'a fait penser que c'était une bonne idée ?

Sa voix est basse et furieuse alors qu'elle se presse contre moi sans quitter des yeux le petit Eshmiri taré qui nous fait des signes dans l'embrasure de la porte brisée de notre transporteur. Il nous indique qu'il faut sortir sans cesser de sourire.

Svera a le culot de sourire à la créature et de lui faire un signe en retour, tout en continuant à me suivre de près. Nous sortons du téléporteur pour atterrir dans la fosse, un champ de bataille couvert de sable noir et rouge.

L'Eshmiri ricane bruyamment quand elle lui rend son salut et fait claquer tous ses doigts. Les Eshmiris naissent tous avec un nombre différent de doigts. Celui-ci en a onze, répartis sur deux mains, et il les agite joyeusement.

Ces sales petits bâtards sont aussi tarés que mérprisants.

Svera continue de sourire et d'agiter sa main.

Décidément, il n'y en a pas un pour rattraper l'autre. Je lève les yeux au ciel.

– Les Oosas ne t'auraient jamais revendue aux Voraxians. Ça fait longtemps que Reoran cherche à convaincre Raku de lui vendre des humains. Il ne vous en n'a pas parlé à vous, les humains, parce qu'il ne voulait pas vous effrayer, mais Reoran est obsédée par la Rakukanna et elle veut un hybride pour sa collection. À Sky, on t'aurait tuée ou revendue, et on aurait trafiqué mon corps pour me transformer en une sorte d'assassin lobotomisé. Les Voraxians ne peuvent pas offrir aux Eshmiris ce qu'ils veulent. Ils ne veulent pas seulement des crédits, ils veulent avoir accès à la technologie Niahhorru ou Kintarr. Nous n'avons ni l'une ni l'autre en abondance. En nous battant sur Evernor, nous gagnerons des crédits ET nous serons libres. Ce sont les règles. Nous devons juste gagner une bataille.

Svera soupire, puis serre son épée et son tapis contre sa poitrine. Dans ses mains, l'un n'est pas plus dangereux que l'autre.

– Tu n'arrêtes pas de dire *nous*, mais je ne me rappelle pas avoir déclaré que je voulais combattre qui que ce soit.

Je hausse les épaules. Je me sens étrangement léger. L'odeur de sa peau me guide vers la lumière, à travers les portes, près du périmètre de l'arène.

L'arène est encerclée de murs métalliques bas empilés qui servent de sièges aux spectateurs. Il y en a des milliers.

Mon esprit est calme et stable, le Xanaxana y circule comme un courant régulier, puissant et quelque peu distrayant, mais plus destructeur. Je peux respirer. Les picotements sur ma peau ne sont que cela : des picotements. Je ne suis plus victime de la puissante morsure infligée par Xana, ou des griffes tranchantes de mon propre Xaneru. Xaneru est apaisé. Xana est satisfaite. Mon corps brille d'une lumière que je sens se répercuter dans chaque parcelle de mon être.

Elle est à moi.

À un moment au cours du dernier solaire, quelque chose a changé en elle. Je peux le sentir en moi, je peux le voir dans la façon dont le bout de ses doigts touche la courroie de l'une de mes armes. C'est comme si elle savait qu'elle a maintenant ce droit. C'est comme si elle savait que je lui appartiens, et qu'elle ne devrait jamais avoir peur.

J'aimerais lui tenir la main, mais mes mains sont pleines d'armes, alors je me contente de sa caresse. J'inspire… Et j'expire.

– Tu es une guerrière puissante, je chuchote. Tu t'en sortiras très bien.

Elle grogne en entendant ma réponse.

Je me dirige vers le côté de l'arène opposé à la porte et me tourne pour lui faire face.

– Mets-toi derrière moi, je lui dis, et elle ne remet pas en question l'ordre que je lui donne.

– Pas trop près du mur de l'arène, je précise.

Il vaut mieux éviter de tenter un spectateur enthousiaste qui pourrait se pencher derrière moi et l'attraper. Je peux combattre n'importe quel adversaire qui passera par cette porte, mais je ne peux pas combattre dix mille spectateurs assoiffés de sang en même temps.

Je l'attrape par le devant de sa tenue et la tire contre ma colonne vertébrale, loin de la foule enragée rassemblée sur les blocs les plus proches.

Ils écument, crient et rugissent en brandissant des crédits en papier, des jetons en métal, des boîtes en plastique et des écrans numériques que les Eshmiris viennent collecter dans leurs stands flottants. Chaque fois que les Eshmiris viennent dans cette section des stands, ils regardent Svera et lui font signe.

Quelle bande de menteurs hypocrites.

Svera leur fait gentiment signe en retour.

– Reste concentrée ! je m'écrie.

La situation aurait pu être drôle si nos vies n'étaient pas en jeu. La prime du vainqueur, qui se chiffre en millions, est suspendue au point le plus haut du dôme et juste à côté, se trouve une liste de récompenses qui, je le sais, intéresseront grandement les Eshmiris. Cela va des armes du huitième quadrant à un animal rare du deuxième quadrant, en passant par un vaisseau furtif Niahhorru , sans oublier les cheveux dorés , a priori magiques, d'un prince du premier quadrant.

Je me secoue et me prépare en fixant l'unique porte de l'arène. Les spectateurs doivent déjà savoir contre qui je vais me battre, vu les paris et leur excitation. Il y a peut-être un favori. Est-ce que ce sera un Niahhorru ? Ce serait un défi, mais ça ne me dérangerait pas. Ce sera peut-être un Oosa… Je fronce les sourcils. Je ne veux pas me battre contre un Oosa. Les Oosas sont trop difficiles à tuer et ils se battent sauvagement quand c'est pour obtenir des faveurs sexuelles spéciales. Et une chose est sûre, ils désirent en obtenir de Svera. Sa présence ici me désavantage pour le combat mais je n'aurais pas voulu qu'elle se trouve ailleurs. J'ai besoin de la voir à tout moment.

J'inspire pour lutter contre la chaleur qui attaque mes os. L'air est chaud sous le dôme. L'astéroïde Evernor est pris dans l'attraction gravitationnelle d'une lune solitaire. Il n'y a pas de soleil à proximité dans la zone grise, donc il fait sombre, mais les feux de la ville qui prospèrent dans les tunnels sous nos pieds sont chauds et font monter la température de surface.

Les portes commencent à s'ouvrir.

– Tu es prête, Svera ?

– Nox.

Je glousse.

– Où est ton épée ?

– Avec mon tapis de prière.

– Je pense qu'il vaudrait mieux poser le tapis, tu ne crois pas ?

– Je peux déposer l'épée aussi ?

– Nox. Garde-la. Essaie juste de ne pas me blesser avec.

– Je ne peux rien te promettre.

Sa réponse me fait rire mais… pas longtemps. Lorsque les portes sont complètement ouvertes, nos adversaires entrent dans l'arène.

Et ils sont dix-huit.

– Krisxox ! hurle Svera en attrapant la sangle de mon blaster. Tu as dit que c'était l'option la plus sûre ! Ca n'a pas l'air sûr du tout !

Elle n'a pas entièrement tort.

– C'est un derby, j'explique.

– Qu'est-ce que ça veut dire ?

– Ça veut dire que je vais devoir les combattre tous en même temps.

Je comprends mieux pourquoi les paris sont si élevés. Je comprends mieux pourquoi il y a tant d'espèces différentes sur les gradins. Un petit dé à coudre de peur entre dans mon sang, mais tout aussi rapidement, je l'ignore. Je n'ai pas d'autre choix que de gagner. Il n'y a pas d'alternative.

– Quoi ? Krisxox !

– Ne t'inquiète pas. Ça va aller.

– Tu mens.

Hexa, je mens.

– Nox, je ne mens pas.

– Il y a des Oosas, siffle-t-elle. Est-ce qu'ils ne sont pas presque impossibles à tuer ?

– Nox, au contraire.

Je mens encore.

Elle frappe maladroitement du poing dans mon dos et j'entends des bruits de pas derrière moi. Quand je regarde à ma droite, je vois qu'elle tient l'épée des deux mains. Elle a enfin posé le tapis de prière derrière elle. Elle lève les yeux vers moi.

– C'est à toi d'agir, hein ?

Je hoche la tête.

– C'est mon tour.

– Ça se passe tellement mieux quand c'est moi qui gère, souffle-t-elle.

Je fixe du regard les deux Oosas qui entrent dans l'espace, toujours enveloppés de chaînes de fusion. *Bien sûr, il fallait qu'il y ait des Oosas dans ce putain de xok de derby* ! À côté de ces deux-là, se tiennent d'autres combattants ; mais le Niahhorru, l'Avmar – une longue créature reptilienne à la carapace impossible à fendre et aux huit longues pattes griffues – et l'Egama – un géant borgne dont la peau nue, couleur mousse, est recouverte de plaques – sont les grandes vedettes.

Il y a aussi une meute de quatre chiens de la mort, un Kato volant et un Tevalope robotisé muni de crocs qui semble avoir été conçu à Sky et qu'il ne vaut mieux pas sous-estimer.

Les autres adversaires sont sûrement des créatures envoyées ici en guise de punition; maigres et mal équipées, elles ne représentent une menace pour personne.

– Bon, quel est le plan ? C'est toi le maître de la stratégie guerrière…

J'éclate de rire. Nous devons nous battre pour rester en vie et je *ris* !

– Depuis quand es-tu pressée de te battre ?

– Depuis que j'ai découvert que j'avais la chance d'avoir une âme sœur Xiveri et que, pour je ne sais quelle terrible raison, cette âme sœur, c'est toi, répond-elle sans lever les yeux.

L'un de mes cœurs explose. Juste un seul. C'est tellement beau.

– Tu es magnifique, je lui dis. *Pouze-moi.*

Elle lève les yeux sur moi comme si j"étais devenu fou.

– Tu as perdu la tête ?

Hexa, et pas que la tête, je suis complètement détruit.

– *Wiii.*

Elle ouvre la bouche, mais avant qu'elle puisse accepter de me *pouzer*, un putain de xok d'Eshmiri maladroit vole et atterrit au centre du ring tandis que les adversaires enchaînés font le tour de la fosse. Le Tevalope est à ma gauche. Les chiens de la mort sont à ma droite. Je suis rassuré, ils ne seront pas attirés par Svera.

La voix stridente des Eshmiris se projette à travers le dôme, traduite dans un millier de langues différentes à travers les divers traducteurs portés par les spectateurs.

C'est un imbroglio de poings, de tentacules et de peaux de toutes les couleurs.

Je ne sais pas ce que dit la voix, mais je peux voir l'attention des spectateurs se tourner vers moi et mon âme sœur Xiveri. Je la tire un peu plus en avant, loin des spectateurs qui nous lancent des objets.

— Krisxox, murmure-t-elle dans mon dos alors que l'Eshmiri continue de jacasser. Qu'est-ce qu'il dit ?

– Rien.

– Ok. Rien de bon j'imagine. Ça n'avait pas l'air bien, oh la la… murmure-t-elle.

J'expire en souriant.

– Aie la foi, Svera.

– Verax.

– Ce n'est pas ce que t'apprend ton triple Dieu ?

Je n'ose pas me tourner vers elle, pas même pour le plaisir de la regarder et d'écraser ma bouche sur ses lèvres, de peur de me déconcentrer et de manquer quelque chose. Elle hésite, puis dit doucement :

– Hexa.

– Alors aie confiance en ton Dieu. Il ne me permettra pas de te décevoir. Et le mien non plus. Que tu croies ou non en elle, Xana s'est battue à tes côtés tout ce temps.

Le buzzer retentit. Le bruit sourd des chaînes qui se libèrent se fait entendre quelques instants après. La meute de chiens de la mort se divise – la moitié de la meute s'élance vers la Tevalope tandis que l'autre tombe sur la mince créature de leur autre côté et la déchire en morceaux.

– Ma foi pour le triple Dieu a besoin d'être restaurée, murmure Svera alors que je m'avance, que je prends ma position et que je regarde le géant foncer droit vers moi. Mais j'ai foi en toi.

17

Krisxox

Un éclat de lumière fend l'horizon. Un éclair vert traverse la zone de combat. Le géant plonge sur le sol au moment où la gerbe de feu de mon canon enflamme sa poitrine. Dans sa chute, il cherche à me frapper; et pour éviter ses coups, je me jette dans la trajectoire du jet acide du Tévalope. Des morceaux de chien de la mort dégoulinent des crocs jumeaux qui sortent de sa gueule. Je laisse la douleur me traverser tandis que je m'élance sur l'arrière de la jambe gauche du géant maintenant à terre pour plonger mon épée dans son cou.

Son bras se tend une dernière fois vers l'avant et son poing fermé tombe aux pieds de Svera. Elle essaie de le poignarder avec son épée, mais atteint le sol. *Hexa, elle se battrait avec le tapis que ça ne ferait pas de différence.*

Je contourne le corps du géant et repousse son poing d'un coup de pied. Puis, je saisis l'épée qu'elle tient avant de la planter dans le sol et dans le poignet du monstre. Il ne bougera plus, il n'effraiera plus personne.

…Du sang éclabousse tout mon côté droit quand je passe mon épée de ma main droite à ma main gauche. Ils ont beau être attaqués de toutes part, les Oosas ne meurent pas et le Niahhorru refuse d'abandonner. Ce dernier vient à nouveau vers moi, mais un Oosa lui bloque le chemin et se met à se battre avec lui, ce qui me laisse libre de m'occuper du Oosa à ma gauche.

Il dirige vers moi sa masse bleue gélatineuse. Il est traversé de couleurs vives qui révèlent son désir pour Svera. En outre, il couine de plaisir. J'ai beau frapper, la pointe de mon épée s'enfonce dans sa gélatine sans le blesser. Je l'entaille encore et encore et encore sans parvenir à mes fins; et ce faisant, je m'épuise. *C'est l'objectif des Oosas. Ils épuisent leurs adversaires puis ils les achèvent, c'est leur stratégie…* Je fais un bond en arrière et tourne autour de la créature pour la forcer à me poursuivre.

À ma droite, le Niahhorru se met à hurler. Je me tourne pour l'observer juste au moment où l'autre Oosa glisse sur lui, et étouffe ses cris en insérant son corps souple dans ses narines, sa bouche et ses orbites. Il va aller au cerveau et l'achever. *Putain de xok ! Je dois tout faire pour ne pas finir comme ça. Je ne peux pas laisser Svera tomber entre leurs mains.*

Un éclair de douleur illumine ma colonne vertébrale. Je tourne sur moi-même et donne un coup de pied à l'Avmar. Mon sang tache son avant-bras long et tranchant. Une grande quantité de mon sang. Pourtant, je ne sens pas la douleur. Tout ce que je sens, c'est le battement terrifié du cœur de Svera sous mon sternum. Je sens sa fumée parfumée, cette euphorie boisée…

…l'Avmar se dresse sur ses quatre pattes arrières et j'en profite pour le poignarder entre deux articulations. J'ai réussi à l'avoir… mais je suis si concentré sur ce que je fais que je ne remarque pas l'Oosa qui s'approche par derrière, se jette sur moi et parvient à me fasse perdre pied.

L'Avmar abaisse alors brusquement sa patte avant et me transperce l'épaule. Mais ce n'est rien en comparaison du feu brûlant qui embrase mon univers quand j'entends un cri strident. Celui de Svera. Elle crie *de plus en plus fort*.

– Nox ! Je rugis.

Je m'enflamme à la vue des cheveux rougeoyants de Svera au-dessus du corps de l'Oosa. Bien que sa masse bleue ne présente pas d'yeux, je peux sentir son plaisir quand il la contemple. Je ne peux pas bouger. Tétanisé, je la regarde se rapprocher du corps bleu. Non seulement elle n'a pas d'arme, mais elle a repris son putain de xok de tapis !

Il est enroulé dans ses mains et elle s'en sert comme d'une batte, pour frapper l'Oosa. La chose se cabre et couine de confusion, mais quand Svera lui donne un autre coup, en criant des obscénités que je ne savais même pas qu'elle connaissait, elle recule.

Ça aurait pu être drôle si l'Avmar n'avait pas profité de cette distraction pour s'abattre à nouveau sur moi et me transpercer l'estomac. Je crie et me retourne. La poignée de mon épée dépasse encore de son corps. Je me relève malgré la douleur et l'attrape. D'un mouvement, je déchire la jambe avant de l'Avmar au niveau de l'articulation. Il pousse un cri terrible et se cabre en enlevant sa jambe de mes entrailles. Ainsi libéré, je peux utiliser mes deux mains pour poignarder son ventre, là où sa carapace ne le couvre plus.

Son hurlement puissant me fait tituber. Il arrache son deuxième membre de mon épaule et m'emporte dans sa chute. J'atterris durement sur le sable. Bien que ma vision commence à se brouiller et que l'obscurité commence à m'envahir, je me relève aussi rapidement que possible.

Deux trous décorent maintenant mon corps. Ils sont si larges que je peux sentir l'air chaud me traverser. Cependant, devant moi, l'Oosa se reflète en bleu dans les yeux de Svera, qui le frappe avec son tapis. Il hurle de frustration en essayant de l'attirer dans son corps et je trouve la force nécessaire pour me diriger vers lui en vacillant…

Svera ne cesse de brandir son tapis, mais comme l'Oosa l'a plaquée contre le mur de l'arène, un putain de xok de spectateur tentaculaire descend des gradins pour l'attraper par les cheveux.

Elle se débat, laisse tomber sa seule arme – son foutu tapis – et donne des coups de pieds. J'essaie de dire à Svera de courir, mais ma mâchoire ne fonctionne pas.

Soudain, l'une des minces créatures qui étaient censées mourir dès le début du derby, tranche quelques tentacules et répand des litres de sang sur le sable. Le propriétaire des tentacules hurle à l'agonie et le sauveur de Svera la repousse si fort qu'elle en tombe à la renverse. Cette créature vaillante est à peine plus grande qu'elle. Elle est enveloppée de noir de la tête aux pieds. Je ne sais pas d'où vient cet étrange participant et je suis surpris de l'entendre m'appeler en Meero.

– Lance-moi ta grenade !

Son ton agressif égale la violence avec laquelle son bras poignarde l'Oosa. Sa lame fine et aiguisée s'abat sans relâche. Elle perce l'enveloppe gélatineuse de la créature, mais fait peu de dégâts… C'est alors que je comprends ce qu'elle va faire. Je décapsule une grenade et la lui lance. La silhouette encapuchonnée la saisit et l'enfonce profondément dans le corps de l'Oosa, à côté de son petit cœur rougeoyant.

L'explosion fait voler de la matière bleue. Les éclaboussures ont le goût de l'océan…

Pendant un moment, on ne peut voir que ça. Du bleu, rien que du bleu. Svera, qui a repris sa place derrière moi, crie mon nom. J'ai peur pour elle; mais la silhouette masquée qui est restée hors de la mêlée jusqu'à présent a l'air… *diablement bien entraînée*… et semble avoir aussi à cœur de la protéger.

Nous tournons tous les deux autour de l'Oosa restant, sans ménager les coups… mais il est rusé. Comme il a vu ce qui est arrivé à l'autre Oosa, il ne nous laisse pas nous approcher trop près…

…Je tourne sur moi-même et le frappe de ma lame. L'Oosa se précipite vers moi, mais je me mets hors de portée… La silhouette masquée boîte encore plus qu'avant, mais elle aussi réussit quand même à éviter l'attaque de l'Oosa.

Je réalise alors avec horreur que l'Oosa ne nous visait pas.

Svera se tient près du bord du mur de l'arène, son tapis dans une main, sa fine épée dans l'autre. Elle me fixe, mais je n'arrive pas à la rejoindre assez vite.

– Cours !

Mon cri est couvert par le hurlement du guerrier encapuchonné.

– Oosa ! Tu veux une femme ?

La silhouette arrache sa capuche et tire sur son masque noir, révélant un visage aussi brun que beaucoup de visages humains que j'ai vus sur la colonie de Svera. Il contraste violemment avec ses cheveux : ils sont aussi blancs que ceux de n'importe quel Drakesh –

aussi blancs que les miens. Coupés courts, ses cheveux forment un nuage de boucles blanches.

Quand la femelle se tourne et me regarde, je remarque que ses yeux ne sont pas comme ceux de Svera. Ils ne sont pas comme les miens non plus. Ses yeux sont tout aussi blancs que ses cheveux, mais d'un seul coup, ils changent, et deviennent noirs. Cette créature, cet *hybride*, est pleine de surprises.

C'est une femelle.

C'est une humaine.

C'est une Drakesh.

Elle vient de venir en aide à mon âme sœur Xiveri.

Et elle m'a sauvé la vie.

Elle se débarrasse de sa cape et révèle une silhouette qui rappelle celle de Svera : des monticules de poitrine et une fente couverte de fourrure (bien que la sienne soit noire alors que celle de Svera correspond à la couleur de ses cheveux).

L'Oosa hésite, puis change de cap. L'hybride commence alors à reculer. Ses yeux d'un blanc brillant s'attardent un instant sur moi avant de s'assombrir. Elle a besoin de moi. Je dois sauver cette humaine. L'Oosa s'avance, déterminé. Je n'ai plus de grenade. Je suis blessé. Je ne peux pas l'aider, c'est impossible; je ne devrais même pas avoir envie d'aider une humaine.

Mais encore une fois, ce ne serait pas la première fois que j'accomplirais quelque chose d'*impossible*.

Je pousse un cri de guerre et fonce sur l'Oosa. Je transperce sa chair avec ma lame. On pourrait croire que cela ne sert à rien mais une idée m'est venue à l'esprit. Je vais utiliser sa technique contre lui.

Je vais le tuer de l'intérieur.

J'enfonce mes bras dans son corps bleu gélatineux, en suivant la voie dégagée par mon épée. Il tente de me résister mais j'avance sans me laisser ralentir. Sous moi – *autour de moi* – l'Oosa oublie la femelle et tente de m'attaquer, mais ses efforts pour m'échapper ne fait que servir ma cause. Je suis à l'intérieur de la créature jusqu'aux épaules. Sa gelée bleue me serre de toutes parts, chatouille mes bras, étouffe ma bouche et mon nez, et pénètre dans mes blessures.

Je continue à le taillader, à me battre et à créer un passage dans son corps jusqu'à ce que le bleu cède la place au rouge. Alors, exténué, je vacille et tombe sur les genoux. L'Oosa n'est plus que morceaux gélatineux éparpillés autour de moi.

Les spectateurs sont debout. Le présentateur Eshmiri s'adresse à moi de sa plate-forme, à quelques pas au-dessus de ma tête. Nox, ce n'est pas à moi qu'il parle, mais à la femme à la cape. Elle lui dit quelque chose, mais je ne peux pas les entendre. Tout ce que j'entends, c'est Svera. Lorsque la femme encapuchonnée la prend par le bras et lui demande pourquoi elle s'agrippe à moi, elle se met à crier :

– C'est mon âme sœur Xiveri !

Malgré la douleur, je souris béatement.

– C'est ma *flame*, je croasse.

Soudain, tout s'éteint. C'est le noir complet. Je me sens engourdi, chaud, puis, et quelques secondes après : j'ai froid et je tremble. Je suis à l'agonie, mais par-dessus tout, je suis satisfait.

18

Svera

– Alors comme ça, tu es une humaine..?

La femme s'assoit en face de moi. Le siège en plastique craquelé grince sous son poids. Il a l'air d'avoir connu des jours meilleurs, tout comme l'oreiller effiloché placé derrière son dos qui perd visiblement son rembourrage, les chaussures éraflées qu'elle porte, et l'ensemble du vaisseau dans lequel nous nous trouvons.

C'est la deuxième fois que j'ai l'occasion d'entrer dans un vaisseau Eshmiri. Celui-ci ressemble en tous points au vaisseau qui nous avait accosté : il est aussi composé de blocs maladroitement soudés ensemble. Des lattes et des planches de métal recouvrent le sol et battent frénétiquement contre le métal en dessous à chacun de mes pas.

Je n'ai qu'une seule chaussure – mon autre sandale est restée quelque part dans l'arène – et le sol est froid. Mes tétons sont durcis et encore couverts de semence bleue. Le sang orange du monstre à tentacules et le gel bleu de l'Oosa imprègnent le reste de mon corps. Inutile de dire que je m'en serais passée.

Je m'essuie doucement le front avec le tapis de prière posé sur mes genoux.

– Oui, je réponds à la femelle de Meero. Et toi aussi à ce que je vois ?

– Ha ! J'ai l'air humaine, hein? C'est ma spécialité ! s'exclame-t-elle.

Son sourire éclatant aurait rendu fous les garçons de la colonie. Mais par la suite, quand ils l'auraient regardée dans les yeux, ils se seraient enfuis en courant. Elle n'a pas de crêtes, elle; ses couleurs brillent dans ses yeux. C'est *fascinant*, magnifique et… dangereux.

– Tu as été vendue par une traîtresse humaine à un traître voraxian. Il s'appelait Pogar et était autrefois Bo'Raku de Cxrian. Il a été exilé sur Kor après avoir été déchu.

– Je ne vois pas du tout de quoi tu parles, mais les traîtres, ça me connaît. Continue.

C'est sans doute pour ça que je suis là. C'est pour ça qu'elle a convaincu les Eshmiris qu'elle pouvait nous revendiquer, Krisxox et moi, comme prix de guerre. Elle parle couramment eshmiri – ce qui nous a bien aidés car les Eshmiris ne nous comprenaient pas et après le derby, j'ai bien eu peur que les organisateurs eshmiris ne tentent un mauvais coup. Je pense qu'elle connaissait même les Eshmiris présents, ils semblaient proches et ont passé pas mal de temps à se sourire et à rire ensemble.

Toutefois, je dois avouer que je ne connais pas vraiment les Eshmiris, alors peut-être que je me trompe.

– Et ta mère… a été tuée, je déclare plus bas.

Je ne sais pas exactement qui est sa mère.

– Je suis tellement désolée… j'ajoute.

– Oh, ne sois pas désolée, m'interrompt-elle. J'ai une mère. Enfin, pas exactement une mère, en fait, j'ai plutôt quatorze pères. Ils m'ont bien traitée.

Ebahie, je cligne des yeux. Pour la première fois depuis qu'elle nous a amenés, Krisxox et moi, à bord de son vaisseau et loin de cet astéroïde; mon pied s'arrête de trembler. Soudain, il n'y a plus de bruit. Je n'avais pas réalisé que j'avais fait trembler le plancher si fort. Elle regarde alors ma jambe et sourit. Elle n'a pas arrêté de sourire. Ses yeux sont toujours d'un blanc éclatant, aucune couleur ne trahit ses émotions.

– Tu… Tu es une pilleuse Eshmiri ?

– Oui, et j'en suis fière.

– Mais comment t'es-tu retrouvée dans le derby ?

– Je n'étais pas sur la liste des combattants. J'étais venue pour regarder au départ, mais je suis descendue dans la fosse quand ton mec s'est attaqué au gros insecte dégueulasse. Beurk, je déteste ces bestioles, répond-elle en frissonnant. Je suis aussi descendue parce que j'ai vu que tu étais humaine. Les Eshmiris ont tous entendu parler de ton espèce. Tout le monde dans les quatrième et cinquième quadrants connaît la nouvelle espèce découverte par les Voraxians et les Niahhorrus, mais rares sont ceux qui savent à quoi ressemblent les humains. À part moi bien sûr, moi je savais que tu étais comme moi. Il n'y a qu'une humaine pour avoir la peau aussi douce.

Elle fouille dans un bac métallique à côté de son siège jaune et jette de côté des fils et des morceaux cassés de choses que je ne peux pas nommer, jusqu'à ce qu'elle trouve une bouteille. Elle retire le bouchon avec ses dents et en prend une gorgée.

– Ça fait du bien, dit-elle en soupirant longuement. Tu en veux ?

C'est une boisson alcoolisée. Je peux le sentir d'ici. Je secoue la tête.

– Centare. Centare, merci…

Je jette à nouveau un coup d'œil par-dessus mon épaule vers la porte de la pièce, qui tient à peine sur ses gonds. Il y a beaucoup de petites pièces à bord de ce vaisseau – certaines assez grandes pour accueillir des humains de la taille de celle qui nous a sauvés, mais la plupart sont assez petites et conçues pour loger confortablement quelques Eshmiri. La seule cabine assez grande pour accueillir Krisxox était une unité de stockage qui contenait quelques boîtes et dans laquelle ils ont déposé une palette branlante.

Je ne cesse de penser au fait qu'il souffre terriblement, seul, de surcroît. Je peux sentir sa souffrance résonner en moi, aussi légère qu'une brise, mais aussi brûlante qu'un feu ravageur. *Je veux qu'il vive*. Je n'ai jamais rien voulu avec une telle force.

– Ashmara, dit-elle.

– Quoi ?

– Je suis Ashmara, répète-t-elle. Et toi, qui es-tu ?

Je déglutis.

– Je m'appelle Svera.

– Svera.

Elle répète plusieurs fois mon nom pendant que ses yeux m'évaluent. Est-ce qu'elle voit que je transpire ? Il a beau faire plus froid que sur Nobu ici, je transpire. Je meurs d'envie de jeter un nouveau coup d'œil par-dessus mon épaule, pour voir Krisxox, mais d'abord, je dois savoir ce qu'elle veut de moi.

Ce qu'elle compte faire de nous.

– Tu as peur, Svera ?

Oui, *je suis pétrifiée par la peur*. Mon hésitation la fait rire. Elle passe ses jambes par-dessus le bord défoncé de son siège et pose sa tête contre son dossier bosselé et incurvé.

– Tu ne devrais pas avoir peur de moi, humaine. Je vais te ramener chez toi.

Elle prend une autre gorgée de sa bouteille.

Quelque part dans les recoins de son vaisseau, des pilleurs Eshmiris laissent tomber quelque chose. Est-ce une boîte à outils ? Au son du métal qui s'écrase, elle crie quelque chose si fort et si vite que je n'arrive pas à comprendre. Elle a dû leur ordonner de faire quelque chose mais en réponse, je n'entends que le rire joyeux des Eshmiris. Après quelques secondes, elle éclate de rire elle aussi.

– V… vraiment ?

Mes doigts se resserrent sur le tapis.

– Ontte, alors détends-toi.

Toutefois, je ne peux pas me détendre. Même pas en rêve.

– Merci. Tu seras récompensée bien sûr…

Elle m'interrompt.

– Je ne le fais pas pour être récompensée. En plus, j'ai pu récupérer une partie de tes gains puisqu'ils ont déclaré le match nul.

– Match nul ? Mais tu as gagné ! Ou… Krisxox !

– J'ai triché puisque je n'étais pas inscrite et que je n'ai pas participé depuis le début. Selon les règles, il faut être capable de sortir du ring pour être considéré comme vainqueur et Krisxox… s'est évanoui. Techniquement, c'est toi qui as gagné le derby. Mais les Eshmiris n'étaient pas très enthousiastes à l'idée de remettre les gains à une petite femelle qui se battait avec un tapis, explique-t-elle en riant. D'ailleurs, entre nous, super idée.

Je me sens rougir.

– Alors, que fait-on maintenant ?

– Je ne vais pas m'approcher trop près de ta lune. Je vais vous envoyer dans un tireur. Tout va bien se passer.

– Si tu veux, tu peux venir avec nous à la colonie humaine. Tu rencontreras d'autres êtres humains et tu y seras accueillie à bras ouverts.

Son expression change légèrement et elle ferme les yeux. *Elle ne souhaite pas que je voie ses couleurs.* Elle prend une inspiration et quand elle rouvre les yeux, apaisée, il n'y a plus de couleur. Elle retrouve son sourire avenant et malicieux, révélant une bouche pleine de dents blanches et droites.

– Centare, sans façon, répond-elle avec un clin d'œil. Mais merci quand même, Heelee.

– Heelee ?

– C'est un petit insecte. Un insecte utile, précise-t-elle avec un haussement d'épaules. Ce sont les heelees qui mangent la rouille des parties métalliques de mon vaisseau.

Je jette un coup d'œil autour de moi et ne peux me retenir de chuchoter une remarque à ce sujet :

– Ce serait pas mal si tu avais un peu plus de heelees dans ce cas…

– Attention à ce que tu dis, heelee ! s'écrie-t-elle en riant. Ce vaisseau est un petit bijou. Il a traversé d'innombrables tempêtes et il te ramènera sur ta petite colonie lunaire. Par contre, je ne vais pas m'y poser. Je suis une pilleuse Eshmiri. Je préfère ne pas être repérée par les Voraxians.

– Tu ne risques rien. La colonie est un refuge pour les humains. Si ça se trouve, tu es apparentée à la reine de Voraxia. Nous pourrions tester ton ADN et...

– Centare !

Elle tape durement du poing sur la table entre nous. Ça me fait sursauter.

– J'ai dit centare. Je veux juste que tu rentres chez toi. Avec ton guerrier.

Elle prend une autre gorgée.

– Où l'as-tu trouvé, d'ailleurs ? C'est un champion d'Evernor, et je m'y connais. Je n'ai jamais rien vu qui se batte comme lui.

– C'est le Krisxox de Voraxia.

– Ça explique tout.

Elle acquiesce et penche la bouteille pour en boire tout le contenu. Quand elle me regarde à nouveau, ses yeux sombres sont à moitié fermés.

– Dis-lui que si l'envie de massacrer le démange à nouveau, il peut revenir aux stands de combat quand il veut.

Je frissonne, ce qui ne lui échappe pas. Elle se met à rire.

– Toi, par contre, tu ferais mieux de rester à ses côtés. Il a déchiré un Oosa de l'intérieur et tu n'as même pas une goutte de sang sur toi.

Elle se penche pour me regarder de près, puis son regard se pose sur le tapis où je me suis frotté les mains.

– Oh... attends, je me suis trompée. Il n'y a pas une seule goutte de ton sang sur toi, le sang des autres par contre...

Mon abaya est couverte de sang. C'est le sang de Krisxox. Des larmes me piquent le fond des yeux et mon cœur fait un bond dans ma poitrine. Je me sens… fragile, tremblante, brisée. *Tout ce que je veux, c'est le retrouver.*

– Non, non ! Ne pleure pas. Les guerriers ne pleurent pas, tu sais.

– Je ne suis pas une guerrière, je balbutie, les poings serrés sur mes genoux. Je ne le serai jamais et je ne veux pas l'être.

Je dois faire pitié. Toute la peine, la frayeur et la tension de ces derniers solaires se font sentir avec violence.

– Je veux vivre dans un univers où les êtres utilisent la raison pour communiquer entre eux, pas leurs épées ou leurs poings, je reprends.

Elle secoue la tête vers moi. Son doux sourire me rappelle un mot lointain : la *compassion;* mais il disparaît bien vite.

– Alors tu as choisi le mauvais univers. Tu m'appelles quand tu auras trouvé celui dont tu rêves.

Elle ferme la bouteille avec le bouchon, et secoue le peu qu'il en reste contre la lumière jaune vacillante au-dessus de sa tête.

– Mais peut-être que tu as choisi le bon mâle pour t'aider à affronter celui-ci.

– Hexa.

Je renifle, je me ressaisis.

– Tu as de la chance, fait-elle remarquer en penchant la tête. Allez, vas-y. Je vois bien que tu meurs d'envie de retourner auprès de lui.

Je me lève sans hésiter.

– Merci de nous avoir sauvés.

Elle jette la bouteille dans une boîte en métal. Elle atterrit avec un tintement distinct et un cliquetis résonnant. *Il y a d'autres bouteilles là-dedans.* Elle s'installe confortablement dans son siège. Il est principalement grumeleux et brun, mais il est aussi rouge à certains endroits. La combinaison de couleurs est déconcertante surtout si on l'associe au sang qui nous recouvre toutes les deux. Aucun de nous ne s'est lavé. Je ne suis même pas sûre qu'il soit possible de prendre une douche ou un bain sur ce transporteur décrépit.

— Je ne sais pas si ton cas est complètement désespéré ou si ta gentillesse est un atout.

— Tu devrais discuter avec Krisxox quand il se réveillera. Je suis sûre qu'il sera d'accord avec toi.

Un soupçon de vert traverse ses yeux étranges. Si ses couleurs correspondent aux couleurs voraxianes, alors cela signifie que ce que je viens de dire l'amuse.

— Ah oui ?

— Ontte. J'oubliais ! Tiens. C'est un manuel que j'ai écrit sur les humains. Si jamais tu veux en savoir plus sur nos coutumes et nos traditions, lis-le.

J'ouvre mon disque de vie et je fais apparaître un scan du manuel. Elle y jette un coup d'œil, puis sort une petite boîte noire de la poche gauche de la veste Eshmiri en cuir qu'elle a enfilée dès qu'elle s'est débarrassée de la robe qu'elle portait plus tôt. Elle a vraiment tout d'une Eshmiri. Tout, sauf la peau.

Mais je suppose que la peau n'a pas forcément de rapport avec l'âme. Sous cette peau, nous pouvons être qui nous voulons être et si elle me dit qu'elle est Eshmiri, alors elle l'est.

— Ok, d'accord, je vais jeter un coup d'oeil.

La boîte noire libère une vague d'énergie qui me donne la chair de poule. Un laser en jaillit, effectue un rapide scan, puis disparaît.

Elle remet la boîte dans sa veste. En me dirigeant vers la porte de la chambre de Krisxox, je lui lance:

– Merci de lui avoir sauvé la vie. Merci de prendre le temps de nous raccompagner.

– Ok, ok. C'est pas grand chose. Je me dirigeais de ce côté de la zone grise, de toute façon.

Je ne la crois pas. Après un moment d'hésitation, je demande :

– D'où viens-tu, Ashmara ? Où vas-tu ?

Elle se penche en arrière et remonte sa capuche sur sa tête pour cacher ses yeux.

– Partout.

– Et tu ne veux vraiment pas retrouver les tiens et rentrer avec nous ? Cette colonie est ta maison, tu sais.

– *Heelee*, je n'ai pas de maison.

Ses lèvres pleines se retroussent dans un coin.

– Tu as tort. Tu as une maison. Peut-être pas avec nous, mais les étoiles te ramèneront chez toi et quand tu y seras, tu sauras que c'est ta maison.

– Pars, heelee. Tu commences à m'agacer.

Je souris avec un peu d'appréhension. C'est une femme formidable et je lui dois beaucoup; mais je ne suis pas sûre qu'elle ne nous jettera pas d'un sas si je dis quelque chose qui ne lui plaît pas alors j'acquiesce et je la laisse à sa boîte et à ses bouteilles avant de me glisser dans la salle de stockage.

Je manque me trouver mal à la vue de Krisxox sur le mince tapis sale du sol. Des boîtes en métal se balancent jusqu'au plafond bas. Le plafond est si bas que Krisxox devrait se pencher pour se tenir debout, et le passage entre les boîtes et le tapis de Krisxox est étroit.

Je ferme la porte derrière moi et je me glisse sur le tapis du côté droit de Krisxox. Sa poitrine a l'air horrible et la pièce entière sent encore la chair brûlée, comme lorsque ses blessures ont été cautérisées.

Je m'allonge à côté de lui en utilisant le tapis de prière comme oreiller et je regarde son visage. Son épaule droite est bandée avec un amas de tissus noirs. Aucun ne semble stérile, mais les Eshmiris m'ont assuré que tout irait bien. Son expression est étrangement paisible.

Je pose ma main sur sa poitrine, rassurée par son mouvement descendant et ascendant. Ses plaques sont gravement éraflées et il arbore sur son visage et son cou deux bleus qui noircissent sa peau.

Je touche son menton, caresse ses crêtes, embrasse l'extérieur de son bras.

– Hexa, Krisxox, je murmure même si le seul à pouvoir m'entendre maintenant est le triple Dieu. Je veux t'épouser.

19

Krisxox

La douleur cherche à prendre possession de mon corps. Elle se presse contre moi, puis elle s'en va, avant de revenir. Je me suis entraîné, j'ai appris à gérer la douleur. Chaque courbe, chaque crête, chaque creux de mon être sait comment l'accueillir. J'ai été formé à m'adapter aux pires souffrances depuis mon plus jeune âge, car j'ai toujours su que j'étais destiné à être le plus grand guerrier de Voraxia. Le seul gouffre douloureux qui a failli m'ensevelir, c'est la douloureuse punition de Xana. Mais elle a pris fin maintenant, je suis donc prêt à affronter cette douleur. En comparaison, elle n'est rien.

Je m'accroche à cette sombre toile d'agonie qui s'étend sur mon corps et je fais soigneusement de petits nœuds. Puis, je déplace ces nœuds dans une petite boîte et je ne les laisse persister qu'à deux endroits : une petite parcelle de peau dans mon intestin du côté gauche et dans mon épaule droite. Enfin, je reviens à la vie.

J'ouvre les yeux et je scrute la pièce – la prison – dans laquelle je me trouve, à la recherche d'une arme. Il y a des caisses en métal partout et je vois une seringue de la longueur de ma main qui sort de l'une d'elles. Elle peut servir d'arme. À trois, je la prends, puis je démolis les murs de cette prison jusqu'à ce que je trouve Svera. Elle a besoin de moi. Je l'ai senti pendant mon sommeil. Elle avait besoin de moi et je ne pouvais pas l'atteindre. L'*échec* me poursuit. Je l'ai laissée tomber…

J'expire longuement, douloureusement.

Je laisse des éclats de douleur s'enflammer, mais je ne les laisse pas me posséder.

– Krisxox ?

La petite voix est proche. Très proche.

J'essaie de dire son nom sans y parvenir. J'ai l'impression que ma mâchoire est fermée par un fil et ma langue n'obéit pas à mes ordres. Je ne réussis qu'à grogner faiblement, mais sa réaction est immédiate.

Sa main se pose sur moi. Je la sens, là, sur mon abdomen, chaude comme la braise. Ses cinq doigts étranges tremblent sur ma chair.

Je déglutis, mais ma bouche et ma gorge sont si sèches que ce simple mouvement est aussi douloureux.

– Je suis là, dit-elle.

Elle se redresse et je sais que mes yeux sont ouverts quand je vois son visage.

Ce n'est pas un rêve, elle est bien là. Si c'était un rêve, elle serait propre et elle ne serait pas recouverte d'une matière gluante bleue et orange. La voir aussi sale et mal coiffée me fait sourire. Elle fait toujours attention à sa mise et je ne l'ai jamais vue ainsi.

– Tu te moques de moi ? demande-t-elle vexée.

Son ton ne fait qu'empirer les choses. Je veux rire mais je me mets à tousser. Elle murmure une prière à son triple Dieu et porte rapidement un gobelet métallique rouillé à mes lèvres.

– Tu ferais mieux de te ménager au lieu de te moquer. Tiens, bois ça. N'essaie pas de parler ou tu vas jeter de l'huile sur le feu. C'est une expression humaine. Je ne suis pas sûre que ce soit bien traduit.

Je manque m'étouffer avec l'horrible breuvage qu'elle me tend. Elle appelle ça de l'eau.

– C'est affreux, n'est-ce pas ?

Hexa, c'est affreux; mais je bois parce qu'elle m'assure que c'est de l'eau et que c'est ce qu'il me faut. Je sais qu'elle est trop honnête pour me mentir.

– Putain de xok ! C'est dégueulasse !

Svera éclate de rire.

La palette sur laquelle je me trouve est dure. La sueur recouvre mon front, une couverture dure et rugueuse est posée sur mes hanches. Je suis nu en dessous, mais pour la première fois depuis que mon xora a rencontré Svera, il ne durcit pas en sa présence.

– Où sommes-nous ? Es-tu en sécurité ? je demande d'une voix cassée quand elle éloigne le verre de mes lèvres.

L'eau dégouline sur mes joues et elle l'essuie avec quelque chose de doux.

Son expression s'adoucit alors et j'essaie de tendre le bras pour toucher le bleu sur sa joue – c'est probablement des restes du Oosa et non ma semence séchée – malheureusement, je ne peux pas bouger mes bras.

– Tu es en sécurité et je suis en sécurité. Nous sommes à bord d'un vaisseau Eshmiri dirigé par une humaine. Une *hybride,* plus précisément. Elle faisait partie des petits vendus par Mathilda. Je ne sais pas comment, mais, elle a fini dans les mains d'une horde d'Eshmiris. Ils l'ont élevée et elle se considère Eshmiri maintenant.

Elle nous ramène sur la lune humaine. Elle nous catapultera dans une sorte de canon, mais elle ne se joindra pas à nous. C'est une femme honorable, elle veut juste nous aider.

Je grogne, peu convaincu.

– Elle est surtout riche. Combien de crédits a-t-elle gagnés ?

– Je ne suis pas sûre qu'elle soit si riche. En tout cas si elle l'est, je ne sais pas ce qu'elle fait de ses crédits. Ce vaisseau n'est pas le top du top, répond Svera en faisant la moue et en jetant un coup d'œil autour d'elle.

– Ma petite humaine cruelle, je dis avec un léger rire.

Elle me sourit à nouveau et brosse ses cheveux derrière son oreille. Elle est parfaite. Elle est un rêve, un putain de xok de rêve que je peux faire éveillé.

– *Pouze-moi*, je grogne.

Elle se mord la lèvre inférieure.

– Je pense que nous avons des problèmes plus urgents à régler que ça.

– Rien n'a plus d'importance que ça. *Pouze-moi*.

Elle secoue la tête et rit.

– Comment est-ce que je pourrais te refuser quoi que ce soit dans ton état ?

– Hexa, dis-je le cœur battant. C'est pour ça que je te le demande maintenant.

– Oh, Krisxox…

Elle se frotte le visage, puis se penche sur moi. La bouche près de la mienne, son souffle chaud m'enveloppe et elle murmure :

– Bien sûr que je vais t'épouser. Je t'aime.

Xok. Putain de xok ! Elle…elle…verax !

– Tu… *maibes* ?

– Hexa, je t'aime.

Sa phrase me réduit au silence. Je ne trouve plus les mots pour m'exprimer.

Elle fronce les sourcils :

– Tu n'as rien à me dire ?

Je ne sais pas ce qu'elle veut dire, et plus je reste silencieux, plus ses joues deviennent roses sous la crasse qui la recouvre.

– Verax, je finis par dire.

Elle tape du poing sur ma poitrine, très légèrement, mais la pression est intense. Je gémis et elle sursaute.

– Oh, pardon, pardon ! Ça va ?

– Nox, je grogne. Mais j'en ai rien à xok. Qu'est-ce que je dois te dire ?

– Que tu m'aimes aussi.

Et maintenant, je comprends sa rougeur. Elle *craint* d'être plus attachée à moi que je ne le suis à elle.

Je ris. Je ris et la douleur se répand en cascades à travers moi.

– Aïe ! je gémis.

Svera passe doucement un tissu vert sur mon front et à caresse mes cheveux. Cela me calme, m'apaise, même si la douleur tente toujours de se libérer de mon emprise.

– Oh, Svera… putain de xok ! Bien sûr que je t'*aibe*.

– Pas besoin d'être grossier.

Je grogne à nouveau. J'essaie de contrôler mon rire, j'essaie de contrôler mon corps.

– Viens ici. J'ai besoin de te goûter.

– Je n'ai probablement pas très bon goût.

– C'est à moi d'en juger.

Elle se penche sur moi et doucement, elle presse ses lèvres contre les miennes. Elle a le même goût que d'habitude, celui d'un poison qui va me conduire dans l'au-delà. J'essaie de me soulever pour approfondir le baiser, mais je ne peux pas bouger et Svera, avec ses petits bras maigres, arrive facilement à me maintenir au sol.

– Putain de Xok, je rugis quand elle se retire trop tôt. Reviens ici. Je n'ai pas fini.

Mon xora commence à s'agiter à l'odeur de sa fente. L'odeur de son excitation est puissante. L'air en est imprégné.

– Il faut que tu dormes.

– Tu es ma *flame* maintenant. Je peux t'embrasser quand je veux.

Elle fronce les sourcils.

– Tu te trompes, Krisxox…

– Anand, je corrige.

Elle se fige.

– Verax.

– Anand. Je veux que tu m'appelles Anand ou *népou*.

– Anand, murmure-t-elle.

Elle se penche et m'embrasse, elle me récompense pour mon sacrifice.

– C'est un beau nom, ajoute-t-elle.

– *Népou* aussi c'est un beau nom.

– Époux.

– C'est ce que j'ai dit.

Elle rit et retombe de son côté en me regardant fixement tandis que je lutte pour la conserver dans mon champ de vision. A chaque fois que j'essaie de bouger la tête, une douleur fulgurante se propage dans mon cou.

– Du calme, *népou*, dit-elle en prononçant le mot de la même façon que moi.

– Ok, peut-être que j'ai besoin de quelques leçons d'humain.

– Mon frère, Ibra, a accepté d'enseigner l'humain à certains Voraxians désireux de l'apprendre. Beaucoup d'humains s'opposent aux disques de vie et aux micro organismes traducteurs à introduire dans l'oreille. Alors des Voraxians ont décidé de faire un pas vers eux. Il me semble que Tur'Roth veut suivre les cours d'Ibra lui aussi.

Oh, oui, mon humaine est cruelle. Je pousse un soupir brûlant avant de gronder :

– Ne me parle plus jamais de lui.

Elle glousse, avec toute l'insensibilité et la *cruauté* qui la caractérisent.

– Puisqu'on parle de lui… que lui est-il arrivé ? Tu ne l'as pas… blessé ?

– Nox. Je lui ai juste dit ce que j'aurais dû te dire il y a longtemps. Je lui ai dit que tu étais mon âme sœur Xiveri.

Je ne sais pas pourquoi, mais je ne lui dis pas qu'il s'est aussi enfui comme un lâche.

– Xhivey, dit-elle.

Ses doigts tracent un motif sur mon bras et descendent jusqu'à ma main. Elle passe ses cinq doigts entre mes six doigts.

– Je suis heureuse qu'il le sache. Pour être honnête, je ne me suis jamais intéressée à lui. J'ai essayé, mais celui qui m'intéressait vraiment, c'était un mâle à la peau rouge et aux cheveux aussi blancs que le ciel. Un mâle qui se déplace si vite que les ombres en sont jalouses. Un mâle qui se bat comme un dieu de la guerre. Un mâle qui fait naître en moi des choses terribles et merveilleuses. Un mâle qui m'oblige à tout remettre en question. Ce qui est juste et ce qui ne l'est pas. Ce qui est bien et ce qui est mal. Un mâle qui me fait ressentir des choses que je n'ai jamais ressenties. Je me sens deux fois plus femme qu'auparavant, et c'est grâce à toi. Quand je me bats contre toi, je me sens forte; quand tu es à mes côtés, je me sens invincible.

Elle embrasse mon épaule.

– Tu t'es si bien battu pour moi sur Evernor.

– Et je le referais sans hésiter.

Ses mots me remplissent et font déborder le puits que je suis. Je suis profondément reconnaissant.

Elle me tape la cage thoracique, ce qui me fait grimacer.

– Nox. Plus de derby, plus jamais. Ta façon de faire est la pire qui soit.

Je ris et ça me tue. Etouffant la douleur, je reprends :

– Pourtant tu étais dans ton élément là-bas. Tu avais l'air de t'amuser, lorsque tu combattais cet Oosa avec ton tapis.

– Ça a marché ou pas ? Hein ? Ça a marché ! s'exclame-t-elle.

Je grimace.

– Hexa. Ça a marché. Mais la prochaine fois, tu n'auras peut-être pas autant de chance, alors s'il te plaît, quand je te donne deux objets avant un combat, choisis celui qui est pointu.

– On verra.

– Il faut écouter le *népou* maintenant. Tu dois faire ce que je dis.

Elle me donne une autre tape et se relève pour que je puisse la voir me regarder en face.

– Tu auras aussi besoin de cours sur le rôle d'un époux.

– Peut-être que c'est toi qui as besoin d'une punition.

Son expression se fige. Elle se mord la lèvre.

– Je ne suis pas sûre d'aimer tes punitions.

– Nox ? Dans ce cas, c'est *toi* qui as besoin de cours sur le rôle du *népou*. Viens ici. Assieds-toi sur mon visage.

– Verax, se moque-t-elle.

– Soulève ta robe et assieds-toi sur ma bouche. Je veux te goûter. Dans mon état, avoir un orgasme pourrait me tuer, mais je peux t'en donner un. Ce sera ma punition.

– Je…

– Dépêche-toi, Svera.

Elle déglutit difficilement, me regarde en hésitant, avant de finir par ramper vers moi.

Elle me contourne prudemment. J'aimerais qu'il en soit autrement, mais je ne suis toujours pas moi-même. Certaines pièces de mon corps n'ont pas eu le temps de se remettre du derby, d'autres sont complètement cassées. Mais je n'en ai rien à xok.

– Assieds-toi sur ma bouche. Oui, voilà, je susurre alors qu'elle écarte ses genoux autour de ma tête et se baisse lentement. Elle soulève sa tenue autour de sa taille et la tient de façon à ce que je puisse tout voir jusqu'à ses côtes.

– Comme ça ? demande-t-elle en tremblant.

– Oui, juste comme ça. Maintenant, descends.

– Tu es sûr ?

Sa fente humide et suintante plane directement au-dessus de ma bouche.

– Oui, descends.

Elle s'abaisse jusqu'à ce que je puisse m'accrocher à ses lèvres inférieures, et la caresser avec ma langue en mettant fin à ses dernières hésitations.

Elle halète mon nom – Anand. Ce mot, prononcé par elle, est une musique magnifique à mon oreille.

– Alors, je fais mon devoir de *népou*, hein ? je fais remarquer en souriant.

– Époux, murmure-t-elle.

Elle est ailleurs, complètement perdue dans le jardin.

– C'est ce que j'ai dit.

J'enfonce ma langue dans son corps et elle fait un bond en avant, puis se rattrape à une caisse métallique. Son contenu s'agite, tout comme le désir dans mes tripes et l'*amoore* dans mon cœur.

– Tu aimes ça ?

– Hexa, souffle-t-elle alors que son corps se met à trembler. J'adore ça. Et j'ai hâte de t'épouser.

20

Krisxox

Je regarde l'intérieur exigu et rouillé du canon du tireur, puis je me tourne vers l'hybride, Ashmara, et à nouveau vers le canon.

– Ça va marcher, je déclare.

J'ai beau me poser des questions, mon ton est définitif.Ashmara lève les yeux au ciel et hausse les épaules.

– Bien sûr que ça va marcher.

– Si ça ne marche pas et que *quelque chose* arrive à Svera, je fouillerai le cosmos entier s'il le faut jusqu'à ce que je te trouve. Et alors, je te démembrerai…

– Krisxox… commence Svera d'un air désapprobateur dans mon dos.

Ashmara se contente de sourire et croise ses bras sur sa poitrine.

– Si ça ne marche pas, je ne vois pas comment tu vas pouvoir ressusciter pour te venger.

– Ne me sous-estime pas. Je suis *extrêmement* difficile à tuer.

Elle fronce les sourcils comme le font souvent les humains. Je me demande si elle se rend compte que même si elle a été élevée par les Eshmiris, elle a les mêmes manières que les humains.

– Ça va marcher, répète-t-elle, un peu plus fermement cette fois.

Je me glisse maladroitement dans le tireur.

L'espace disponible à l'intérieur est exigu. Les deux sièges occupent quatre-vingt pour cent de l'espace. Ils sont boulonnés de chaque côté du tireur carré. Au milieu, le passage dégagé est étroit.

Tout est construit à des proportions eshmiriennes. Svera n'a donc aucun mal à s'attacher dans l'un des sièges – même avec son fichu tapis sur les genoux. Moi par contre, je me débats péniblement dans l'étroite chaise.

Elle est en métal, et elle est recouverte d'un épais rembourrage. Même avec cette épaisseur, m'asseoir sur mes blessures et passer la ceinture sur les chairs déchirées de mon torse est un supplice. Ce rembourrage suffira-t-il à amortir notre chute si les choses tournent mal ?

J'ouvre la bouche et regarde Ashmara, mais elle se contente de lever à nouveau les yeux au ciel.

– Ça va marcher, répète-t-elle.

La porte se referme entre nous en sifflant. Je regarde Svera.

– Je n'aime pas beaucoup ta *coubine* hybride.

Svera sourit simplement et tape du pied.

– Copine, répond-elle.

– *Cobine*, je répète.

– Co-pine, précise-t-elle.

– Co...

J'essaie de prononcer comme elle la première partie du mot, puis, quand Svera me fait un signe de le tête pour m'encourager, je continue :

– … bine.

– Xhivey, finit-elle par dire en tapant des pieds encore plus fort.

– Co-bine.

Elle rayonne, son grand sourire éclaire son visage. Je peux voir le léger écart entre ses deux dents de devant. Putain de xok, qu'est-ce qu'elle est belle ! Les dés étaient pipés depuis le début, je n'avais pas la moindre chance de lui échapper.

– Hexa, mais c'est un « p », pas un « b ». P…

– Coupine.

– Euh… C'est bien, c'est parfait.

Je secoue la tête alors que le tireur se détache.

– Je t'*aibe*.

Svera glousse et serre son tapis contre elle.

– Je t'aime aussi.

Le canon se déclenche. Nous sommes en suspension puis nous *tombons*. Les turbulences dans le tireur sont si violentes que je me mets à hurler :

– Je la *déteste*, je déteste ton hybride !

Mes cheveux blancs crasseux s'enroulent autour de ma tête tout comme les boucles emmêlées de Svera s'enroulent autour de la sienne. Cela fait trois solaires que nous ne nous sommes pas lavés. Ashmara, cette crétine finie, n'a pas voulu gaspiller de l'eau pour nous. Tout ce qu'elle nous a offert, c'est quelques bidons d'eau rouillée et quelques barres protéinées qui avaient un goût de merde.

Et ce *voyage en tireur*.

– Putain de xok d'Ashmara ! Je rugis alors que le lanceur fonce dans l'espace.

La vitesse et les mouvements chaotiques de l'engin nous donnent l'impression de heurter un millier d'astéroïdes.

Il n'y a pas de fenêtre ou de panneau d'affichage, juste du métal noir et rouillé.

Svera s'écrie, couvrant momentanément le bruit :

– Putain de xok d'Ashmara !

Je ferme les yeux, serre les dents et prie le Dieu qui veille sur Svera de nous sortir de…

Whoosh ! Bang. Clang. Pour finir : un bruit sourd.

Soudain, le sol sur lequel nous étions censés nous poser s'éloigne de nous et nous sommes renvoyés dans l'espace. C'est l'œuvre des *propulseurs*. C'était ça le plan d'Ashmara ? Des propulseurs ? !

Je comprends maintenant pour quelle putain de xok de raison elle a appelé sa machine un «tireur». Une chose est sûre : je la tuerai la prochaine fois que je la verrai. Nous ne pouvons compter que sur les propulseurs pour amortir notre chute, mais la violence de notre atterrissage est suffisante pour briser le putain de xok de cou de Svera. Je crie son nom alors qu'elle vomit sur le côté de son siège. Sa tête est retenue contre la courbe métallique de la chaise par la vitesse à laquelle nous tombons, mais lorsque nous atterrissons, je prie. C'est tout ce que je peux faire pour le moment, prier.

Mes yeux se ferment brutalement au moment de l'impact. Je garde ma mâchoire serrée pour ne pas me mordre la langue. Je serre tous les muscles hurlants de mon corps si fort que je sens la blessure de mon estomac se rouvrir. L'agonie tranche chaque centimètre de mon être jusqu'à ce que finalement, tout éclate lorsque la moitié avant du vaisseau explose.

Tout autour de nous, des morceaux de métal fendent l'air. Je rugis de rage :

– Putain de xok d'Ashmara !

Un seul de ces morceaux pourrait trancher la gorge de Svera. Tout comme les morceaux qui se trouvent sur ma cuisse droite et ceux près de la blessure de mon estomac.

Je me fiche des morceaux qui m'atteignent, au contraire, qu'ils viennent tous vers moi; mais s'il vous plaît, faites qu'il n'arrive rien à son putain de xok de cou ! La douleur qui irradie le mien est insupportable et je sens mon propre estomac se retourner.

– Aïe !

Mon cri couvre, un temps, le chaos. J'essaie de combattre l'envie de fermer les yeux et de dormir. *Elle a besoin de moi.* Elle a besoin de moi.

De la fumée et du métal brûlant s'échappent des pans brisés du tireur. Putain de xok d'Ashmara. Putain de xok d'hybride maléfique. Toutefois, au beau milieu de cet enfer, je suis traversé par une note de joie : je sens le sable sous mes pieds. Je vérifie trois fois les coordonnées. Nous sommes bien arrivés. Nous avons réussi.

– Svera…

Ma voix n'est qu'un souffle. Un souffle qui ne l'atteint pas. Ses cheveux m'empêchent de voir son visage. Mon regard se baisse et tout en moi se tourne vers le sable que je sens dans la brise.

Au-delà du rideau de ses cheveux, un énorme morceau de métal dépasse de l'endroit où devrait se trouver sa poitrine. Putain de xok. Nox. Nox, nox, nox.

La panique s'empare de moi et j'attrape les sangles qui me retiennent à la chaise pour les briser rapidement. Mes pieds tombent sur du métal et du sable écrasés.

Je me cogne, puis je me rattrape à un morceau de métal si chaud qu'il me brûle instantanément. Je recule et donne un coup de pied au morceau de métal. Bien mal m'en a pris, la putain de xok d'humaine et sa bande d'Eshmiris ont pris mes bottes – ainsi que trente mille crédits.

Je les maudis tout bas et me mets à avancer prudemment dans les décombres. Je me brûle une demi-douzaine de fois de plus. Lorsque j'arrive au corps de Svera, suspendu au-dessus de moi, il ressemble effroyablement à un cadavre.

Il est assez bas pour que je puisse atteindre ses pieds, mais pas assez pour que j'atteigne les sangles qui la lient au métal... Tout à coup, je me fige.

Le morceau de métal est bien planté en elle. Est-ce qu'elle...

Nox. Nox, nox, nox, nox, nox, *nox* !

Je jette un coup d'œil autour de moi, à la recherche de quelque chose qui ne m'écorcherait pas la peau des pieds. Comme je ne vois rien qui corresponde à cette description, je lève les yeux, essaie d'ignorer la douleur qui m'irradie, puis je saute.

J'enfonce mes griffes dans le dossier de la chaise de Svera et je grimpe jusqu'à ce que je sois assez haut pour pouvoir saisir les bords extérieurs de son siège entre mes genoux. Je m'accroche si fort que j'ai mal, mais ce n'est rien comparé à la souffrance que provoque la vue du sang qui coule de son nez et du métal qui sort de sa poitrine.

– Svera, je murmure paniqué.

Le Xanaxana dans ma poitrine s'anime et s'étend. Il est lourd à porter, difficile à supporter.

– Svera !

– Mmm…

Sa voix semble brisée. La douleur de l'entendre n'a d'égale que mon soulagement. Comment peut-elle… Elle ne devrait pas respirer.

– Svera.

Mes muscles tremblent à présent et ma jambe gauche menace de me laisser tomber. Je jette un coup d'œil vers le bas. J'aperçois alors le métal qui dépasse de ma peau et de mes plaques. Rien de trop grave. Ça va guérir. La seule chose qui ne guérira pas est mon putain de xok de Xaneru, si l'état de Svera ne s'améliore pas.

Je scrute son corps du regard. J'ai du mal à distinguer ses traces de sang avec toutes les taches qui la couvrent. Son teint autrefois bronzé est maintenant d'une autre couleur, de plusieurs couleurs. De *toutes* les couleurs. Elle a toujours du sang bleu d'Oosa incrusté près du col et mon sang cuivré sur ses manches. Quelques gouttelettes de son propre sang, d'un rouge horriblement vif, tachent le devant de sa tunique, entre ses seins, mais maintenant, à cause de l'angle, elles coulent de sa lèvre supérieure parfaite sur moi. Et je ne peux rien y faire. Pas tant qu'elle est attachée dans son siège à l'envers, et suspendue comme une araignée. J'ai peur de la déplacer, et j'ai peur de la laisser là. J'ai peur… j'ai tellement peur.

– Svera, peux-tu respirer ?

– Je…

Elle tousse.

– Je vais bien. Est-ce que… est-ce que tu vas bien ?

Elle cligne des yeux. Ses yeux s'ouvrent, mais ils sont distants et troubles. Pourtant, elle sourit et inspire :

– Anand.

Je lui fais un sourire, mais je ne ressens aucune joie. Je suis au bord de la folie.

– Comment… comment te sens-tu..?

Je regarde le métal qui sort de sa poitrine. Juste au-dessus de son cœur. Comment a-t-elle pu survivre ? C'est impossible. Impossible. La seule chose entre elle et le métal, c'est son…

– Ton tapis… je souffle ébahi.

Je saisis le morceau de métal d'une main et quand je le libère d'un coup sec, le tapis enroulé qui couvre sa poitrine tombe en avant.

Je touche sa poitrine.

– Krisxox, marmonne-t-elle.

Je la fais taire et je pars à la recherche de blessures, mais je n'en trouve pas. Puis j'attrape le tapis plié et je le déplie. Les deux premières couches sont abîmées, mais sur la troisième, il est à nouveau intact.

Je croise son regard, horrifié.

– Dieu existe.

Elle se contente de sourire.

– Je te l'avais dit.

– Putain de xok.

Je pose le tapis sur mon épaule, bien déterminé à le vénérer.

– Allez, viens. Attrape mon cou.

Elle le fait et je réussis à nous faire descendre en toute sécurité. Ensemble, nous sortons dans la lumière.

Sous le soleil, au milieu des ruines du tireur, je fais vingt pas après la dernière pièce de métal enflammée avant de m'effondrer sur le sable dur et compact. Les pierres s'enfoncent dans mes genoux. La respiration de Svera est faible et irrégulière.

Je m'effondre en avant, et je m'installe sur le dos, à côté d'elle. Nous restons allongés là un long moment. Si longtemps que je suis complètement chauffé par le soleil quand je me réveille au contact léger de la main de Svera sur mon visage. J'ouvre les yeux.

– Rappelle-moi de ne plus jamais faire confiance à un pirate, quelle que soit son espèce, grommelle-t-elle en vacillant.

Je ris et lui tends la main, puis je touche les touffes sauvages de ses cheveux.

– Putain de xok d'Ashmara.

– Au moins, nous sommes en vie, mais toi…

Elle tourne la tête vers moi et s'essuie le visage. Elle vient d'étaler du sang et du vomi sur sa joue.

– Te es grièvement blessé. Nous devons t'emmener voir Lemoria.

J'acquiesce. Elle n'a pas tort.

– Tu penses que la colonie est encore loin ?

Je hausse les épaules. Je suis exténué, je ne peux plus bouger.

– J'en sais rien du tout.

– Ne baisse pas les bras. Pas après tout ce qui vient de se passer.

– Jamais.

Elle penche la tête, bloque la lumière d'un soleil mais pas celle de l'autre. Sa peau est rose partout et quand je touche son front, elle grimace.

– Qu'est-ce que c'est ? je lui demande.

– Verax.

– Cette couleur.

– Quelle couleur ?

– Le rose, là. Tu es rose partout.

– J'ai passé trop de temps au soleil.

– Quoi ?

– Hexa, j'ai des coups de soleil.

– Le soleil peut te blesser ?

Je me redresse brusquement. J'ai la tête qui tourne et je sens mon estomac faire une embardée. Je suis sur le point de vomir mais je me retiens.

– Anand, commence-t-elle et je me perds dans la façon dont elle prononce mon nom.

Puis je me souviens.

– Tu es en train de brûler vive.

– Nox, ce n'est pas exactement ça.

– Viens.

– Anand !

– Svera, c'est moi le *népou*, tu dois faire ce que je dis.

Je ricane en voyant la colère qui se répand sur ses joues. Elle transforme le rose en un fuchsia éclatant.

– Tu vas avoir besoin d'être punie.

– J'ai hâte de l'être.

Je lui fais un clin d'œil et elle se crispe, mais ce n'est pas de l'excitation cette fois. C'est de la surprise. Du *soulagement*.

– Regarde. Je pense que ce sont… des planeurs !

Je me retourne et j'expire.

– Par toutes les putain de xok d'étoiles, merci !

– Remercie plutôt le triple Dieu.

– Hexa. Tu as raison.

– Et Xana, ajoute-t-elle les lèvres plissées.

Je hoche la tête en souriant.

– Hexa. Elle aussi.

Nous sommes secourus par un groupe de sentinelles xcléranx chargées d'enquêter dès que le tireur a atteint l'atmosphère de la colonie. Tandis que le planeur traverse silencieusement les dunes, je demande aux xcléranx de trouver un tissu que Svera peut utiliser pour protéger sa peau sensible des soleils.

– As-tu besoin que je t'aide à l'arranger pour que tu puisses dissimuler tes cheveux ? je lui demande lorsque la colonie humaine apparaît à l'horizon.

De nombreux bâtiments trapus au centre, une magnifique tour de naissance à gauche, et quelques maisons couleur poussière à droite nous font face.

– Je te l'ai dit, Anand. Je n'ai plus besoin de porter le foulard parce que je ne suis plus vierge.

– Parce que tu m'as *pouzé !* je m'écrie.

Elle hausse les sourcils.

– Tu sais… nous ne sommes *pas encore* mariés. Il faut organiser une cérémonie.

– Ok, ok. Tu n'as pas besoin de porter le foulard, mais tu m'appelleras *népou*.

– Seulement en privé, souffle-t-elle. Mes parents pourraient mal le prendre si je le faisais ouvertement, parce qu'ils ne t'ont pas encore donné leur bénédiction. Ne t'inquiète pas, je leur parlerai.

– Non, je leur parlerai.

Elle me fixe, sceptique.

– Euh… Il vaut mieux que ce soit moi qui le fasse.

– Nox. Je vais le faire. Aie confiance en moi.

Elle ouvre la bouche pour répondre – pour *protester* probablement – mais le planeur sous nos pieds commence à descendre et elle tombe sur moi. Je m'agrippe à la rampe pour me soutenir et comme Svera s'accroche à moi, je n'ai pas intérêt à tomber. C'est peut-être la seule raison pour laquelle je ne tombe pas. Nous nous arrêtons enfin complètement et descendons devant une foule d'humains et de Voraxians rassemblés.

– Svera !

La voix de la Va'Rakukanna est plus forte que les autres et elle est la première à s'approcher. Elle se précipite vers nous, et fend la foule, son compagnon sur les talons. Pour la première fois depuis que je le connais, ses émotions sont bien visibles. Ses crêtes s'illuminent d'un blanc éclatant. Même sa compagne semble effarée.

– Peste d'étoiles ! Que vous est-il arrivé ? Svera, tu vas bien ?

Svera s'appuie sur moi de tout son poids et je la rattrape alors qu'elle commence à tomber.

– Aïe, souffle-elle. Je vais bien. C'est Krisxox que Lemoria doit voir.

– Sainte comète, qu'est-ce qui vous est arrivé à tous les deux ?

Avant que Svera ne puisse répondre, d'autres voix crient son nom et je me retrouve à fixer les visages de ceux qui lui ont donné naissance. Je suis là, devant eux, nu comme un putain de xok de ver. Je fais un pas pour me rapprocher de Svera, et ce pas suffit pour que la femelle qui mène les deux mâles s'arrête net. Ses yeux se dilatent et parcourent mon corps nu. Je réalise à ce moment-là que je n'ai absolument aucune idée de la façon dont il faut saluer un humain. Le souvenir de notre dernière interaction me revient, et je décide que j'ai tout intérêt à le découvrir *rapidement*.

Je place ma main sur ma poitrine et je m'incline bas. C'est le signe du salut traditionnel voraxian.

– C'est pour moi un honneur de vous ramener votre fille, je grogne, à moitié fou de douleur.

– Maman !

Svera rompt le silence et s'avance, raide, avant de laisser la femelle et les deux mâles l'entourer et la serrer dans leurs bras. Va'Raku vient à mes côtés et tente d'attirer mon attention, mais je n'ai d'yeux que pour elle et sa famille.

Ils lui parlent en humain. Son père ne tarde pas à tourner son regard vers moi. Il s'approche de moi les yeux mouillés, et, alors que je me serre le ventre pour tenter de garder mes organes à l'intérieur, il s'arrête juste devant moi.

À ma grande surprise, il se penche en avant, prend mes épaules dans chacune de ses mains fines et embrasse l'une de mes joues, puis l'autre.

Il me dit quelque chose que je ne comprends pas. Je regarde la femme derrière lui.

– Il dit que tu as notre bénédiction.

Elle couvre sa bouche avec ses mains et hoche la tête.

– Tu as notre bénédiction, Krisxox.

– Merci , je soupire.

Ce dernier souffle m'ôte mes dernières forces.

Va'Raku me rattrape, mais je ne contrôle plus rien. Il commence à donner des ordres rapidement et bientôt, je suis descendu sur une civière volante et précipité sur les sables. Mon âme sœur Xiveri se trouve sur la civière à mes côtés.

21
Svera

Deux solaires se sont écoulés depuis notre retour. Krisxox est sorti du centre de soins avant moi. J'ai du mal à comprendre comment c'est possible, vu ses blessures, mais c'est sûrement parce que c'est le patient le plus désagréable de toute l'histoire de l'univers. Toutefois, Lemoria m'a assuré que je suis restée plus longtemps sous sa surveillance à cause de ma commotion cérébrale. Putain de xok d'Ashmara comme dirait Krisxox.

Je ne penserais jamais rien de tel, et bien sûr, il n'a pas déteint sur moi.

Krisxox est à mes côtés, penché sur moi, jusqu'à ce que Lemoria force Va'Raku et Kiki à le pousser hors de la chambre afin de laisser la place à mes parents et mon frère. Je suis un peu embarrassée, ils ne m'ont sûrement jamais vue dans un tel état, je suis sale à faire peur. Cependant, quand ils entrent, les larmes aux yeux, mon père se contente de dire :

– Nous sommes si reconnaissants au triple Dieu de t'avoir ramenée à la maison !

Je souris, reconnaissante moi aussi; toutefois, je ne suis pas aussi sûre qu'eux que c'est seulement l'œuvre du triple Dieu. Xana et Xaneru ont joué un rôle dans cette histoire. Krisxox aussi, ainsi qu'Ashmara et Deena.

Et n'oublions pas la détermination, la fierté et la bravoure.

– Et tu es revenue avec un prétendant, en plus, ajoute mon frère.

Il croise les bras sur sa poitrine, l'air irrité.

Je ris et je sens la chaleur empourprer le haut de mes joues.

– Je…

Je déglutis.

– Oui, il est mon âme sœur Xiveri, c'est… c'est seulement une union voraxiane. Nous ne sommes pas encore mariés mais, avec votre permission, nous aimerions l'être.

Je lève la main et place mes cheveux derrière mon oreille. Il sont raides par endroits, encroûtés par une crasse à laquelle je ne veux même pas penser pour le moment.

– Il l'a obtenue, souffle Ibra. Je ne pensais pas que nos parents trouveraient un jour un mâle qu'ils jugeraient digne de toi, mais lui ? Pfiou !

Il fait un geste vers mon corps, couvert d'une fourrure luxuriante et de moniteurs holos qui bipent sur le mur derrière moi.

– Il est digne de toi et je serais honoré de célébrer le mariage.

– Il y a tellement de choses à organiser !

Ma mère est presque étourdie. Elle rayonne d'une oreille à l'autre. Mon père lève les mains.

– Nous avons le temps pour ça. Tu dois d'abord guérir. Nous discuterons ensuite des plans de tables et des arrangements religieux. Sans compter que tu dois d'abord donner ton accord. C'est ce que tu veux, Sheifala ?

À cela, je souris. Mon visage est chaud. Je ris avec soulagement.

– Je l'aime. Il est insupportable, mais c'est lui que j'aime.

Ma mère applaudit, mon frère et mon père sourient.

– Il a dit à peu près la même chose de toi quand on l'a croisé tout à l'heure.

– Dis plutôt quand il nous a chassés ! s'exclame Ibra en riant. Il m'a demandé de lui apprendre notre langue humaine et de lui enseigner la religion du triple Dieu. Il t'a dit qu'il voulait être baptisé ?

Je secoue la tête. Je pleure à chaudes larmes maintenant.

– Oh, Sheifala.

Ma mère vient me frotter l'épaule. Elle est couverte de bleus. Comme toutes les autres parties de mon corps. Y compris mes cœurs fatigués.

Ma mère sourit et mes yeux se remplissent à nouveau de larmes. Elle prend ma main et passe le dos de ses doigts sur ma joue, effaçant avec son pouce une des millions de taches qui me recouvrent.

– En ce qui nous concerne et en ce qui concerne la congrégation, tu es déjà mariée, Svera. Il n'y a aucune raison d'avoir honte.

Elle touche le sommet de ma tête, puis fait immédiatement la grimace.

– Par contre, il serait temps de penser à prendre un bain.

Je rigole, les larmes aux yeux.

– Je n'ai pas réussi à rester fidèle au triple Dieu. Tu n'es pas déçue ?

– Après ce que nous avons fait, comment pourrions-nous l'être ? dit mon père.

Je n'aime pas trop ce raisonnement et je m'apprête à leur dire que deux péchés ne créent pas une vertu, mais ma mère parle en premier.

– Vous étiez mariés selon la loi voraxiane avant de consommer votre mariage. D'après ce que nous ont dit Kiki et Miari, le lien biologique du xanaxana est puissant. Il aurait été contre nature pour vous de ne pas le consommer.

Mon frère s'étouffe dans une quinte de toux et les joues de mon père deviennent d'un rouge profond. Il essaie d'éviter de regarder mon visage. C'est tellement gênant que je ne peux pas m'empêcher de rire à nouveau.

Ma mère donne une tape sur l'épaule de mon père, le forçant à se tourner vers le lit. Il dit :

– Tu n'as pas été détruite, Sheifala. Nous ne pourrions pas être plus fiers de toi. Nous voulions juste nous assurer que tu étais certaine que c'était le compagnon qu'il te fallait et même ton mari, si vous voulez toujours vous marier dans la foi du triple Dieu. Après tout, il faut avouer que c'est un mâle assez… euh… intense.

J'éclate de rire, mais ma mère poursuit :

– Je crois que Svera aura besoin de cette intensité, étant donné son rôle.

– C'est vrai. C'est le genre de mâle dont j'aurai besoin à mes côtés si je veux continuer à protéger les humains.

– Tu auras en effet besoin de quelqu'un pour te protéger, dit mon père en sortant un mouchoir de sa poche et en le tamponnant sur son front.

Il semble momentanément plus vieux d'une décennie.

– Nous pensions t'avoir perdue, Sheifala. Et Krisxox t'a ramenée à nous, reprend-il.

Je hoche la tête.

– Il sera toujours là pour me sauver.

– Rien que pour cette raison, il était assuré d'avoir notre bénédiction. Mais il devrait, bien sûr, avoir la tienne en premier.

– Il l'a. C'est le mâle de ma vie. Il est mon âme sœur Xiveri – et rien ne me rendrait plus heureuse que de l'avoir pour mari.

Ma mère recommence à applaudir.

– Parfait. C'est une excellente nouvelle, Sheifala. Mais pour l'instant, comment te sens-tu ? Nauséeuse ? Affamée ? Étourdie ?

Je secoue la tête.

– Lemoria et Ki'Lemoria se sont bien occupés de ma commotion, mais Lemoria m'a dit que je pourrais encore ressentir des symptômes persistants pendant les deux prochains solaires. Je peux rentrer à la maison, mais elle vous a demandé de me surveiller... Elle a aussi dit qu'elle vous a donné du matériel médical à emporter avec vous. Vous l'avez ?

– Oui, nous l'avons, dit mon frère en brandissant une grande boîte blanche translucide. Nous sommes prêts à te ramener à la maison.

Je souris.

– Je suis prête à rentrer à la maison.

– Dans ce cas, partons. Encore une chose Svera....

Mon père s'éclaircit la gorge. Il passe ses doigts dans ses cheveux châtain clair. J'ai ses cheveux et ses yeux, mais ma grand-mère a toujours dit que j'avais le cœur de ma mère.

– Nous avons passé beaucoup de temps avec Lemoria au cours de ces derniers solaires et nous lui avons tout dit sur les naissances, reprend-il.

Je me crispe.

– Donc, tout le monde sait pour les hybrides ?

Mes parents hochent la tête.

– Oui. Ils savent ce qu'il y a à savoir sur les hybrides, le Conseil, Mathilda et les accords qu'elle a négociés avec des traîtres. Nous n'avons pas eu le choix, nous devions faire quelque chose quand tu as disparu. Lorsque Mathilda nous a annoncé que tu avais été enlevée, nous savions qu'elle était derrière tout ça. À notre grande surprise, ils nous ont cru sans demander de preuves.

Ma mère acquiesce, puis reprend là où mon père s'est arrêté.

– Miari et Raku ont fait arrêter les autres membres du Conseil d'Antikythera il y a deux solaires et le Conseil lui-même a été dissous. Malheureusement, Mathilda, Harold et Jopard ont disparu.

Mathilda, et les deux fils des membres du Conseil qui nous ont détenues, Deena et moi, ont donc échappé aux conséquences de leurs actes. Je me crispe à ce souvenir et mes pensées vont vers Deena. J'ai honte de ne penser à elle que maintenant. Où est-elle ?

Puis ma mère dit :

– Impossible de les retrouver.

– Quoi ? !

Ma poitrine me brûle. Mes parents prennent un air morose et ajoutent :

– Jaxal fait des fouilles sur la lune, mais jusqu'à présent, ils ne les ont pas trouvés.

– Où ont-ils pu aller ?

– On n'en sait rien.

– Qui gère le devenir de la colonie maintenant ?

– C'est le bazar. Les humains ont peur d'être administrés par des Voraxians. Cela leur rappelle trop… la Chasse.

Mon frère et mon père acquiescent. Ibra intervient :

– Ils ne font toujours pas confiance à Miari, même après tout ce qu'elle a fait pour nous. Et ils ont carrément peur de Kiki maintenant qu'ils l'ont vue s'entraîner avec les soldats voraxians. C'est vrai qu'elle est plus qu'impressionnante…

Il fait une grimace. Nous n'avons qu'une rotation d'écart en âge : le regarder revient presque à me regarder dans un miroir. Nous aurions pu être des jumeaux.

– Je vais parler au Raku, à la Rakukanna, au Va'Raku et à la Va'Rakukanna afin de les aider à trouver une solution provisoire jusqu'à ce qu'ils décident qui doit prendre la relève.

Mes parents et mon frère échangent un regard que je n'arrive pas à interpréter. Mon frère ouvre la bouche, mais ma mère l'interrompt :

– Très bien. En attendant, on va te nettoyer. Et est-ce qu'on doit préparer une chambre pour Krisxox aussi ?

– Oh… euh… je ne sais pas.

Elle hoche la tête.

– Ce n'est pas un problème. Nous verrons plus tard.

Elle s'approche de moi et touche mes cheveux.

– Maman ? Papa ? Je veux que vous sachiez que l'hybride qui nous a aidés à sortir de la fosse de combat était l'un des bébés que Mathilda a vendus.

Mes parents pâlissent tous les deux à ce moment-là.

– Et… commence mon père en se léchant les lèvres. Comment va-t-elle ?

Je grimace alors qu'un spasme parcourt mon côté droit, puis je réponds, les dents serrées :

– Je pense qu'elle va très bien.

22

Svera

Miari vient me voir alors que je suis plongée dans mon deuxième bain. L'eau est encore plus chaude cette fois-ci et semble même claire, contrairement à mon premier bain qui était devenu boueux dès le premier plongeon.

Son bébé est dans ses bras.

Je pousse une exclamation de joie quand elle entre dans la salle de bain et s'accroupit à côté de la cuvette.

– Non, non, ne te lève pas. Dora et moi voulions juste passer te voir, me dit-elle.

– Dora , je répète en me mettant en position assise et en prenant le nourrisson emmailloté.

Je passe le dos de mon doigt sur la joue douce et duveteuse de Dora. Elle représente une combinaison parfaite de Miari et de Raku. Sa peau, d'un superbe violet, rappelle celle de Va'Raku, en plus clair. Pour l'instant, elle n'a que quelques mèches foncées de cheveux et lorsqu'elle bâille, une petite langue rose apparaît avec une petite bosse en son centre. Sa première crête. Je me demande si elle en aura d'autres.

Je me penche sur le bébé, envahie par l'émotion. Anand a-t-il vraiment changé au point de pouvoir un jour apprendre à aimer un hybride ? *Notre* hybride ?

– Comment va-t-elle ?

– Merveilleusement bien.

– Comment allez-vous, Raku et toi ?

– Parfaitement bien. À l'exception du fait que ma meilleure amie a disparu le jour où j'ai accouché, tout va bien.

Elle lève les yeux au ciel et secoue ses cheveux ondulés avec une petite moue.

– Tes parents ont avoué pour les hybrides. Ils voulaient être punis, mais d'après ce que j'ai compris, ce sont des héros. Sans eux, beaucoup de femmes seraient mortes.

J'acquiesce, je me sens un peu coupable, je n'ai pas fait preuve de tant de compassion envers mes parents.

– Tu as raison. C'est ce que j'aurais dû leur dire. J'avais honte qu'ils aient pu faire une chose pareille, mais je sais maintenant qu'ils pensaient agir au mieux. Et vu leur situation, c'était en effet ce qu'ils pouvaient faire de mieux.

– Et toi alors ? Raconte-moi tout ! Il paraît que tu as rencontré l'une des hybrides ?

Je hoche la tête en riant.

– Oui, et c'était quelque chose !

– Dis-moi tout.

Je m'exécute. Je lui raconte mes aventures de ces derniers solaires.

Kiki et elle viennent dîner à la maison ce soir-là. La conversation s'oriente rapidement vers le Conseil et l'éventuel successeur de Miranda. Miari et Kiki m'apprennent qu'une proposition est en cours d'élaboration et qu'elles aimeraient la partager avec moi lorsque je serai complètement guérie. D'après ce que j'ai cru comprendre, cette proposition vient de Krisxox.

Je me contente de cette réponse pour le moment. Je ne suis pas une xub'Raku, donc je sais qu'elles n'ont pas à tout me confier, mais au fond… cela me blesse un peu. Je me demande si Miari ne remet pas en question ma capacité à agir en tant que conseillère, et cela m'empêche de dormir toute la nuit. Pour être honnête, ce n'est qu'une des raisons pour lesquelles je ne peux pas dormir. Après avoir passé les trois – ou quatre ? – dernières lunes à dormir avec la chaleur, la force et le parfum d'Anand à mes côtés, je découvre que je ne peux pas dormir sans lui.

Réveillée et prête à affronter une nouvelle journée seulement grâce à un peu de thé et une bonne dose de putain de xok de détermination, on peut dire que j'ai les nerfs lorsque Kiki vient me chercher le lendemain pour m'emmener chez Miari et Raku. Enfin… Je suis très énervée. Voilà, qui est mieux.

Anand a fait tout un tas de déclarations audacieuses, il m'a demandé de l'épouser, et puis… il a disparu. Pouf ! Il doit savoir que j'ai été libérée des soins de Lemoria au cours du dernier mois, mais il n'est pas venu me voir chez mes parents. Je jure que, dès que je partirai d'ici, je vais le trouver et lui donner la punition qu'il mérite.

– Ça va ? murmure Kiki si bas que Va'Raku, de l'autre côté, ne l'entend pas.

Je grogne et tire le voile que je porte plus haut sur mes cheveux pour protéger mon visage. Je ne porte plus le voile pour des raisons religieuses mais, en ce moment, j'ai besoin de quelque chose pour empêcher le soleil de brûler encore plus ma peau.

Les soleils sont brûlants et malgré toute la technologie de Lemoria, elle n'a rien pour résoudre les dégâts qu'ils provoquent sur les peaux claires fragiles des humains, comme la mienne, celle d'Ibra, et celle de mon père. Je suis donc obligée d'enduire ma peau d'aloès, un mélange que mes parents préparent à partir des mauvaises herbes collantes du désert qui poussent partout.

Lemoria a trouvé cette substance fascinante et a travaillé avec mes parents pour en fabriquer davantage et l'améliorer, afin qu'elle ne se contente pas d'apaiser les brûlures, mais en inverse les effets.

– Qu'est-ce qui ne va pas ?

Je secoue la tête.

– C'est Krisxox ? demande-t-elle.

– Non. Enfin… un peu. Mais je m'inquiète surtout pour le Conseil.

Kiki s'arrête net et se pose une main sur la poitrine.

– Oh, par toutes les étoiles. C'est la fin du monde ! Svera vient de dire son premier *mensonge* !

Mes lèvres se crispent. Le feu qui atteint mes joues, loin de soulager mes brûlures, provoque de légères démangeaisons.

– Kiki…

Elle rit et passe son bras sous le mien.

– Je pense que le temps que tu as passé loin de nous t'a changée.

– Toi aussi, tu as changé.

Elle sourit et son regard se pose sur le mâle à sa gauche.

– Oui, en effet. Et je dois te remercier pour m'avoir aidée à traverser cette épreuve. Tu ne peux pas imaginer à quel point cet appel que nous avons eu, quand j'étais au plus bas sur Nobu, m'a sauvée. Merci, Svera.

J'inspire profondément. Je sens le sable et la terre dans le vent.

– Tu n'as pas besoin de me remercier pour quoi que ce soit. Nous sommes une famille.

Elle se penche et pose son front sur le mien.

– Je t'aime.

– Je t'aime aussi.

– Et entre nous, Krisxox est cinglé; mais si toi, tu as changé, lui, il est complètement métamorphosé !

Je pense au fait qu'il apprenne l'humain, qu'il cherche à être baptisé, et qu'il ait demandé ma main à mes parents. Je ne sais pas pourquoi il n'est pas venu me voir… Peut-être qu'il n'est pas loin.

– Tu l'as vu récemment ?

Elle éclate de rire. Le nuage de ses cheveux se déplace autour de son visage, cela lui donne un air angélique. Je suis parfois frappée par sa beauté et à en juger par le bleu profond et le violet tourbillonnant dans ses crêtes, Va'Raku ressent la même chose.

Son regard croise le mien et il se redresse. Ses couleurs s'éteignent d'un seul coup, mais j'ai le temps de percevoir une ombre fugace de gêne. Je souris. Heureusement, Kiki n'a pas remarqué notre interaction.

– Tiens, tiens. Est-ce que je l'ai vu..?

Je fronce les sourcils.

– Pardon ?

Elle lève les yeux au ciel.

– Cela fait deux solaires que Lémoria l'a laissé partir. Il est toujours gravement blessé, mais il est déjà venu nous voir, Miari et moi, une douzaine de fois chacune. Il a organisé trois réunions avec Raku et Va'Raku. Bon sang, il en a des *projets* !

– Pourquoi ne m'a-t-il rien dit ?

Kiki m'offre un grand sourire en guise de réponse. Alors que je scrute son visage, l'auvent carrelé au-dessus de la porte d'entrée de Miari jette une ombre sur son expression. Elle tend la main vers la poignée en métal rose.

– Je pense qu'il vaut mieux que j'attende pour répondre à cette question. Viens, Svera, finit-elle tout de même par expliquer.

Elle bouillonne d'énergie. je n'arrive toujours pas à me faire à l'idée que je me trouve face à une femme qui n'a pas parlé pendant plus de deux rotations, une femme qui s'est battue, non pour tuer, mais pour mourir. Une femme que j'ai vue tomber si violemment que j'ai bien cru que je n'aurai plus jamais la chance de la revoir. Aujourd'hui, pourtant, elle regarde le monde comme si elle se trouvait à son sommet, comme si tout était beau et parfait.

Son aura me porte et lorsque nous entrons dans la maison, j'ai déjà oublié ma colère. En entrant, je n'ai pas l'impression d'être dans un centre pour guerriers endurcis qui se réunissent pour planifier des batailles. Non, dès mes premiers pas dans la pièce, je suis enveloppée par l'odeur enivrante de pain de canne et de racine cuit au four.

C'est le plat préféré de Kiki.

– Peste d'étoiles ! Miari, est-ce que c'est du pain de canne et de racine ?

Kiki se dirige vers la cuisine sur la gauche. Sans attendre la réponse de Miari, elle se penche sur le plateau et inspire profondément.

– C'est bien ça, dit Miari en descendant le long couloir dans une robe couleur crème qui virevolte autour de ses pieds.

– J'adore ça !

– Je sais.

Elle me fait un clin d'œil et ses dents brillent dans son visage rouge. Je regarde les xub'Rakus rassemblés à droite. Ces créatures se réunissent d'ordinaire dans la salle de guerre d'Illyria dans la plus grande austérité. Ils sont aujourd'hui méconnaissables.

C'est la présence du bébé qui fait *toute* la différence.

Dora est actuellement dans les bras de Xa'Raku et, même si le souverain de Thrax est connu pour être le plus proche conseiller de Raku, ce dernier, complètement stressé, le surveille, penché sur son épaule.

– Attention, murmure-t-il lorsque Xa'Raku tend la petite vers Islu'Raku.

Elle lui prend le bébé et le montre à Xhen'Raku, qui roucoule et caresse le côté de sa joue douce et violette.

– Attention ! aboie-t-il encore. Tu n'as pas émoussé tes griffes.

– Je les ai émoussées, Raku, murmure Xhen'Raku. Du calme.

Raku grogne et Xa'Raku se met à rire avant de se tourner.

– Svera ! Nous sommes si heureux que tu sois présente et en bonne santé. Viens s'il te plaît. Assieds-toi, s'écrie-t-elle.

Non, vraiment, cette pièce n'a plus des allures de salle de guerre.

Tous les xub'Rakus finissent par prendre place autour d'une énorme table en bois brut. Je m'assieds entre Miari et Xhen'Raku. Cette dernière finit par me proposer le bébé quand elle me voit la fixer. Raku, qui se trouve de l'autre côté de Xhen'Raku, semble sur le point de perdre la tête en voyant le bébé passer de mains en mains et s'éloigner de lui. Cependant, lorsque je berce Dora, Miari attrape les deux mains de Raku et les lui met sur les genoux.

– Elle est de la famille, lui dit-elle. Calme-toi.

– Je ne sais pas comment tu fais pour rester aussi calme, répond Raku en grognant.

Il se penche vers Miari quand elle incline son visage vers le sien. Ses épaules s'affaissent, elle sourit. Ils s'embrassent passionnément. Je sens une rougeur monter dans mon estomac. J'ai envie de voir Anand. S'il a programmé tant de réunions, pourquoi n'est-il pas là maintenant ?

– Ce n'est qu'une réunion de xub'Rakus, affirme Kiki.

Un instant, je panique à l'idée d'avoir demandé où se trouvait Krisxox à voix haute. Mais il n'en est rien, elle ne fait que me présenter cette version étrange et totalement humaine d'une réunion dans une salle de guerre extraterrestre.

Puis je comprends.

– Pardon ! Dois-je attendre dehors que la salle soit ouverte aux civils ?

– Nox, répond Raku en s'éloignant de sa femelle.

Il s'appuie sur les oreillers empilés derrière lui. Ils sont alignés dans la pièce et recouvrent le sol. L'oreiller sous moi est en soie de catacat écrasée. Il est si doux qu'il agit comme un baume apaisant contre la peau brûlée de mes jambes.

Il prend une inspiration, puis expire. La pièce est maintenant silencieuse. Je me trouve dans *la salle de guerre*. Je me crispe, je ne suis pas à ma place ici.

Toutefois, je n'ose pas me déshonorer en interrompant le Raku quand il commence.

On n'entend plus que le léger bruissement de deux femelles appelées Kuana et Kuaku. Toutes deux sont des guerrières en formation sur Nobu; mais ce sont aussi les assistantes de Kiki. C'est, sur Nobu, une position très convoitée.

Elles offrent des tasses de thé de morelle aux xub'Rakus rassemblés. Il est bon et accompagne bien le pain de canne et de racine, mais il n'est pas aussi savoureux que celui de ma mère. Rien ne vaut ce thé-là.

– Le Krisxox de Voraxia nous a fait le récit de vos aventures, cependant, avant de commencer, j'aimerais vous écouter, Svera.

Je hoche la tête.

– Bien sûr.

Je commence par le moment de la naissance de Dora en jetant un coup d'œil à la petite, qui est toujours dans mes bras. Je l'écoute ronfler comme une petite vieille. Cela me fait sourire et je ne suis pas la seule; autour de moi des couleurs soulignent une certaine allégresse, même si je sens que ces êtres puissants n'y sont pas habitués.

Finalement, j'explique ce qui nous est arrivé à Krisxox et à moi. Je décris notre heureuse rencontre avec l'hybride, et ce que j'ai appris de mes parents ainsi que de Mathilda et Deena. Mes paroles provoquent le silence. Il n'est interrompu que par les grognements de Dora, qui se transforment rapidement en pleurs. Je la repasse à Miari dont les seins sont déjà dénudés. Elle soulève le bébé sur l'un d'entre eux. À cette vue, Xa'Raku rougit d'un vif embarras.

– Mes respects, Rakukanna, s'excuse-t-elle. C'est un spectacle magnifique et surprenant. La façon dont vous alimentez cette petite est… magique. Ce n'est pas une chose pour laquelle nous, les femelles voraxianes, sommes biologiquement faites.

Les Voraxianes possèdent des mamelons durs et des poitrines plates, elles n'allaitent pas. Elles nourrissent leurs bébés avec de la nourriture en purée dès le premier solaire. Dora , elle, boit avec délices le lait de Miari.

Dieu est grand.

Miari sourit en réponse et baisse les yeux sur sa fille, qui tète doucement.

– J'aimerais juste que ce ne soit pas si douloureux.

– Mes parents ont un baume pour lutter contre cette douleur. Je vais en chercher pour toi après la fin de notre réunion, lui dis-je.

– Merci. Ce serait vraiment un soulagement.

La sincérité de ses paroles me touche. Je peux voir les poches sous ses yeux et lire l'épuisement dans sa façon de se tenir. Elle est exténuée, comme toutes les nouvelles mères. Son statut ne change rien à cela.

– Tu es une guerrière ! dit Kiki de l'autre côté du cercle.

Miari fait une grimace, baisse les paupières et sourit maladroitement.

– Merci, Ki… euh… Va'Rakukanna.

Kiki penche sa tête en avant. C'est ce qu'elle a chuchoté à Miari tout au long de l'accouchement : « Tu es une guerrière. Je suis si fière de toi. »

Raku se racle la gorge, son bras se resserre autour de sa compagne et de sa petite.

– Conseillère Svera, je vous remercie pour ce que vous avez fait pour ma Rakukanna et pour ce que vous avez fait pour votre peuple. Nous avons beaucoup discuté depuis que nous avons appris la trahison de Mathilda et sa disparition. Nous nous sommes longuement penchés sur la question de la gestion de cette colonie. Notre première idée était de rattacher la colonie à Cxrian et, une fois qu'un nouveau Bo'Raku serait choisi, de le laisser gouverner cette colonie lunaire.

Par toutes les comètes, quelle horrible idée ! Je me mords les lèvres, mais mon corps entier est secoué.

Raku penche la tête en avant et sourit.

– À en juger par votre expression, je sens que ce n'est pas le choix que vous feriez pour votre peuple.

– Nox, je n'opterai pas pour ce choix.

Il faudra me passer sur le corps.

Les lèvres de Raku se crispent, et pendant un moment, j'ai peur de l'avoir offensé.

– C'est avec la même horreur que vos proches m'ont regardé lorsque j'ai fait cette suggestion devant eux. Ma Rakukanna et moi avons alors déterminé que ce ne serait pas une solution acceptable. La solution acceptable, cependant, était évidente. Il a suffi que Krisxox la suggère le jour où il vous a ramenée, pour que je m'en rende compte.

Raku me fixe du regard.

– Putain de xok, je chuchote juste avant de poser mes mains sur ma bouche.

Miari et Kiki éclatent de rire.

De légers gloussements se font entendre tandis que je regarde autour de moi tous ces gens rassemblés, tous ces xub'Rakus réunis.

– Vous voulez dire…

Ma poitrine se serre. Tous mes maux disparaissent. Ou peut-être s'enflamment-ils. J'ai l'impression de courir en hurlant, de tomber la tête la première dans une falaise. *J'ai l'impression qu'Anand est en bas, pour s'assurer que je vais bien.*

C'est lui qui a suggéré ceci.

Mon cœur commence à battre la chamade.

– Hexa, dit Raku. Ma Rakukanna et moi aimerions vous nommer Hu'Raku. Vous serez l'égale de tous les autres xub'Rakus et vous gouvernerez la colonie lunaire humaine comme une planète indépendante et semi-autonome au sein de la fédération voraxiane. Vous ne rendrez de comptes à personne d'autre qu'à moi-même et à ma Rakukanna. Elle vous conseillera sur vos budgets tandis que Xhen'Raku continuera de superviser la protection de la colonie jusqu'à ce que nous vous ayons équipé de vos propres xcléranx. Hu'Raka sera responsable de la sélection desdits xcléranx et le fera à partir des nouveaux guerriers qu'il forme depuis la base établie ici.

Mon visage se tord de confusion. Kiki intervient :

– Elle n'est pas encore au courant, Raku. J'avais prévu de lui montrer le terrain après cette réunion.

– Alors ce sera fait, répond Raku.

Boum. Boum. Boum.

Mes cœurs se serrent. Mes cuisses sont serrées l'une contre l'autre. Mes paumes sont en sueur.

– Hu'Raka ? je bégaie.

Il me faut deux essais pour prononcer ce mot et je le fais en rougissant. Je ne suis pas habituée à bégayer ainsi.

Miari hoche la tête et passe Dora à Raku, qui pose facilement le bébé sur son épaule. Dora semble incroyablement petite dans ses mains. Elles sont entièrement dépourvues de griffes lorsqu'il lui fait tendrement faire son rot.

– Oui. Raka est l'équivalent masculin d'une Rakukanna. Krisxox prendrait votre titre. Il l'a déjà accepté.

Il a déjà accepté le titre.

– Il n'attend que vous.

Il n'attend que moi.

Boom, boom, boom, BOOM.

Oh non. Le Xanaxana est là… *Je peux sentir sa puissance s'abattre sur moi.*

Je frissonne de partout alors qu'une chaleur sanguinaire s'épanouit entre mes hanches. J'attrape mon thé et essaie de me changer les idées en me concentrant fortement sur son goût. Il est froid maintenant, j'ai attendu trop longtemps pour le boire.

Je ferme les yeux et pense aux plaines froides de Nobu, à Tur'Roth qui fouette Krisxox et à cet horrible insecte surdimensionné qui le poignarde une fois, puis une autre. Je pense à Ashmara et à sa chute du ciel dans cette horrible boîte, mais rien de tout cela ne m'épargne la montée de feu qui me mouille sous la taille.

Mes lèvres inférieures se serrent et je gémis. Ma main renverse le thé et tous les mâles de la pièce se lèvent brusquement et commencent à s'éloigner.

Miari et Kiki se regardent, confuses, tandis qu'Islu'Raku se racle la gorge et se dirige d'un pas saccadé vers la porte.

– Si cela ne vous dérange pas , je vais prendre congé…

Il sort rapidement de la pièce tandis que Va'Raku attrape Kiki par le bras et lui chuchote à l'oreille.

Ses yeux s'écarquillent au moment où une autre de vague de chaleur m'enflamme. Il me semble que je brûle, je m'exclame :

– *Putain de xok !*

– Putain de xok, grommelle Raku, en se relevant d'un bond.

Il attrape Miari et commence à la tirer dans le couloir tandis que ses crêtes s'enflamment de couleur lavande.

Kiki se précipite à mes côtés et me murmure à l'oreille :

– On va te sortir d'ici.

– Emmène-moi voir Krisxox. S'il te plaît.

– Ok, ok. Viens.

Elle me remet sur pied et me tire vers la porte d'entrée.

– Vous pouvez tous disposer ! aboie Raku par-dessus son épaule depuis le hall où il continue de briller en lavande.

Juste avant qu'il ne disparaisse et juste avant que tout mon corps ne se déforme, je crie :

– J'accepte le poste de Hu'Raku !

– Bénies soient les étoiles ! crie Miari.

Kiki rit et me traîne dehors sous le soleil. Une flèche est décochée dans mon estomac et elle est dirigée vers Krisxox, un mâle autrefois plein de haine, comme elle l'était.

Peut-être que la haine n'existe pas, peut-être qu'il ne s'agit que de jardins qui n'ont pas encore été entretenus.

Où que je mette les pieds, une fleur pousse. Xana accorde enfin la paix à mon Xaneru et apaise mon âme.

Le Xanaxana est complet. Ou plutôt, il le sera très vite. J'ai juste besoin de lui.

– Krisxox !

Ma voix est assurée, je sais qu'il viendra pour me sauver.

Il le fait toujours.

23

Hu'Raka

L'humain appelé Jaxal et moi, nous avions des avis complètement opposés. Il détestait les Voraxians jusqu'à ce que son Xanaxana brille pour une femelle de Nobu, Lisbel. Quant à moi, je détestais les humains jusqu'à ce que Xana me donne un coup de poing au visage et me fasse tomber, détruit, à cause du combat stupide que je m'acharnais à mener. Jaxal et moi, nous étions dans des situations inverses. Jusqu'à maintenant.

– Prends le relais, je lui dis en me dirigeant vers les plus jeunes combattants qui s'entraînent ici.

Ce ne sont que des enfants, mais ils ont passé tout leur temps à me regarder dans le périmètre du terrain d'entraînement. J'ai moi-même commencé à m'entraîner dès mon plus jeune âge. Pourquoi ne pas les laisser faire ?

Jaxal me fait un signe de tête, puis crie :

– En garde !

Il frappe son poing gauche en avant, puis se baisse et fend l'air avec son bâton d'entraînement.

Je lui ai montré un nouveau mouvement défensif au cours des deux derniers solaires. Juste après avoir défriché cette vaste étendue d'herbes folles juste à l'extérieur du dôme de Droherion et juste après avoir fait de ce nouvel espace nos terrains d'entraînement. Il maîtrise déjà globalement ce nouveau mouvement, je suis donc sûr qu'il sera un bon maître pour les cinquante autres chasseurs rassemblés ici. Trente d'entre eux sont humains. Vingt d'entre eux sont mes disciples. Parmi eux, la moitié sont des Drakeshs. J'ai éliminé ceux comme Vendra. J'ai fait partir tous ceux qui auraient pu nuire aux humains. Je ne tolérerai pas cette insolence et je ne supporterai pas cette menace, pas quand il s'agit du bien-être ou du bonheur de mon âme sœur Xiveri.

Les soldats suivent ses mouvements et les miens. Ils n'auraient pourtant jamais pensé voir un jour un capitaine d'entraînement humain de leur vie. Ils feraient mieux de s'y habituer. Je ferais mieux de m'y habituer aussi. Parce qu'au fond, je suis aussi surpris qu'eux.

Je me déplace vers le bord du dôme où les jeunes combattants s'entraînent. Je les ai postés ici au cas où nous serions attaqués par l'une des créatures de cette colonie lunaire. Après avoir combattu, ils pourront revenir à l'intérieur grâce aux moteurs de vie qu'ils ont incorporés dans leurs poignets.

Je m'approche ensuite du garçon appelé Mahmoud et lui prends son bâton. Je lui donne à la place un bâton d'entraînement émoussé aux deux extrémités et plus solide que son bâton. Je lui montre, ainsi qu'aux autres jeunes, comment tenir ces nouvelles armes. Il y a plus de jeunes filles que de jeunes garçons. Cela ne me surprend pas.

D'après ce que j'ai pu voir, les femelles humaines n'ont pas froid aux yeux. Elles peuvent être aussi braves que cruelles. Toutes autant qu'elles sont. *Et l'une d'elles encore plus que les autres…*

« *Krisxox…* »

Je me crispe et lève les yeux, mais il n'y a rien, ni personne. À l'exception de mes guerriers, personne ne foule le sable. Il n'y a rien, en dehors de la brûlure dans ma poitrine. Il n'y a rien; rien que mes blessures, qui ont du mal à guérir car je ne prends pas le temps de me reposer ou de me ménager. Il n'y a rien, rien de rien, si ce n'est le cœur solitaire dans ma poitrine, qui bat, bat et bat encore.

« Krisxox ! »

Je retiens ma respiration avant de gémir. Je me mets à courir. J'ai l'impression d'avoir perdu la tête. J'aboie des ordres aux guerriers en formation, puis j'entre dans le dôme.

Je ne serai pas de retour pour le reste du solaire. Peut-être que je reviendrai le suivant. Ou celui d'après…

– Que s'est-il passé ? je rugis.

La Va'Rakukanna soutient Svera qui s'appuie lourdement sur elle. Svera se tend vers moi, sa main est comme une griffe alors qu'elle s'agrippe à mon épaule. Et là, je comprends.

– Putain de xok…

L'odeur de son excitation me submerge comme un raz-de-marée.

– Hum… Ouais. On vous laisse gérer ! crie la Va'Rakukanna par-dessus son épaule.

Elle court déjà vers Va'Raku, posté à une dizaine de pas de là. Lorsqu'elle l'atteint, elle se jette dans ses bras et ses crêtes explosent d'un violet foncé tandis qu'il l'emporte vers la colonie.

Je respire fort. Mon xora est serré dans mon kilt de combat, il lutte pour en sortir. Svera passe ses bras autour de mon cou et tente de passer ses jambes autour de mes hanches, mais sa tenue est trop étroite.

– Anand, gémit-elle. J'ai besoin de toi. S'il te plaît…

Sa poitrine se soulève. Ses yeux sont brillants et larmoyants. Je peux sentir la tension qui irradie son dos et ses bras. L'intérieur de ses cuisses tremble.

– Putain de xok. Est-ce que c'est le..?

Elle hoche la tête.

– C'est le Xanaxana. Je pense… Je pense que ça pourrait être le lien final.

Elle est dans mes bras et je suis en train de courir. Je cours dans les rues denses de la colonie.

– Pourquoi maintenant ? je demande en courant.

– Hu'Raka… répond-elle.

J'essaie de garder mon corps aussi droit que possible pour la ménager pendant que je cours.

– Hu'Raka ? Est-ce que ça signifie que tu as accepté ton titre ?

– Hexa. Mais seulement parce que tu as accepté le tien. Tu vas prendre le titre d'une humaine ?

– Tu plaisantes ? Bien sûr ! Mon âme sœur xiveri est humaine et elle est xub'Raku de Voraxia. Je vais prendre son titre, et plutôt deux fois qu'une.

– Aïe ! crie-t-elle.

Ses cuisses se resserrent. Je passe ma main sous son cul, à la recherche de son humidité. Ce simple mouvement fait pulser mes blessures, mais Lemoria m'a bien pansé; ça ira. *Rien ne m'empêchera de satisfaire son lien Xiveri maintenant.*

– Où est-ce qu'on va ? demande-t-elle.

Sa voix vibrante manifeste une certaine tension. Elle se rapproche encore plus de moi, et frotte ses seins sur ma poitrine plaquée.

– On ne peut pas aller chez mes parents ! s'écrie-t-elle lorsque j'emprunte un chemin qui lui est sûrement familier.

Des maisons en bois se trouvent d'un côté de la route, des cabanes en tôle de l'autre. Les cabanes en tôle vont *disparaître*. Je déteste les voir là et Raku aussi. C'est dans l'une de ces habitations branlantes que vivait autrefois sa Rakukanna; dans l'un de ces petits espaces à l'abandon, complètement exposé à la rigueur des éléments. Je n'aime pas beaucoup plus les maisons en adobe, mais elles ont au moins une isolation naturelle qui protège leurs occupants des lunes glaciales et des soleils brûlants.

Je passe devant la maison de Svera sur la droite et m'approche de la prochaine maison de la rangée.

– Nous n'allons pas chez tes parents.

– Verax…

– Nous allons chez nous.

J'ouvre la porte d'entrée d'un coup de pied et me glisse à l'intérieur.

– Cette maison appartenait à une famille humaine… je poursuis.

– Hexa, bien sûr. C'était la maison de Sansar et de sa famille. Où…

– Ils sont dans l'ancienne maison de Mathilda maintenant. Ils ont déménagé et j'ai pris celle-ci.

– Pourquoi tu n'as pas pris la maison de Mathilda ?

Elle lève les yeux vers moi alors que je l'allonge sur le divan de la pièce du fond. Il n'est pas aussi confortable que le nid que je lui avais fait à Qath, mais ça fera l'affaire.

Le tapis de prière brûlé, sale et abîmé, est accroché au mur près de l'unique fenêtre. Svera le fixe du regard. Plus elle l'observe, plus sa poitrine se soulève.

– Mon Dieu, murmure-t-elle.

– Hexa, je réponds. J'ai choisi cette maison parce qu'elle est plus près de celle de tes parents.

Je retire mon kilt et son regard se pose immédiatement sur mon xora.

Elle pousse un soupir et retire le voile qu'elle utilisait pour se protéger du soleil. Avant qu'il ne tombe complètement par terre, je l'attrape.

– La première chose que ton Raka fera pour toi, c'est de faire pousser des putain de xok d'arbres sur ce rocher maudit. Je ne veux pas que tu souffres parce que tu es rose.

Elle cligne des yeux, surprise; puis elle sourit malicieusement.

– Je croyais que tu aimais mes parties roses.

Sa tenue glisse le long de ses cuisses pour révéler la fleur brune et rose à la jonction de ses jambes. Je saisis mon xora. Je tente de le calmer, mais quelques gouttes perlent déjà à son extrémité. Elles brillent et ne demandent qu'à être léchées.

– Anand, s'il te plaît…

– Hexa, Svera, je réponds en caressant mon xora de plus en plus vite. Qu'est-ce que tu veux ?

– Emmène-moi dans le jardin.

Mes crêtes explosent de toutes les couleurs. Elles rayonnent dans la faible clarté de la pièce. L'obscurité n'est troublée que par une unique fenêtre. Ce petit rectangle surplombe le vide de ce monde rouge et brun, cette désolation tranquille qui explose de vie. Quelle terre de contrastes, quelle terre de contradictions ! Elle est comme ma Svera, comme cette femelle humaine qui s'offre à moi en imprégnant l'air de son odeur, en répandant les arômes de son excitation salée et sucrée partout, à la fois douceur, et cruauté.

– Et moi qui pensais que ton Dieu détestait ça.

Svera déglutit mais elle ne détourne pas les yeux.

– Mon dieu croit qu'il faut faire le plus de bien et le moins de mal possible. Il nous enseigne que tout va bien tant qu'on ne fait de mal à personne. Il nous apprend que l'on doit traiter les autres comme on souhaite être traité.

– Et c'est comme ça que tu souhaites que les autres te traitent ?

Elle hésite. Elle sent que mon ton est menaçant.

– Hexa.

Elle écarte les jambes un peu plus et dit :

– C'est ce que je veux.

– Enlève ta tenue.

Elle n'hésite pas à la faire passer par-dessus sa tête, révélant un corps sur lequel j'ai fantasmé ces dernières lunes, pendant que je dormais seul ici. Tout ce que je voulais, c'était... C'était...

Je me mets à genoux entre ses jambes alors qu'un désir sauvage s'empare de l'arrière de mes jambes et remonte le long de ma colonne vertébrale. Je positionne mon sexe tendu face à son intimité chaude et savoureuse, puis je place ma main sur sa nuque.

Je croise son regard. Juste avant de m'enfoncer brutalement en elle, juste avant de pénétrer sa chaleur serrée, délirant d'excitation, je souffle :

– Personne ne peut te traiter comme ça à part moi.
Personne ne peut te vénérer comme je le fais. Tu es à
moi, Svera. C'est moi qui te protégerai, c'est moi qui te
prendrai. Et je te jure que je passerai chaque solaire du
reste de mon existence à me racheter pour mes erreurs
passées. Je t'*aibe*.

Elle me sourit et passe ses ongles sur ma poitrine,
mais au moment où elle ouvre la bouche pour parler, je
glisse en elle.

– Putain de xok ! s'écrie-t-elle.

J'éclate de rire. Elle se contracte autour de mon xora.
Cela me donne le vertige. Je passe ma langue sur son
cou, je caresse ses seins, je suce ses tétons, j'attends que
son petit corps s'adapte à la circonférence de mon xora.

Je commence à bouger d'avant en arrière. Mes
cheveux blancs se répandent sur les couleurs sombres en
dessous d'elle : elles proviennent d'un tissu qui a la
même teinte brun-rouge poussiéreuse que le paysage de
la colonie. Il faut trouver un nom à cette lune. Je compte
y habiter et je veux pouvoir la nommer. Je pense aux
couleurs et aux contradictions. Je pense aux nuances de
rouge, de brun, de pêche, de violet et de bleu qui
emplissent ma vie. Ces couleurs sont différentes les unes
des autres, mais ces différences ne comptent pas; ce qui
importe, c'est ça.

Je pose ma main sur sa poitrine où bat son unique
cœur et je sais tout ce que j'ai besoin de savoir sur elle.
J'y perçois ce que j'ai vu dans son regard, dès notre
première rencontre.

J'y lis une imperfection qui correspond à la mienne.

Elle remplit tous mes vides et mes brisures.

Et je remplis les siens.

Ainsi, ensemble, nous sommes entiers.

– Svera…

Je peine à parler. Une avalanche de cet *amoore* s'écrase sur ma tête. Je ne suis qu'un œuf brisé et tout mon être vient de se répandre. Mes crêtes illuminent son visage. Ses yeux scintillent, illuminés par mes couleurs.

– Plus fort ! s'exclame-t-elle en s'accrochant à mon cou.

Je sens qu'elle va jouir, je sens qu'elle est déjà aspirée par la spirale qui va nous emporter… Je change à nouveau d'angle, je me laisse tomber plus en avant sur son corps et je fais tourner mes hanches contre les siennes en ondulant. Ainsi, mon abdomen appuie sur son *clitoris* sensible à chaque fois que je pousse. Mes mains parcourent son corps et les siennes font de même.

– Je ne vais pas tenir plus longtemps, Svera, je grogne. Tu me détruis.

Elle croise mon regard avec un sourire sanguinaire et murmure :

– Je ne fais rien de tel. Il n'y a que le jardin.

Nous nous séparons pour nous retrouver encore et encore sous les draps. Nous passons toute la lune à assouvir notre passion, à nous soumettre aux ordres de Xana. Ce n'est qu'au moment où la lumière d'une autre lune de Cxrian filtre à travers la fenêtre solitaire et éclaire le tapis de prière toujours couvert de terre et de sang accroché au mur, que Svera expire enfin avec satisfaction. Elle semble rêveuse.

Je me penche et embrasse le sommet de sa tête. Je la serre dans mes bras.

– Tu n'as pas mal ? je demande doucement.

– Nox, expire-t-elle contre ma poitrine. Tout est parfait dans le jardin.

– Xhivey.

Elle me donne soudain une pichenette.

– Aïe !

– Ça c'est pour m'avoir tenue à l'écart du jardin ces deux derniers solaires. Où étais-tu ?

– Je ne t'ai pas abandonnée, je grommelle.

– Mais je ne savais pas où tu étais. Et je voulais être ici avec toi.

Elle place sa petite main entre mes deux cœurs, là où le sien a élu domicile.

Je lui dis la vérité.

– Je voulais te faire la cour.

– Tu voulais ?

– Oui. Comme tu as pu le voir, je préfère te faire l'*amoore*, je ne peux pas te résister.

Sa tête retombe sur son cou et elle rit fort.

– Xhivey. Alors à partir de cet instant, nous ne nous séparerons plus jamais.

– Jamais. Nous resterons ici, dans le jardin. Je suis ici chez moi.

– Moi aussi. Mais je veux toujours à être courtisée.

– Et baisée ?

– Et baisée.

Je glousse.

– Je suppose que j'ai du pain sur la planche, alors.

– Tout à fait. C'est ça, la vie d'un mari.

Je souris et baisse les yeux vers elle.

– Dans ce cas, *flame*, je suis honoré.

Je caresse ses cheveux pour les éloigner de son visage.

Un peu plus tard, alors que je suis toujours éveillé et que ses yeux commencent à se fermer, je murmure :

– Je pense avoir trouvé un nom pour ta colonie humaine.

– Verax.

Endormie, elle se lèche les lèvres. Je me penche, je les embrasse et je réponds :

– Je pense que tu devrais l'appeler Heimo.

Soixante solaires plus tard...

24

Hu'Raku

La lune est sur nous et le deuxième soleil commence à se coucher mais malgré cela, le vent qui souffle est encore chaud. Je me tiens sur la crête de la colline, le regard perdu à l'horizon, vers les fragments de collines de screa noir où errent les khruis. Ils restent de leur côté de la colonie et nous restons du nôtre, même s'il n'y a plus de dôme. Nous n'en avons pas besoin. Pas avec les nouveaux guerriers en formation qui sont venus vivre ici pour être près du Hu'Raka – qui fait toujours office de Krisxox. Raku n'a pas encore nommé de remplaçant adéquat. Il prétend que personne d'autre ne ferait l'affaire malgré les protestations contraires d'Anand. Au fond, il sait que le Raku a raison mais il s'obstine.

– À quoi tu penches, ma flame ? demande Anand lentement.

Son accent est encore… très particulier, mais il fait des progrès en humain…

Quelques progrès.

Mon frère enseigne l'humain à Krisxox chaque jour avant la première prière. Mon frère, ma mère, mon père et moi faisons la première prière ensemble pendant que Krisxox nous prépare le premier repas. C'est un cuisinier extraordinaire.

À partir de là, je commence mes fonctions de Hu'Raku. Je me plonge à corps perdu dans les budgets, les chiffres et l'organisation des récoltes. La construction du biodôme qui nous permet de diversifier nos cultures et le labourage du sol de la colonie sont des priorités absolues. Parmi tous les arbres que nous avons essayé de planter, certaines espèces ont fleuri.

Nous n'avons pas eu de chance avec les werros, mais certaines arabettes, plus frêles, ont réussi à s'adapter au sol de la colonie et sont maintenant luxuriantes. Ce sont des sources bienvenues d'humidité et d'ombre. Anand secoue encore son poing vers les soleils chaque fois que je rougis un peu, mais c'est un début.

Il y a aussi beaucoup de maisons à construire. On démolit les vieilles maisons branlantes de la colonie et on réaménage les maisons en adobe pour en faire un « vieux » centre ville où l'on trouve maintenant des boutiques et des cafés en abondance.

C'est beaucoup de travail mais je ne me verrais pas faire autre chose. Ce que j'aime par-dessus tout, c'est échanger avec mes amis et mon Hu'Raka quand je rentre à la maison retrouver Anand, après une longue journée.

Je souris et secoue la tête quand il m'enlace pour m'attirer contre sa poitrine. Il se penche, comme d'habitude, à la recherche de mes lèvres.

Quand il m'offre les siennes, je lui rends son baiser, en passant mes bras autour de son cou. Nous sommes l'un contre l'autre, bercés par la brise. Anand s'éloigne juste assez pour me regarder. Je supporte mal la tendresse qui se dégage de son expression. Ces jours-ci, je suis sensible à chacune de ses émotions et le résultat est toujours le même. Il me regarde, de l'émerveillement dans ses crêtes, et des larmes se mettent à piquer le fond de mes yeux.

Il se renfrogne et me prend dans ses bras pour un nouveau câlin tandis que je ris.

– Je ne peux pas m'en empêcher. C'était un solaire tellement émouvant.

– C'est vrai, souffle-t-il dans mes cheveux. Aujourd'hui, tu es devenue mienne. Pour de bon.

Je respire son parfum. Il est tout sucre et chaleur, comme du caramel rôti sur le feu.

– C'est le jour de notre mariage.

Il se crispe quand je dis ça.

– Je n'arrive toujours pas à y croire.

– Verax. Tu n'arrives pas à croire que tu sois marié à une humaine *et* baptisé dans la religion du triple Dieu ? C'était ton idée, je te ferais remarquer. Nous n'étions *pas* obligés de faire un mariage religieux, j'aurais accepté…

– Nox. Nox…

Il incline son visage vers le mien et je le laisse m'embrasser autant qu'il le souhaite.

– Bien sûr que non. Je n'arrive pas à croire que j'ai maintenant le droit de t'appeler ma *flame*. J'aime ce mot. Il montre à quelle point tu es… puissante.

– Femme.

– C'est ce que j'ai dit.

Je lève les yeux vers lui.

– Je ne suis pas si puissante.

– Tu plaisantes ? Quand on a trouvé Mathilda, tu l'as immédiatement fait exiler à Kor !

Je grimace en entendant cela.

– C'était mieux que de la tuer.

– À peine… Elle sera dévorée vivante là-bas.

Cela semble l'amuser. Je lui donne une petite tape sur l'épaule gauche car la cicatrice sur son épaule droite a encore l'air douloureuse.

– Tu ne devrais pas t'en réjouir autant.

– C'est ce que ce putain de xok de serpent mérite et je ne pourrais pas être plus ravi ! s'écrie-t-il.

Un tel désir de vengeance ne correspond pas exactement aux enseignements du triple Dieu mais…

Qui s'en soucie ?

Le triple Dieu est indulgent.

– Tu aimes trop les châtiments…

– Peut-être, mais dans le cas de Mathilda, c'est plus que justifié après ce qu'elle t'a fait et ce qu'elle a fait aux autres femmes.

– Et ce qu'elle a fait à Deena.

Je soupire. Je me demande où est Deena. Je me demande si elle a pu échapper aux Niahhorrus et si elle est en sécurité.

Krisxox essaie de me rassurer en me rappelant que c'est une femelle intelligente et qu'ils ont envoyé un mot à tous les quadrants pour les alerter et leur demander de signaler sa présence si elle était retrouvée, mais jusqu'à présent… toujours pas de nouvelles d'elle. Puisqu'elle n'est pas revenue ici, j'espère qu'elle a pris les coordonnées que je lui ai données et qu'elle a trouvé les autres humains. Ils prendront soin d'elle, c'est sûr.

– Tu es ailleurs… Reviens-moi, ma *flame*.

– Femme.

– Ma petite *flame*… reviens vers ton petit *népou*.

Je grimace et je ris à nouveau.

– Hexa, tu es mon époux.

– Dis-le encore.

– Époux.

– Népou.

– Oui, voilà.

Il sourit et passe sa main dans le dos de ma robe. Elle est blanche avec des manches longues mais la traîne est déjà rouge et marron à cause de toutes nos danses sur le sol en terre battue.

Miari et Kiki ont quasiment organisé seules la cérémonie et tout s'est merveilleusement bien passé. Des centaines de personnes, venues de toutes les planètes du Quadrant 4, étaient présentes.

– J'ai adoré te confesser mes vœux ce solaire.

Il me sourit et ses crêtes deviennent légèrement jaunes. Il est un peu embarrassé.

– Hexa.

Il se lèche les lèvres.

– J'ai aimé cette partie, reprend-il.

– J'ai aimé quand tu as parlé d'amour. De heimo. C'est un nom parfait pour cet endroit.

– Je te l'ai dit, j'ai toujours raison.

Je lui donne un coup de coude dans l'estomac et il rit.

– Je n'arrive pas à croire qu'on soit revenus ici.

Je regarde les sables et l'immense pavillon où Voraxians, humains et Drakeshs dansent encore.

– Nous sommes de retour à notre point de départ.

– Nox, mon âme sœur Xiveri, dit Anand en faisant glisser sa paume sur mon ventre où battent les deux petits cœurs de nos jumeaux à venir. Pas exactement.

Merci beaucoup d'avoir rejoindre Svera et Krisxox sur
Heimo! Si vous avez apprécié l'histoire de Svera et
Krisxox n'hésitez pas à me le faire savoir avec un avis
sur Amazon, ou vous pouvez me contacter sur:

Instagram: @estephensauthor
TikTok: @elizabethstephensauthor

Vous pouvez également faire partie de ma mailing list à
<u>www.booksbyelizabeth.com</u>

Croquez la vie à pleines dents, et à la prochaine !
Elizabeth

¤°´*`°¤,¸¸,¤°*°¤,¸¸,Ø

Possédée par un Pirate de Kor
Tome 5 de la Passion Xiveri (Deena et Rhork)

Deena n'a pas l'intention de tomber entre les griffes de Rhorkanterannu, le pirate de l'espace. Elle a l'intention de retrouver les humains du satellite Balesilha et de se joindre à eux. Assurément, elle a pris la bonne décision; mais... que se passera-t-il si l'herbe n'est pas plus verte sur ce nouveau satellite ?

Disponible en livre de poche partout où l'on vend des livres en ligne ou sur Amazon en ebook ou livre relié.

1

Deena

– Allô ?

– Intéressant.

C'est la seule réponse que j'obtiens. Rien d'autre. La voix est aussi basse que froide. Cela n'a rien à voir avec la température glaciale qui règne ici, dans le donjon de Mathilda. Cette froideur est plutôt liée à l'intonation à la fois espiègle et détachée. Il ne s'attendait pas à ce que je prenne contact avec lui. Je sais qui il est, mais lui, il ne sait pas encore qui je suis. Il n'a aucune raison de le savoir. Je ne suis personne.

Mais il est curieux.

Je sais que je devrais retirer la petite perle que j'ai trouvée de mon oreille, mais je ne le fais pas. J'ai été isolée trop longtemps pour me soucier des risques que je pourrais prendre. Je meurs d'envie de parler à quelqu'un, n'importe qui.

– Euh… salut.

– Hmm, répond-il.

Ça ressemble à un soupir. J'ai entendu parler de lui. C'est un monstre; mais sa voix a le goût du péché. *Non…*

« péché » n'est pas le bon mot. Sa voix a le goût d'un autre mot, un mot qui commence par un S et qui rime avec « pecs ». Je souris à cette idée. J'ai beau savoir que c'est mal, je ne peux m'empêcher d'essayer de l'imaginer. *Je veux l'entendre dire autre chose.*

– Tu sais qui je suis, affirme-t-il.

Quoi ? Comment le sait-il ? Peut-il lire mes pensées à travers ce truc ? Merde ! Je ne connais pas cette technologie. C'est la première fois que j'ouvre le canal de communication. Maintenant, il sait ce que je pense et il sait que j'ai volé cet engin. Qu'est-ce qui va m'arriver s'il le dit à Mathilda ?

Je ris, ou plutôt, je grogne. Que pourrait-elle me faire qu'elle n'a pas déjà fait ? Me tuer ?

Oui, c'est en effet une option. Je m'éclaircis la gorge parce que ma voix est toute graveleuse et rauque.

– Euh… Mais… Comment tu le sais ?

– Je peux lire l'identifiant de l'appareil que tu possèdes. Je sais à qui il appartenait puisque je le lui ai donné, mais tu n'es pas elle et, puisque tu ne m'as pas demandé qui je suis, je dois supposer que tu sais déjà qui je suis et que tu l'as volé. Maintenant, pourquoi ne pas te présenter ? La conversation sera beaucoup plus intéressante…

Il semble maîtriser la situation. J'ai l'impression que rien au monde ne pourrait le déstabiliser. C'est comme s'il avait tout prévu. C'est comme s'il connaissait toutes les éventualités et que, quelle que soit l'issue, il avait les moyens d'en sortir vainqueur.

Je déglutis et regarde fixement le plafond. Je suis couchée à plat sur mon lit de camp, mais j'ai la bouche sèche, alors je me redresse et j'attrape la bouteille d'eau que Mathilda a glissée dans ma cellule la nuit dernière.

Elle n'est pas passée depuis et ça fait un solaire complet. Je suppose qu'elle s'est dit qu'une femme aussi dodue que moi pouvait se contenter d'un repas.

– Je… euh…

Je bégaie encore. Je ne sais pas quoi dire. Je n'étais pas sûre que cela fonctionnerait puisque je n'ai aucune idée de ce que je fais et que j'ai acquis cet appareil il y a seulement dix solaires. Peut-être que c'était il y a douze solaires… Ou plus ? Qui sait. Ici, dans cette cage, le temps n'a pas d'importance.

– Je ne pense pas que tu aies besoin de connaître mon nom.

– Très bien. Alors dis-moi ce que tu veux.

– Je, euh…

– Est-ce que le mot « euh » a une signification dans ta langue ? Tu l'emploies beaucoup mais il ne se traduit pas dans la mienne. Peut-être que tu ne t'attendais pas à recevoir une réponse et que tu es un peu perdue.

Merde. Il *peut vraiment* lire dans mes pensées. Je me touche l'oreille en buvant ce qui reste dans ma bouteille d'eau. L'eau dégouline sur mon menton. Je l'essuie avec le dos de ma main et croise un bras sur mon ventre.

Je devrais retirer l'écouteur et le réduire en miettes, mais je n'en fais rien. Je ne suis pas sûre d'être capable de le briser, et en le brisant, je réduirais à néant mon dernier espoir de quitter un jour cette cage vivante. C'est le dernier être avec qui je pourrais avoir une chance de parler, à part Mathilda, et elle, *je préférerais la dépecer plutôt que de lui parler*. Dans mes rêves en tout cas… dans la réalité, je suis trop terrifiée par elle pour faire quoi que ce soit.

– Oui, c'est bien ça, je finis par avouer.

Il ne répond pas tout de suite et je trouve ça plutôt drôle. Je glousse.

– Alors ? C'est toi qui es un peu perdu maintenant ?

– Oui, un peu.

Je ne réponds pas. Je ne sais pas quoi dire, mais je tente quand même une approche:

– Je…

– Que regardes-tu en ce moment ? m'interrompt-il.

La question est inattendue. Inattendue, mais intelligente.

Je peux voir, à travers les murs transparents de ma cellule, les rangées de nourriture que ma *grand-mère* a cachées ici. Je pense au jour où j'ai cassé le verrou de la porte menant à cet enfer, je pense alors au jour où j'ai tout découvert, au jour où elle m'a enfermée ici. Elle ne voulait pas que je dévoile ses secrets et elle savait que je n'aurais pas hésité à le faire. La colonie n'a pas vu de nourriture en abondance depuis des années. Les gens sont affamés à la surface et ma grand-mère a amassé des provisions pour elle seule. Le pire dans tout ça, c'est que c'est l'un des crimes les moins graves que cette créature sournoise a commis. *Non, ce n'est pas une créature, le mot pour la désigner commence par un P et rime avec mélasse.*

Je pourrais lui dire que je regarde des rangées de légumes qui poussent sous des lampes solaires, mais il saurait tout de suite où je suis et je ne sais pas encore ce qu'il sait de ma situation. Peut-être que c'est lui qui a donné toutes ces provisions à Mathilda. Peut-être qu'il est de son côté. Peut-être qu'il lui a déjà dit que j'ai son appareil et que je lui parle alors que je ne devrais pas. Peut-être qu'ils sont de mèche. De mèche. C'est une drôle d'expression. Elle m'a toujours plu cependant. *Ça rime avec… en fait, je ne sais pas avec quoi ça rime… Attends. De quoi on parlait déjà ?*

– De l'eau.

Ma voix se brise alors que je parle. Je m'éclaircis la gorge.

– De l'eau, répète-t-il.

Sa voix est aussi rude et aussi douce que tout à l'heure. Je ne savais pas qu'une voix pouvait être à la fois froide et chaude.

– Intéressant, poursuit-il. De l'eau que tu bois ou de l'eau dans laquelle tu te baignes ?

– Se baigner dans de l'eau ! C'est possible ?

Encore une fois, il hésite.

– Oui, s'il y en a en grande quantité.

C'est incroyable. Je n'arrive même pas à l'imaginer.

– Vraiment ? Où ? Dans de grands réservoirs ?

– Dans beaucoup d'endroits différents. Il y a des grands points d'eau dans la nature, mais pas sur les petites lunes comme la tienne.

Je déglutis. Donc il sait où je suis, mais pas qui je suis. C'est logique.

– Tu… as-tu… euh…

– J'ai décidé que je n'aimais pas le mot « euh ». Utilises-en un autre.

Mes lèvres se plissent. Je souris. Wow. Je fronce alors les sourcils : c'est la première fois que je souris depuis une éternité.

– Je suis désolée si mes manières ne sont pas des plus agréables. Je manque de pratique, je n'ai pas vraiment l'occasion de m'exercer.

– Ah bon ? grogne-t-il.

Sa voix est rauque, très basse. *Mais elle a surtout cette saveur de… Ça commence par un S et ça rime avec Rex.*

J'attrape ma bouteille d'eau. Elle est vide. Il y bien de la buée à l'intérieur mais pas assez pour former quelques gouttes. Mince. Je ne sais pas quand j'en aurai une autre. Je regarde les deux seaux dans le coin. Un pour l'urine, l'autre pour… tout le reste. Si Mathilda ne revient pas bientôt, je suppose que je vais devoir me pencher sur le seau numéro 1 pour apaiser ma soif. Youpi !

– Je ne parle pas à grand monde.

– Tu veux parler des humains, précise-t-il. Tu ne parles pas à beaucoup d'humains.

– Oui.

– Mais tu es humaine.

– Et toi non.

– Centare, répond-il. Je ne le suis pas.

– Centare, je répète. Quelle langue parles-tu ?

– C'est du meero. La langue des Niahhorrus.

Je déglutis. Mes pensées fusent trop vite pour que je les capture toutes. Je m'accroche à la dernière :

– Tu peux m'apprendre à parler meero ?

Il rit. *Il éclate de rire.* C'est étrange parce que comme il n'y a pas de traduction, j'entends juste sa voix. On dirait des notes qui se chevauchent, toutes emmêlées, mais faciles à écouter. C'est apaisant. Mes épaules se détendent le long de mon dos. Je ferme les yeux. Je me contente d'écouter son rire se répéter. C'est comme s'il parlait dans un tunnel et que j'étais la seule à l'autre bout. C'est agréable. Même s'il est pour moi un ennemi. Le monde entier est mon ennemi. Je ne connais pas une seule personne qui soit vraiment bonne. À part ma mère, peut-être. Elle était bonne, elle. Du moins, dans mes souvenirs. Mais peut-être que je me souviens mal. Je n'étais qu'une enfant quand elle m'a été enlevée. Mon père, même s'il avait la même peau foncée que la plupart des humains de la colonie, a succombé à la peste solaire juste après ma naissance. Je ne l'ai jamais connu.

– T'enseigner le meero ? C'est pas comme si j'avais une planète entière peuplée de pirates rebelles à gérer… donc bien sûr, je n'ai que ça à faire.

– Ok, super.

Je décide d'ignorer son sarcasme.

Pendant un moment, je suis confrontée au silence. Je m'attends même à ce qu'il revienne sur son offre manifestement fausse, mais jusqu'à présent, il s'est montré plein de surprises. Je ne sais pas à quoi m'attendre. Il rit à nouveau. Ce rire est si beau que c'en est douloureux. Je suis encore à demi envoûtée quand il reprend la parole et je n'entends pas sa réponse.

– Quoi ?

– J'ai dit que tu allais devoir me donner quelque chose en échange.

Je mordille ma lèvre inférieure.

– Deena, je finis par dire.

– Deena, répète-t-il avec son étrange accent.

J'aime la façon dont il prononce mon nom. On dirait qu'il le savoure.

– Et toi… quel est ton nom ? je bégaie.

– Deena, tu connais déjà mon nom. Je pense que tu en sais déjà pas mal sur moi.

– Je sais que tu essaies de voler des femmes humaines.

– J'essaie de sauver mon espèce.

– En volant des femmes humaines. Tu as essayé d'enlever Miari et Svera.

– Peut-être que c'est toi que j'aurais essayé d'enlever si je t'avais rencontrée en premier.

Ma poitrine se serre. Je l'imagine en train de me désirer. Je ne devrais pas encombrer mon esprit d'une telle pensée, mais je me laisse submerger par elle. Je serais prête à faire beaucoup pour un peu d'attention en ce moment. Cela ne fait que quelques solaires que je suis coincée dans cette cellule, mais j'ai l'impression que cela fait une éternité.

– Rhorkanneteru, je chuchote.

Il rit à nouveau, mais cette fois, un peu moins longtemps.

– Rhorkanterannu, corrige-t-il.

– Rhorkanterannu.

Je souffle.

– C'est trop long.

– Tous les Niahhorrus ont des noms longs. Du moins, tous les Niahhorrus de haut rang.

– C'est ce que je dis, c'est trop long. Est-ce que je peux te donner un surnom ? Juste la fin ? Ou seulement le début ?

– Comment ça ?

J'essaie d'attraper à nouveau ma bouteille d'eau, mais comme tout à l'heure, je baisse la main. Je croise mes bras sur ma poitrine et m'allonge sur mon lit, avant de fixer le plafond. J'imagine qu'il s'agit d'un ciel lunaire rempli d'étoiles.

– Rhork, ça te va ?

Il y a un long silence. Puis il répond :

– C'est intéressant.

C'est ainsi que je fis la connaissance de Rhork.

Deux cents solaires plus tard…

2
Svera

Mon corps tout entier tremble. Je tremble depuis que je suis montée à bord du transporteur de combat Niahhorru, depuis que j'ai aidé Krisxox à sauver Svera et depuis que j'ai réussi à m'échapper. Je suis en ce moment dans la capsule de sauvetage et je regarde fixement le clavier de contrôle intégré à l'accoudoir de l'une des quatre chaises de cet espace réduit.

J'ai fait plusieurs sauts dans l'espace, comme Krisxox me l'a conseillé. Il a eu raison. Sans son aide, les pirates m'auraient déjà attrapée. Mais maintenant, le clavier de contrôle clignote en bleu vif et me demande les coordonnées de ma destination. Apparemment, je suis à court d'énergie, ou de carburant, ou de ce qui alimente cette capsule. En tout cas, il me semble que ce sont les raisons pour lesquelles cette lumière bleue clignote.

Il me faut des coordonnées. J'ai bien des coordonnées en tête.

Je n'ai plus que ça en tête pour être honnête.

Je commence alors à rire. Je ris longtemps et si fort que je suis obligée de me rappeler de toutes les fois où

Mathilda, ma très chère grand-mère, m'a dit que j'étais folle, tarée ou cinglée. Je suis folle à lier, et en ce moment, je suis en train de toucher du doigt cette folie.

Je ne connais pas les coordonnées qui pourraient me ramener à la colonie humaine. Je ne connais *pas d'autres* coordonnées que celles que Rhork désire plus que tout.

Je me mords la lèvre inférieure tandis que mes doigts survolent les commandes. Tout à coup, les signaux d'avertissement deviennent plus forts et je m'agite sur ma chaise. Quelles sont mes options ? Je peux rester assise ici et mourir, ou je peux aller là-bas et essayer de trouver les humains. Je pourrais peut-être commencer une nouvelle vie.

Une nouvelle vie. Ce serait bien.

Après l'enfer que j'ai vécu, je l'ai bien mérité.

Je commence à entrer les seules coordonnées que je possède avec hésitation. Svera m'a dit de ne les utiliser que si je n'avais pas d'autre choix. Ma situation est en effet très critique, alors je les utilise. Je m'attache ensuite au fauteuil de contrôle et je m'accroche. Le vaisseau est secoué. Il change à nouveau de secteur et me ramène dans la zone grise entre les quadrants quatre et cinq, pas très loin de l'endroit où j'ai débarqué du vaisseau-mère Niahhorru.

Je me dirige vers le satellite que Rhork souhaite atteindre depuis le début. C'est *la raison* pour laquelle il a enlevé Svera, et pas moi. Cela n'a rien à voir avec le fait que je sois défectueuse. Il voulait juste les coordonnées…

Le sable poussiéreux de la colonie tourbillonne autour de mes chevilles et colle à la sueur de ma peau. Je transpire, tout mon corps est mouillé. Je suis en sueur depuis que Mathilda m'a traînée hors de ce sous-sol maudit et m'a amenée ici pour assister à son échange avec Rhork. Elle va lui donner Svera, la conseillère humaine de la colonie lunaire.

Svera possède les coordonnées que Rhork recherche.

Mathilda a besoin de faire disparaitre Svera parce qu'ellesait des choses qu'elle ne devrait pas savoir. Elle sait ce que Mathilda a fait aux femmes de la colonie. Elle sait qu'elle les a tuées et a vendu leurs bébés à une racaille exilée autrefois nommée Bo'Raku : Pogar. Elle a dit que c'était son vrai nom. Son fils, Peixal, a ensuite pris sa place de Bo'Raku et a poursuivi l'horrible pratique de la Chasse. Du moins, jusqu'à sa dernière entrevue avec Kiki…

Mais Rhork me connaît. Nous parlons depuis presque une demi-rotation, ça fait deux cents solaires ! Il m'a enseigné sa langue et je parle Meero presque couramment maintenant. Il m'a décrit des galaxies bien plus éloignées que celle-ci. Il m'a parlé de l'eau. Il m'a décrit les mers. Il m'écoutera. Il ne peut que m'écouter, n'est-ce pas ?

Il m'a fait rire.

Je l'ai fait rire.

Il m'aime bien.

– Rhork, s'il te plaît », je supplie.

Les gardes m'empêchent d'aller vers lui et le navire sombre qui se profile comme une menace derrière lui. C'est un vaisseau Niahhorru, un vrai. Je n'ai jamais rien vu d'aussi beau. Excepté Rhork lui-même…

– C'est moi qui te le demande. Je te le promets. Je vais faire le shekurr. Prends-moi à la place. »

Le rituel ne m'attire pas vraiment. Faire l'amour avec une douzaine ou plus de pirates Niahhorrus en même temps… euh… non merci. C'est pour eux un honneur, mais pour la plupart des humaines, c'est de la torture. Toutefois, j'étais prête à le faire, je l'aurais fait si cela m'avait permis d'avoir Rhork pour moi seule un moment, rien qu'une fois.

Mes joues brûlent à cette idée. Puis elles rougissent pour une toute autre raison quand Mathilda s'avance vers moi et me donne une bonne claque sur la joue droite.

Ma tête tourne et j'ai le vertige pendant un moment. Je laisse mon poids retomber sur les gars qui me tiennent. Ce sont des humains qui travaillent pour Mathilda. Ce sont des lâches. Je les déteste. Quand je lève les yeux, Rhork pointe son arme sur Mathilda comme s'il avait l'intention d'appuyer sur la gâchette. Mon coeur bat plus fort. Est-il… pourrait-il être… contrarié parce qu'elle m'a frappé ? Mes entrailles s'agitent à cette idée. J'ai envie qu'elle me frappe à nouveau, juste pour voir sa réaction. Personne ne s'est jamais soucié de moi avant. Personne.

— Ceux qui blessent des femelles en ma présence ont tendance à mener des vies très courtes et à agoniser dans les pires souffrances, murmure-t-il.

Ses dents scintillent dans la lumière crue du soleil. Mathilda reconnaît son erreur et change de visage :

— Rhorkanterannu, votre Grâce…

Ooohhh. Grosse erreur. Les pirates sont fiers. Ils méprisent les rois.

Rhork le lui fait immédiatement savoir. Mathilda s'avance, paumes de mains tournées vers le haut, bras tendus. Elle s'excuse comme la vipère sournoise qu'elle est, puis elle fait une chose à laquelle j'aurais dû m'attendre, mais qui me surprend tout de même.

Elle déclare que je suis vierge et que je suis disponible, pour le bon prix.

Moi, sa petite-fille.

Je ne sais pas pourquoi cela me touche, mais c'est le cas. Puis je me rappelle que Mathilda, cette vipère, a tué sa propre fille – ma mère. Pourquoi m'épargnerait-elle ? Je résiste à l'envie de lui faire savoir ce que je pense d'elle. Au lieu de cela, je la regarde fixement tandis que la chaleur ravage mes joues et que les larmes me montent aux yeux. Ce ne sont pas des larmes de tristesse, bien sûr. Ce sont des larmes de rage. Je décide alors que ça me ferait plaisir de voir cette femme mourir.

Ça devrait me faire plaisir, en tout cas.

Elle fait partie de ma famille, et elle vient d'essayer de me vendre.

Puis ma haine pour ma grand-mère s'évapore comme de la fumée. Quelque chose de bien plus épouvantable se produit. En effet, après une longue pause, Rhork répond :

— Centare. Je ne veux pas d'elle.

Je m'étouffe. Tout ce que je pensais savoir s'écroule autour de moi. Tout. La haine de Mathilda, sa fausseté et sa malice me sont aussi familières que les lignes marron foncé qui s'entrecroisent sur ma paume. Mais jusqu'ici, Rhork ne m'avait montré que de la gentillesse. Ses mots provoquent ma chute.

Je commence à tomber.

Le coup que Rhork vient de porter n'a fait qu'effleurer la surface. Il n'en a pas encore fini avec moi. La lame dans mes tripes se tord et, si je n'avais pas été maintenue par les gardes, j'aurais levé les mains pour essayer d'endiguer le flot d'émotions provenant de cette nouvelle blessure, de ma poitrine déchiquetée et déchirée.

— Elle est défectueuse, ajoute Rhork.

Il parle de ma jambe. Elle est tordue parce que quand j'avais six ans, Mathilda l'a cassée pour que je n'aie pas à participer à la Chasse. J'aimais Mathilda à l'époque. Elle m'a fait du mal, mais je l'aimais. Tout comme Rhork. Seulement, lui, il ne m'a pas seulement cassé une jambe, il m'a brisée, entièrement.

J'ai été assez folle pour aimer des montres sans cœur.

Mais c'est fini, on ne m'y reprendra plus.

— Personne n'en voudrait à la vente aux enchères d'esclaves, pas même si elle était offerte gratuitement. Relâche-la. Elle ne vaut même pas l'ebo qu'il faudrait pour la nourrir.

Mathilda rit et ordonne à ses hommes de main de me libérer. Je me dégage de leur étreinte et leur fais un doigt d'honneur. Quand je me tourne vers Rhork, c'est avec l'assurance qu'il est aussi mauvais qu'elle. Je m'enfuis dans le désert, cependant, quand vient le moment de choisir entre retourner à la colonie pour dire à tout le monde ce qui s'est passé ou faire quelque chose de plus téméraire : je choisis l'option deux.

J'escalade la pile de rochers et j'utilise le jeton dans mon oreille pour me faufiler sur le vaisseau de Rhork. Alors comme ça je suis défectueuse ? Je lui montrerai que c'est lui qui est défectueux quand je ruinerai tous ses plans et libérerai l'humaine qu'il a prise à ma place.

Il aurait dû me prendre.

Oui. C'est moi qu'il aurait dû prendre.

Je regarde ma jambe. Je porte un jean, on ne peut donc pas voir qu'elle est couverte de cicatrices, mais moi je sais à quoi elle ressemble. Il y a pire que les cicatrices qui s'enroulent autour de ma jambe comme des serpents, toutefois. L'os n'a pas bien guéri, et mon pied est anormalement incliné sur le côté. Ça me fait boiter quand je marche, mais ça ne m'a jamais arrêtée.

Je fronce les sourcils.

Je ne sais pas pourquoi ça me dérange tant qu'il m'ait appelée comme ça. Je soupire, puis je secoue la tête : je veux le chasser de mes pensées. Il est aussi mauvais que Mathilda et les horreurs… ce qu'il s'apprêtait à faire à Svera est ignoble… Il l'aurait prise dans son shekurr si je ne l'avais pas arrêté.

Mes muscles se raffermissent à cette idée et je me lève de mon siège pour faire le tour de la petite capsule de sauvetage. Je trouve des armes cachées dans un cagibi au milieu du plancher et les examine rapidement. Je repère une épée, je la sors et je l'entaille plusieurs fois sans raison particulière. Je n'ai jamais tenu d'épée auparavant.

Je la jette sur le côté et je fais semblant d'affronter un adversaire imaginaire avec une lance. Du moins, je pensais que c'était une lance jusqu'à ce qu'elle se mette à vibrer à une extrémité et qu'un éclair géant sorte de l'autre. Je crie et la laisse tomber dans le cagibi. L'éclair heurte le mur impénétrable de la nacelle sans la faire exploser et sans me projeter dans l'espace vers une mort certaine.

Wow. Je l'ai échappée belle.

Je ne suis pas assez stupide pour essayer les blasters, ou les balles violettes lumineuses qui se trouvent dans une vitrine. Lassée des armes, j'essaie les autres panneaux du sol. L'un d'eux finit par s'ouvrir.

– De la nourriture !

Je hurle de joie à la vue de tubes de liquide noir et des paquets transparents contenant une substance brune et pâteuse.

Comme la substance brune ressemble comme deux gouttes d'eau à du caca, je prends d'abord les tubes.

– Beurk !

Je m'étouffe et j'ai du mal à reprendre mon souffle. J'ai l'impression d'avoir un poisson battu à mort avec un sac d'ordures puis liquéfié avec de l'acide dans la bouche. C'est aigre et sucré en même temps, ça un goût de vomi. *Non, pas de vomi, ça a le goût d'un mot qui commence par la lettre M et rime avec « perde ».*

L'horrible arrière-goût s'attarde à l'arrière de ma gorge et pénètre dans mon cerveau. Je jette immédiatement le liquide noir et opte plutôt pour un sac de caca.

– Hum.

La saveur fraîche de la menthe poivrée assaille mes papilles. C'est un peu comme du melon. Ca fera l'affaire.

Je mange trois autres sacs de caca et je regarde mon estomac quand j'ai fini. Je me sens repue et là, dans ce tee-shirt trop petit depuis cent solaires, ça se voit. Je fronce à nouveau les sourcils. Mon ventre est plein et mes seins le sont encore plus. Mes nichons sont tout simplement énormes, ils reposent lourdement sur ma poitrine et parfois, ils me font même mal au dos. On pourrait penser que mes fesses géantes auraient équilibré le poids, mais je suppose que ça ne marche pas comme ça.

Dommage.

Je n'ai pas toujours eu cette silhouette. J'ai commencé à prendre du poids après que Mathilda m'a mis dans le sous-sol. Tout ce que je pouvais faire pour m'occuper, c'est manger. Je n'avais pas réalisé que je prendrais du poids. Personne sur la colonie n'a jamais pris assez de poids pour être ronde, donc je n'ai même pas pensé que je grossirais à ce point.

En contournant le bord transparent de la capsule de sauvetage, j'ignore mon estomac et je me force à me concentrer sur l'immensité et la magnificence de l'espace. Les étoiles lointaines clignotent comme des phares chargés de guider les vaisseaux massifs. D'une certaine manière, je pense que les planètes sont un peu comme des vaisseaux transportant des millions de personnes dans l'immensité de l'univers. Je souris à cela, et je ne sais pas pourquoi, mais je me mets à rougir.

Je pose ma paume sur le bord de la nacelle et la matière noire qui s'en échappe périodiquement apparaît sous le bout de mes doigts, comme si elle essayait de communiquer avec moi.

– Qu'est-ce que tu essaies de me dire ?

La matière noire, qui ressemble à un tissu d'encre, s'éloigne et ne me répond pas. *Quel manque de respect !*

Je souris. Je suis habituée à ne pas obtenir de réponse. Alors, je hausse les épaules et je continue à compter les comètes et les étoiles filantes que j'observe.

– Huit… neuf… onze… trente-trois…

Les étoiles filantes sont difficiles à distinguer parce que les astéroïdes commencent à se regrouper. Elles se rapprochent de la capsule de sauvetage comme des mains tendues. À les voir, je me demande si ce sont vraiment des astéroïdes.

Il s'agit de gros blocs de roche noire et brune. Certains rochers sont aussi imposants que la capsule, d'autres sont plus petits. La plupart, toutefois, sont énormes et envahissants. Malgré leur taille, la capsule de sauvetage les contourne facilement. Comment arrive-t-elle à éviter les débris spatiaux et les déchets de l'univers ? Possède-t-elle des capteurs ? Voit-elle ? Est-ce que cette chose est vivante ? Peut-elle voir ? Peut-elle sentir ?

– Si tu peux me sentir, petit vaisseau, sache que je suis désolée d'avoir jeté tes armes.

Je lève les mains en regardant les murs transparents et l'espace au-delà. Prudemment, je remets toutes les armes dans leur cache en fredonnant une chanson que j'ai inventée.

– Tu aimes la musique ? je demande au module.

Moi, folle ? Ouais, peut-être. Depuis que j'ai trouvé comment désactiver mon communicateur, je sais que je suis de retour au point de départ. Je suis à nouveau seule. *Je suis seule dans le vide de l'espace. On considère que l'espace est vide; mais l'est-il vraiment ? Peut-être qu'il est plein. Je pense à toute la vie qui y flotte. Moi, je ne suis qu'un petit point solitaire parmi ces trillions d'existences. Qu'est-ce qui est plus grand que des billions ? Des gazillions ? Qu'y a-t-il après ça ? Des gabajillions ?*

– Oh oui, tu ne parles pas humain.

Suis-je bête.

– Tu aimes la musique ?

Je me suis exprimée en Meero. Le module ne répond toujours pas.

– Tu ne sais peut-être pas ce qu'est la musique. Je peux arranger ça.

Je me mets à chanter une chanson que j'ai écrite en Meero : « Droganeene nene erro, wa da rogar tre hodona. » Je chante les paroles à tue-tête. C'est une chanson sur une plante. Seule et emprisonnée dans une cage par ma grand-mère, j'ai pris l'habitude d'inventer des chansons sur les choses qui se trouvaient devant moi.

– Si tu lèves tes feuilles vertes vers le soleil…

Dans le cas des plantes du sous-sol, elles lèvent plutôt leurs feuilles vers les lampes solaires installées au-dessus d'elles – mais qui se soucie de ces détails ?

– Alors tu deviendras grande et forte… Aaah !

La capsule de sauvetage s'est arrêtée brusquement.

Je fais une embardée vers l'avant, mes bras tournoient dans les airs. Je me dirige droit vers la paroi transparente sur ma gauche et, comme elle est transparente, je suis prise au dépourvu quand je la heurte. Heureusement, j'ai réussi à positionner mon bras de façon à couvrir ma tête. Malheureusement, je cogne mon coude contre la surface claire et noire.

– Aïe !

Je me tords de douleur, secouée de frissons de haut en bas sur mon côté gauche.

– Tu n'es qu'un tas de ferraille stupide !

Je tape des pieds. J'espère ainsi dissiper la douleur. Soudain, une voix dure vient briser le silence, une voix qui me rappelle cette première fois…

– Petite idiote ! Tu m'espionnes, maintenant ?

Mathilda me frappe si fort que ma lèvre inférieure se fend. Je sens le sang couler au moment où je touche le sol. Le tapis est dur et rugueux sous mes paumes, mais il y a quelque chose de lisse parmi les fils, quelque chose de doux. Je le saisis avec ma main au moment où ma grand-mère enroule mes locks dans son poing et me soulève. Elle est plus forte qu'elle n'en a l'air. Elle me traîne sur le sol. J'ai beau donner des coups de pieds et et crier, elle ne s'arrête pas. Elle me tire dans le hall, puis dans les escaliers de la cave.

Je suis déjà venue ici avant. J'ai cassé la serrure pour voir ce qui se cachait derrière. C'est pour ça que je suis dans cette merde.

Elle m'a si bien assommée que je ne réalise pas où je suis ni où je vais jusqu'à ce que je sois sur le sol et qu'une porte soit scellée devant moi. C'est du verre, ou quelque chose qui ressemble à du verre. Par contre, c'est bien plus dur que du verre. Je passe les quelques solaires suivants à essayer de briser cette porte et rien n'y fait. Je comprends qu'il est inutile d'essayer le neuvième solaire. Je me tourne alors vers le petit appareil trouvé sur le tapis. J'essaie de l'utiliser de toutes sortes de façons et je finis par le faire fonctionner par accident. Je dormais avec l'appareil sous mon oreiller quand j'ai entendu les premiers grésillements. J'ai attendu. J'ai écouté attentivement… et puis la chose s'est glissée dans mon canal auditif.

J'ai crié quand je l'ai senti se loger au fond de ma tête et j'ai même essayé de le secouer pour le faire sortir. Mais j'ai entendu un bruit au même moment. On aurait dit quelqu'un qui parlait, très loin de l'endroit où je me trouvais. On aurait dit qu'il s'agissait de la voix d'un homme. Un mâle, pour être plus précise. J'étais consciente que ce n'était pas un être humain. Je me suis dit qu'il serait merveilleux de pouvoir parler à quelqu'un et d'un seul coup, la connexion s'est affinée, est devenue claire. Tous les autres sons ont été noyés et je me suis retrouvée à écouter quelqu'un qui, je le savais, pouvait m'entendre.

— Allo ?

Pendant un moment, seul le silence accueille le premier mot que je prononce depuis des solaires. Puis une voix, une voix charmeuse, se fait entendre :

— Intéressant.

Cette même voix me fait maintenant sursauter.

— Deena, tu vas bien ?

— Shrov !

Je ne m'attendais pas à l'entendre. Je jure en Meero et j'ôte rapidement le communicateur de mon oreille. Je le fixe dans ma paume, complètement ébahie. Ébahie. J'ai toujours pensé que ce mot était stupide. C'est comme si quelqu'un avait voulu dire « *Eh ben il* est là ! » mais l'avait mal prononcé.

— Putain de merde !

Je jure à nouveau en humain en fixant la petite perle d'argent. C'est un jeton Niahhorru et il me permet de communiquer avec tout autre jeton Niahhorru. Les vaisseaux sont faits du même matériau, ce qui me permet de contrôler celui-ci sans utiliser le clavier intégré à l'accoudoir. Ou du moins, c'est ce qu'il était censé faire quand il était activé. Là, il devait être désactivé… j'étais sûre de l'avoir désactivé.

– Ce n'est pas possible !

Mon cri provoque des éclats de *rires* qui résonnent tout autour de moi. *Ça vient du vaisseau ! Il est bien vivant ! Pourtant, il n'a rien dit après mon chant : pas un remerciement, pas un compliment. Non seulement il est vivant et mais en plus il est mal élevé !*

Je regarde autour de moi le vide au-delà des murs. Les planètes, les étoiles et les astéroïdes flottent sans se soucier de moi. Ils ne s'occupent que de ce qui les regardent. Et moi, perdue, seule humaine à des lieues à la ronde, j'entends des rires qui ne peuvent pas être réels. *Peut-être que je suis vraiment folle.* Ce qui m'irrite le plus, cependant, ce n'est pas le fait d'être à moitié cinglée, c'est le fait que Mathilda avait raison.

La voix reprend :

– Tu ne pensais pas te débarrasser de moi si facilement, n'est-ce pas Deena ?

– Shrov ! Comment as-tu… ?

Je me relève lentement et secoue mon poing vers le plafond.

– J'ai désactivé mon jeton !

Il expire longuement. J'entends un bruit de cliquetis.

– Deena, ce n'est pas possible.

– Tu…tu m'as dit que c'était possible.

Je suis morte de honte. Je repense à toutes ces fois où je pensais être seule et où il écoutait.

– Tu m'as appris la commande pour le désactiver !

Je me souviens de ce moment…

Je fredonnais tranquillement quand la voix de Rhork a résonné.

— Peux-tu continuer à chanter comme ça pendant tout le solaire ?

Je commence par bredouiller, puis j'éclate de rire.

— Shrov ! J'ai oublié que tu écoutais. Comment est-ce qu'on peut éteindre ce truc ?

— Tu n'as pas répondu à ma question. Et c'est tengay, *pas* tenjay.

— Shrov !

Je répète le mot qu'il vient de prononcer, puis j'ajoute :

— Tu n'aimes pas ma chanson ?

Je commence immédiatement à chanter les paroles d'une autre chanson que j'ai inventée. Elle est beaucoup plus enjouée que la précédente. C'était une chanson d'amour impossible, une chanson triste.

Sa réponse me parvient rapidement:

— Je pense que tu sais que chanter très fort n'améliore pas la qualité du ton !

Je me mets à rire et couvre immédiatement ma bouche. Comme je le fais toujours.

— Je déteste quand tu fais ça, fait-il remarquer.

Sa voix basse est, j'imagine, un peu plus triste qu'elle ne l'était avant. Un peu plus mélancolique.

Je baisse le ton pour l'imiter, ou peut-être juste parce que je ne veux pas que Mathilda m'entende à travers les murs, le plafond, les tuyaux ou quoi que ce soit d'autre. Heureusement qu'elle me prend pour une folle. Elle m'a déjà surprise à parler à voix haute à Rhork à deux reprises. À chaque fois, elle a manifestement cru que je parlais toute seule.

— Quand je fais quoi ?

— Quand tu te sens bien et que tu t'empêches de rire.

Nous sommes tous les deux silencieux un moment. Pas de questions. Pas de réponses non plus. Puis il grogne, et aussi brutal que soit le son, il semble bien plus sirupeux à mon oreille qu'il ne devrait l'être. Non, ce son n'est pas sirupeux. Il est… un autre mot qui commence aussi par un S. Un mot qui rime avec « rituel ».

— Pourtant, tu n'arrêtes pas de chanter.

— Si tu veux que j'arrête de chanter, tu n'as qu'à éteindre le machin.

— Machin ? répète-t-il en humain.

L'entendre parler en humain me donne la chair de poule.

— Tu parles l'humain bizarrement.

— Et toi tu parles Meero bizarrement, mais je suis assez poli pour ne pas te le dire.

— Centare ! je réponds en retenant le rire qui ne demande qu'à s'échapper de ma poitrine. Tu me corriges tout le temps.

Il ne rit pas avec moi comme je pensais qu'il le ferait. Au lieu de cela, il soupire :

— Je déteste quand tu fais ça.

Je ne réponds pas. J'attends simplement. Je n'ai rien à dire. Qu'est-ce que je pourrais dire ? Que l'adorable connasse qui me sert de grand-mère pourrait venir ici si elle m'entendait? Qu'elle pourrait reprendre son jeton ? Dois-je lui avouer que je ne sais pas ce que je ferais si je ne pouvais plus lui parler ? Que ça pourrait… que ça pourrait me briser ? Non. Je ne peux rien dire. Je n'ai donc rien à dire.

Je fredonne à nouveau sans m'en rendre compte. Du moins, jusqu'à ce que Rhork s'éclaircisse la gorge.

— Tu peux éteindre le communicateur en activant la commande de silence.

— Qu'est-ce que c'est ?

— Il suffit de dire le mot en Meero, suivi de la commande Tak.

– *Tak ?*

– *Ontte.*

– *Qu'est-ce que ça veut dire ?*

– *Ça veut dire immédiatement.*

– *Severennu tak.*

Une sorte de silence viscéral et effrayant émane de l'autre extrémité du communicateur. Le changement est si soudain que j'en ai le vertige.

– *Rhork ?*

J'attends un moment. Rien.

– *Rhork, je répète.*

Je suis assise. Je me lève et je fais les cent pas dans ma petite cellule. D'avant en arrière. La panique s'installe.

– *Rhork ! Rhork !*

Non. Non, non, non. Non. Il n'est plus là et c'est de ma faute. Je ne sais pas comment le faire revenir. Je ne sais pas comment faire. Je ne sais pas…

– *Severennu tak. Severennu tak.*

Je crie maintenant, mais cela ne change rien à la situation. C'est peut-être parce que je demande à l'appareil de se taire. Quel est le contraire de silencieux ? Fort ? Parler ? Je crie les deux mots en Meero. Puis je me souviens.

– *Teoranka tak.*

– *Déjà de retour, Deena ?*

Le souffle que j'expire secoue tout mon corps. Des larmes mouillent mes cils. J'appuie mon front contre la cloison de verre qui me sépare du monde. Qui me sépare de tout et de tout le monde. De tout, sauf de la seule chose que je peux garder, la seule chose que Mathilda ne m'a pas prise. Celle que j'ai cru un moment avoir perdue.

– *Deena ?*

Est-ce l'inquiétude qui modifie son ton ? Non, bien sûr que non. Je ne suis pas assez stupide pour croire qu'il s'inquiète pour moi. Je ne le connais que depuis quelques solaires. Une douzaine de solaires. Mais non, pas une douzaine… plutôt quatre-vingts ! Nom d'un chien. Peut-être une centaine en fait. Je suis vraiment enfermée depuis si longtemps ? Mon menton commence à trembler. Cela m'agace, j'ai l'impression de retomber en enfance quand ça se produit.

— Deena !

Il a parlé si fort que j'ai sursauté et que je me suis cogné la tête.

— Aïe. Ouais. Je veux dire… ontte.

Je frotte mon front avec le talon de ma main, ce qui rend la bosse qui point à l'horizon encore plus douloureuse.

— Tu n'as pas l'air… bien.

Je ris mais c'est un rire humide, plein de salive et de morve. Je renifle.

— Je vais bien. Tout va bien. Rien de grave.

Ce n'est pas comme si mon cœur était sur le point de sortir de ma poitrine sur la fusée de mes émotions, sans carburant et sans destination.

— Tu n'as pas l'air bien.

— Tu l'as déjà dit.

— Oui, mais tu viens de…

— Je pense juste que j'ai besoin d'être seule maintenant.

— Deena, grogne-t-il.

— Quelle était la commande pour le remettre… le remettre en marche ?

Ma voix s'étrangle sur le mot. Il l'a entendu. Je suis sûre qu'il l'a entendu

— Deena…

— C'était teoranka ou heverenoya ?

Ces mots signifient respectivement « parler » et « fort » en meero.

Pas de réponse de sa part.

– Alors, Rhork… Lequel ?

Je me frotte le visage.

– Teoranka, dit-il enfin.

– Merci… merci beaucoup.

– Deena…

– Severennu tak.

C'est la fin de la communication. Une autre porte qui se ferme.

Je commence à fredonner pour moi-même, mais c'est seulement pour ne pas laisser le silence complet s'installer…

Le silence que je craignais alors, commence à peser entre nous maintenant. J'attends sa réponse, haletante. *Tout* dépend de sa réponse. Tout.

– J'ai menti.

Il. A. Menti.

Il m'a menti. Comment a-t-il pu me *mentir ? Mentir rime avec trahir, avec anéantir et avec souffrir. Souffrir.* Il… il m'a entendue pleurer alors. Pas une fois. Pas deux fois. Bien plus qu'une douzaine de fois. Un gabajillion de fois. Il… Il a tout entendu. *Tout.*

J'ouvre la bouche, mais je n'ose pas répondre. J'ai deux options. Seulement deux. Il sait que j'ai pleuré des gabajillions de fois et il sait aussi que j'ai fait… euh… d'autres choses, en pensant qu'il n'était pas là et que je pouvais garder le micro dans ma tête en place sans qu'il m'entende. Il n'avait qu'une chose à faire : il aurait pu me dire que je pouvais l'enlever et qu'il ne serait pas capable d'entendre… mais il *voulait* entendre. Il *voulait* me faire honte. Ça ne me laisse donc plus que deux options.

Je peux lui crier dessus et le traiter de dangereux psychopathe, mais en fait, je savais depuis le début à qui j'avais affaire, alors dans ce cas qui est responsable ? Moi, ou Rhorkanterannu, *le méchant de l'histoire* ? Tout le monde sait qu'il vaut mieux le fuir. Tout le monde. Mais *il était tout ce que j'avais.*

Il l'est toujours.

Il me reste donc l'option deux. Je peux faire une mauvaise blague et prétendre que je m'en fiche. Je peux faire comme s'il n'était rien pour moi, comme si je n'étais rien moi-même, comme si nous n'étions tous les deux que deux enveloppes vides. *Vides, ça rime avec « bide » ou « acide ». C'est étrange car ces mots sont si éloignés en termes de sens.*

– Alors, finalement, tu aimes m'écouter chanter ?

Je continue d'oublier – *Shrov, comment puis-je oublier ?* – que Rhork est le méchant de l'histoire. Au lieu de répondre à ma blague par l'une des siennes, il déclare très sérieusement :

– J'ai aimé t'écouter quand tu pensais que je n'écoutais pas. C'était comme écouter des secrets qui ne m'étaient pas destinés.

– C'est parce qu'ils ne t'étaient *pas* destinés !

Cette réponse aigre déclenche une vague de chaleur qui monte de ma poitrine à ma gorge.

– Ne t'inquiète pas, Deena. J'ai su respecter ton intimité quand il le fallait.

– Ah oui ? Quand ? Tu m'as laissé chier en paix au moins ?

Je ne sais pas comment dire « chier » en Meero, alors je le dis en humain en espérant que le traducteur s'occupera du reste.

Rhork émet une sorte de rire-soupir.

– Centare, je ne t'ai pas écoutée te *vider.*

– Ou faire pipi ?

– J'ai retiré mon communicateur chaque fois que j'entendais les signes révélateurs de la pisse, mais je ne peux pas dire que je n'en ai pas entendu une partie. Soyons complètement honnêtes Deena, tu ne cherches pas vraiment à savoir si je t'ai entendue pisser et chier, n'est-ce pas ? Tu veux savoir si je t'ai entendue… *chanter*.

Il prononce le mot avec une inflexion si sensuelle que je sais qu'il ne parle pas de musique. Je *sais* de quoi il parle.

– Ontte, Deena. Je t'ai entendue *chanter*. Parfois, je t'ai même entendue *chanter* pour moi.

Mes doigts s'enroulent autour de mon communicateur. Je n'en ai plus du tout besoin maintenant que je peux lui parler directement à travers le vaisseau. Je meurs d'envie de le balancer à travers le module avec rage, mais étant donné ma propension à me blesser pour un rien, je le fourre plutôt dans la poche de mon pantalon. Je porte un jean d'homme qui appartenait à mon père, il tient à peine sur mes hanches – il ne tiendrait pas, en fait, si je ne l'avais pas attaché avec un câble électrique.

– Tu n'es qu'un bâtard ! je crie.

Sa réponse est, comme toujours, calme. Ça me donne envie d'arracher chacune de mes locs à la racine.

– Centare, ce n'est pas possible. Je suis un pirate. Il n'y a pas de pirates bâtards, chaque petit qui naît est férocement aimé par toute la communauté.

– Espèce de… !

Je hurle. Mes épaules sont tendues. Mon visage est déformé par la rage. Je me sens tellement en colère que, pendant un moment, j'ai peur de me trouver mal. *Calme-toi, Deena. Reprends-toi ! Reprends rime avec sang. Comme celui qui me parcourt avec force et chaleur. Reprends rime avec banc. J'aimerais lui en balancer un dans son putain de visage si je pouvais le voir. Du calme, Deena. Calme-toi !*

– Sors de ma capsule de sauvetage !

J'ai parlé dix fois trop fort. J'ai l'air malade. *Non, pas malade, un mot qui commence par F et qui rime avec colle.*

– *Ta* capsule de sauvetage ?

Sa réponse s'échappe de tous les conduits sonores du vaisseau. Ce qui m'énerve au plus haut point, c'est que du coup, je ne sais pas où regarder.

Je crie vers le plafond.

– Oui ! *Ma* capsule de sauvetage !

Je me frappe la poitrine.

– Je suis en train de m'échapper avec, n'est-ce pas ? Donc c'est la mienne !

– Moi je dirais que cette capsule et son contenu m'appartiennent.

Je déteste sa voix douce et chantante. Je la déteste parce qu'elle m'affecte. J'ai entendu cette voix dans l'obscurité, tard dans la lune, quand j'étais toute seule. J'ai laissé les frissons qu'elle générait en moi m'anéantir et me détruire. Je l'ai laissée entrer dans ma peau, dans mes os. J'ai même *chanté* pour elle quand je pensais qu'il n'écoutait pas. *Mais il a tout entendu.* Tout. Ça me donne envie de vomir. *Ce qui rime avec jouir ou défaillir.* Je suis tellement furieuse que j'ai l'impression que je vais exploser !

Putain Deena, reste calme !

– Si tu le dis.

J'ouvre la bouche pour simuler un bâillement et je manque m'étouffer. La rage m'assaille à nouveau quand j'entends Rhork glousser.

– Tu pourras le récupérer quand tu m'attraperas !

Je secoue mes poings en l'air face à l'image de Rhork accrochée au plafond. Il semble se moquer de moi. Je ne l'ai vu qu'une seule fois de mes propres yeux. Il était aussi surprenant et excitant que je l'avais imaginé.

Si seulement je pouvais séparer l'extraterrestre à quatre bras et aux épines de son horrible personnalité. *Personnalité rime avec méchanceté, qui rime avec pfff...* oh ciel, faut que j'arrête.

— Ne t'inquiète pas, c'est prévu.

Je rougis à nouveau sans raison.

— Tu parles beaucoup pour quelqu'un qui n'a aucune idée de l'endroit où je suis.

— Tu n'as qu'à me dire où tu es, comme ça je le saurai.

— Oh, c'est mignon, ça ! Bien tenté. On t'a déjà dit que tu étais mignon ?

— Centare, jamais.

— Eh bien, moi, je te trouve adorable. Toi, le grand méchant pirate errant dans l'espace, totalement perdu, qui essaye de trouver une petite humaine défectueuse. Oh la la ! C'est adorable, vraiment.

C'est le silence. Je crois l'entendre grommeler des mots à quelqu'un d'autre, mais ils sont tous indistincts jusqu'à ce qu'il dise, plus fort :

— Dis-moi où tu es et j'allégerai ta punition.

Ça me fait rire. Ce n'est pas très naturel de ma part, mais c'est un rire clair et bruyant. Je caresse mes cheveux de haut en bas, les pointes de mes longues mèches retombent entre mes omoplates alors que je me relève. Je titube en le faisant et je dois me rattraper sur l'une des chaises.

— Tu sais, tu n'es pas très doué à ce jeu-là. Tu ne sais pas qu'on attire plus de mouches avec du miel qu'avec du vinaigre ?

– C'est ce que Mathilda t'a appris ?

– Centare !

Je frissonne.

– Avec Mathilda, il n'y a jamais eu que du vinaigre. Mais tu ne peux pas faire comme elle parce que tu n'es pas là.

Il ne répond pas, pas tout de suite en tout cas. Cela me met en colère d'entendre sa voix mais attendre dans le silence m'enrage encore plus. *Il savait… Depuis le début, il savait à quel point j'avais besoin de lui. Lui, il avait l'univers entier à portée de main. Et moi, je n'avais que lui, et rien d'autre.*

– Alors t'as perdu ta langue, mon mignon ?

La nacelle fait des embardées avant qu'il puisse répondre et je tombe à genoux.

– Assieds-toi ou tu vas finir par te tuer par accident, rugit Rhork.

– Tu peux me voir ! je hurle.

Toujours pas de réponse. Je m'éclaircis la gorge et réessaie.

– TU PEUX ME VOIR ?

Non. Ce n'est pas mieux.

– Si je pouvais te voir, je te demanderais autre chose, tu ne crois pas ?

Je ne sais pas ce qu'il veut dire mais la chaleur de sa voix couplée à l'embardée soudaine de la nacelle me fait trébucher à nouveau.

– Deena ! Assieds-toi !

– Je n'ai pas d'ordres à recevoir de toi !

Tout en criant, je me traîne maladroitement avec ma jambe tordue jusqu'à la chaise où se trouve le clavier de commande.

Je m'agrippe aux accoudoirs pour me hisser sur le siège et je fais apparaître la carte des étoiles qui trace notre trajectoire. Pardon, *ma trajectoire. Rhork n'est pas là. Il n'est pas* avec moi. Peut-être qu'il ne l'a jamais été. Peut-être que, pendant tout ce temps, il n'était que le fruit de mon imagination parce que je suis bel et bien folle. Je fronce les sourcils. Mon regard se pose alors sur les points clignotants et les lignes sinueuses. Je n'en crois pas mes yeux. *J'y suis presque. Je vais réussir à pénétrer ce champ d'astéroïdes, je serai la première à atteindre les autres humains cachés dans leur satellite depuis une centaine de rotations. Peut-être plus.*

— Attache ta ceinture.

— Centare.

Je suis en train de bouder quand j'entends Rhork expirer profondément au moment où j'attache ma ceinture. Je me retiens de lui demander à nouveau en criant s'il peut me voir.

— Ok, bafouille-t-il.

Il paraît *vraiment* épuisé. J'en sais quelque chose, j'ai eu presque une rotation entière pour étudier les nombreuses nuances et modulations de sa voix. Il me fait presque de la peine. Mais je me souviens de Svera, complètement nue sur une dalle, attendant que Rhork vienne et… la *viole. Je ne pensais pas qu'il était capable de faire une telle chose.* J'ai beau savoir que tous les êtres de cet univers sont vraiment terribles, je croyais quand même qu'il était différent.

Soyons honnêtes. Il était *tout* ce que j'avais. Il *fallait* qu'il soit le meilleur, le plus beau.

Du coup, il ne me fait pas de peine. Non. *Il est aussi exécrable que les autres et tout ce que j'ai pu voir de bon en lui n'est que le produit de mon imagination et de ma solitude.*

– Ok, quoi ?

– Ok. Je vais essayer le miel.

– Super. Qu'est-ce que tu proposes, Rhorky chéri ?

Il grogne. Il déteste les petits surnoms que je lui ai donnés au fil des solaires. Celui-là, il le déteste plus que les autres.

– Si tu me donnes tes coordonnées et que tu restes là à attendre que je vienne te chercher, je ne te ferai pas faire de shekurr avec mes frères pirates.

– Oh wow. Ça, c'est du miel ! Rien que d'imaginer ça… oh… ne pas avoir à enfoncer trente bites monstrueuses en moi d'un seul coup… C'est une offre charmante !

– Ne m'oblige pas à utiliser la manière forte, Deena.

Sa voix est plus basse, plus dure, et rien qu'à l'entendre, mes orteils se recroquevillent contre le sol froid. Je ne porte pas de chaussures. Bien sûr, ma petite grand-mère ne m'a pas donné de chaussures… Ce serait trop facile de courir sinon.

– Du coup, on en revient aux menaces ? Déjà ? Laisse-moi réfléchir… Qu'est-ce qui me plairait plus qu'un shekurr avec tes frères et toi ?

Je lève une main et commence à faire une liste.

– Je préférerais m'empaler sur un astéroïde, me jeter dans le vide sidéral, boire encore une centaine de ces immondes boissons en tube noir. Tu sais quoi ? Au lieu de prendre trente bites d'un coup, je préfère faire pousser une bite dans chacun de mes yeux.

Silence.

– C'est une image tout à fait dérangeante.

Je souris et donne des coups de pied dans le fauteuil. Je m'amuse comme une petit folle.

– Ontte, tout comme l'image de moi avec toi et tous tes frères.

– Et pourquoi pas juste avec moi ?

Je cesse de sourire. Mes pieds restent immobiles, mes orteils touchent à peine le sol.

– Quoi ?

– Cette image te perturbe-t-elle aussi ?

Il inspire, et sa voix, sa maudite voix, déploie sa magie. Elle danse dans le noir, fait une sorte de strip-tease sulfureux dans ma tête. Je ne suis pas habituée à ce que les hommes me parlent comme ça.

Mais lui, c'est un monstre. Et moi, je suis défectueuse. Cela fait des rotations que je n'ai pas parlé à un garçon humain. Je suis juste défectueuse. Je le sais… je le sais. Mais en ce moment, c'est difficile de s'en souvenir.

– Bien sûr, je finis par bredouiller.

Ma voix se brise et je sais qu'il l'entend car il éclate doucement de rire.

– Ça n'a pas d'importance de toute façon, j'ajoute.

Mes doigts se crispent autour des accoudoirs de ma chaise. Je sens mon visage devenir tout chaud et je suis heureuse qu'il ne puisse pas me voir. *Pas seulement à cause de mon embarras; je suis aussi heureuse qu'il ne puisse pas voir mon corps.*

– Tu ne m'attraperas pas, et même si tu y arrives, je ne me laisserai pas faire sans me battre.

Ou sans chercher à fuir. En ce moment, la fuite semble être la meilleure des options.

– Intéressant…

Je déteste quand il fait ça. Il me fait savoir qu'il en sait plus qu'il n'y paraît, mais sans dire le fond de sa pensée tout de suite.

– Tu as parlé d'astéroïdes, poursuit-il. Je sais que tu ne retournes pas à ta colonie humaine. Le champ d'astéroïdes le plus proche est trop loin pour que tu puisses suivre cette trajectoire. Étant donné la quantité de carburant dans ta capsule, tu n'as pu emprunter que trois routes. J'ai envoyé des téléporteurs à ces trois endroits. Tu imagines donc ma surprise quand ils sont revenus tous les trois les mains vides. Où peux-tu te trouver ? Je commence à croire, petite Deena, que Svera t'a donné quelque chose de très précieux avant qu'elle ne parte avec son compagnon.

Il parle, mais je ne peux pas l'entendre. Tout ce que je peux faire, c'est cligner des yeux. Quelques instants plus tard, je cligne à nouveau des yeux. Ma mâchoire s'ouvre et ma langue s'agite inutilement dans ma bouche. J'agrippe les bras de ma chaise et j'essaie de me relever, mais la ceinture de sécurité me tire en arrière.

– Par toutes les étoiles ! je hurle.

– Deena, dis-moi ce qui se passe, dit-il.

Je me contente de secouer la tête, incrédule. Ma petite capsule de sauvetage vient de contourner le bord incurvé d'un astéroïde de la taille d'une lune. Un satellite se trouve juste en face de moi.

Le satellite.

Obscurci par les astéroïdes derrière lui, il n'est éclairé que par la lumière d'étoiles très lointaines – et par la lumière de ma petite nacelle lumineuse. Les astéroïdes semblent être enfermés dans son orbite et tournent autour de lui très lentement. Je commence à suivre le chemin qu'ils empruntent dans ma petite balise lumineuse et je m'approche de plus en plus.

– Deena ! Est-ce que Svera t'a donné les coordonnées ?

– Quelles coordonnées ? je marmonne.

Je me détache de mon siège et me lève. C'est avec une certaine hésitation que je presse mes deux paumes contre la vitre. J'ai peur. Étrangement, mon souffle ne génère pas de buée.

Balesilha.

C'est le mot imprimé en énormes lettres majuscules sur le satellite. La surface magnifique du satellite est structurée en trois éléments : deux énormes sections à chaque extrémité qui ressemblent à des roues tournant lentement et, entre elles, une énorme sphère reliée à elles par d'énormes ponts. Les roues sont argentées et brillantes, comme si elles avaient été construites il y a peu. La boule, par contre, est inerte et inégale, couverte de noir et d'une sorte de couleur rouille qui ressemble étrangement à du sang séché.

En m'approchant, je vois que certaines parties de la sphère sont d'un vert mousseux. *Elle ressemble à ces légumes qui ont été laissés dehors trop longtemps.* Cette couleur m'interpelle parce que lorsque j'étais retenue captive, je luttais continuellement pour ma survie et ma dignité. Je protestais souvent en refusant d'ingérer tout ce que Mathilda me donnait. Je laissais la nourriture se gâter et, au bout de quelques solaires, de drôles de taches blanches et vertes apparaissaient sur la viande et les légumes. Ils sentaient si mauvais que cela me faisait vomir. Contempler la sphère me rappelle cette nourriture périmée et j'ai la nausée. *Pourriture.* Le mot me revient. *Elle a la couleur de la pourriture.* Et c'est là que ma capsule de sauvetage se dirige.

– Deena, parle-moi.

Sa voix basse résonne et je me mets au garde-à-vous. Je me prépare à l'arrimage de ma petite capsule. Je me prépare à rencontrer d'autres êtres humains ! Oh mon

Dieu, comment seront-ils ? Que vont-ils penser de moi ? Je jette un coup d'œil à mes vêtements, à mes pieds nus et à mon tee-shirt sale. Je renifle mes aisselles et fais la grimace. Je ne peux malheureusement rien changer à ma puanteur pour le moment.

Je resserre quelques unes de mes mèches avec mes doigts en sautant d'un pied sur l'autre avec empressement. Rhork continue à me parler mais je refuse de lui répondre. Il murmure aussi des ordres à quelqu'un. J'y suis presque… Je suis presque arrivée ! La sphère géante est immense maintenant. Je m'en approche et la capsule se verrouille sur un port avec un sifflement.

– Deena !

Comme je ne réponds pas, Rhork jure. Ça ne lui ressemble pas.

– Deena, n'y va pas, ne fais pas ça. C'est ma capsule de sauvetage. Tu es à *moi*.

Je ne sais pas ce qu'il entend par là, mais de là où je suis, en train de fixer le plafond et d'observer la matière noire qui constitue une partie du vaisseau se séparer pour révéler un portail couleur pourriture qui est scellé; ce qu'il vient de dire n'a aucun sens.

La matière noire glisse lentement vers le bas pour former un seul poteau avec des sections plates qui sortent de chaque côté, elles sont assez larges pour y poser les pieds. Cool. Une échelle. Je m'y accroche et commence à grimper.

-Je suis ravie d'avoir fait ta connaissance, Rhork, mais là je m'en vais. Ne t'attends pas à avoir de mes nouvelles de sitôt. Ne t'attends pas à en avoir du tout en fait.

Je devrais jeter le petit jeton dans ma poche et le laisser derrière moi dans la capsule de sauvetage pour qu'il ne puisse pas me retrouver…

C'est ce que je devrais faire.

– Deena, dit-il.

Je *déteste* la façon dont il dit mon nom. Ce que je déteste le plus, c'est l'effet qu'a sa voix sur moi. Je ne devrais pas aimer sa voix, je ne veux pas l'apprécier, j'aimerais la détester.

– Je t'emmènerai voir la mer.

Les accords de velours de sa voix agissent comme de l'huile sur des barreaux. Je glisse, je trébuche et tombe sur le sol avant de me relever. Je ne peux que me masser les fesses en maugréant.

Rhork jure et poursuit :

– Je t'emmènerai voir la mer, Deena. J'ai déjà choisi l'endroit. C'est un petit coin pour toi et rien que pour toi. Je n'y ai jamais emmené personne.

– Menteur.

– Non, je ne …

– Stop !

Je me lève et m'accroche à nouveau à l'échelle.

– Deena…

– Je t'ai demandé d'*arrêter*.

Mon pied glisse du niveau sur lequel il est et mes bras tremblent. Maintenir le reste de mon corps sur l'échelle me demande beaucoup d'énergie. *Merde. Je ne suis vraiment pas en forme…* Je me demande si c'est ce à quoi Rhork faisait référence quand il a dit que j'étais défectueuse. Je ne crois pas qu'il parlait de ma jambe. Je jette un coup d'œil à ma jambe droite et je fronce les sourcils. C'est assez difficile de monter une échelle avec mon pied plié comme ça, mais ça ne m'arrête pas. Ça fait mal parfois, oui, mais ça ne me ralentit presque jamais.

– Je ne mens pas. Je vais t'emmener à cet endroit, Deena. Il est déjà à toi…

– Non.

Je réponds d'une voix assurée mais mon cœur se serre. Voir la mer… *Combien de fois sa voix mélodieuse m'a décrit la mer ? J'en ai perdu le compte…*

– Je préfère tenter ma chance avec les humains que de te faire confiance à nouveau.

– Deena, tu ne sais même pas si tu peux respirer l'air de ce satellite !

Je reste bloquée sur l'échelon supérieur. J'hésite.

– Si tu ouvres ce loquet, tu pourrais mourir.

– Hmm…

J'imite son habituel ton désinvolte.

– Eh bien, si ma survie t'intéresse, je te suggère de me dire comment déterminer si l'air est respirable.

Silence.

– Centare, répond-il.

– Le contraire m'aurait étonnée.

Je lève la main et touche le portail. Sa surface granuleuse s'écaille sur le bout de mes doigts et les colore de vert. *C'est la couleur de la pourriture.* Le portail n'est pas humide, mais il est si froid qu'il semble humide. Ça ne ressemble à rien que j'ai déjà touché. C'est comme si un tas de sable humide avait été lyophilisé puis fondu. Ça pique.

– Deena ! s'écrie-t-il, Tu n'as donc pas envie de vivre ?

– Ontte. Mais pour cela, je dois prendre des risques. Pour l'instant, j'ai le choix entre toi et les trente bites de tes frères ou les gentilles personnes de ce satellite qui vont m'accueillir à bras ouverts et avec de l'oxygène respirable. Le choix est vite fait…

– Tu bluffes. Tu n'es pas assez stupide pour entrer dans un vaisseau sans même vérifier le niveau d'oxygène.

– Bluffer rime avec « surfer », sur la mer, j'imagine ?

Tu ne t'attendais pas à celle-là hein ? Prends ça !

– Deena ! Ce n'est pas le moment de jouer à faire des rimes ! Shrov ! Va voir le panneau de contrôle !

J'hésite.

– Celui sur la chaise ?

– Il n'y en a qu'un seul.

Je redescends et vérifie l'accoudoir du fauteuil de contrôle. Une lumière violette clignote et, lorsque j'appuie dessus, un panneau s'ouvre entre les deux chaises en face de moi. Je m'y dirige et vois un crochet étrange.

– Prends le crochet jaune et passe-le autour de ton oreille.

Sa voix est monocorde. Sombre. *Triste.*

J'obtempère et, surprise, je vois le crochet bouger. Étant donné les possibilités contenues par le jeton, je suppose que je ne devrais pas être si surprise que ça de le voir gonfler et s'allonger soudainement. L'extrémité jaune s'accroche autour de mon oreille tandis que l'autre extrémité glisse sur ma joue, sur ma lèvre supérieure, puis s'accroche à mon autre oreille. Un léger bruit de respiration résonne plus fort qu'il ne devrait et je sursaute à nouveau en jetant un coup d'œil par-dessus mon épaule gauche. On dirait que Rhork est là, debout, au-dessus de moi.

– L'oxygène circulera librement, quelle que soit l'atmosphère du satellite, mais il ne circulera pas indéfiniment. Tu en as assez pour tenir douze solaires. Peut-être plus, si tu arrives à garder ton calme. Moins, si tu te mets à paniquer.

– Merci, Rhorky chéri.

Je le taquine en espérant susciter une quelconque réaction de sa part. Je n'aime pas cette voix sombre, ce ton affligé. Je ne l'ai jamais entendu auparavant. Ça ressemble à... je ne sais pas à quoi ça ressemble. C'est comme s'il venait d'assister à la mise à mort de son animal de compagnie.

– Prends une arme avec toi. Tu ne sais pas sur quoi tu vas tomber. Les humains de ce satellite sont peut-être aussi sympas que ceux de ta colonie.

Je fronce les sourcils en l'entendant. La colère fait tressaillir mon épaule.

– Les humains ne sont pas tous terribles !

Wow. Ça sonne faux même quand ça vient de moi.

J'ouvre la cachette des armes et j'en sors une dague à taille humaine. De la longueur de mon mollet, elle n'a pas l'air trop compliquée à utiliser – *ou trop dangereuse pour moi* – alors je la glisse dans le passant de ma ceinture, au fourreau. En fouillant un peu partout, je vole également un autre paquet de pâte brune – juste au cas où – et une boule lumineuse avec une poignée qui ressemble à une lanterne. Je les fourre aussi dans ma poche arrière. Puis je remonte l'échelle.

Il me faut un long moment pour comprendre le mécanisme d'ouverture du loquet de l'autre vaisseau. C'est tellement... ancien. Il n'y a pas de scanners ou de lecteurs de veines ou de matière noire bizarre. Juste une poignée à l'ancienne que je dois tordre, tordre encore, puis faire descendre avant de l'enfoncer.

L'effort fourni pour soulever le mécanisme, me fait un peu transpirer mais au bout de quelques minutes, la surface granuleuse cède et il se déverrouille. C'est vraiment ancien. Hisssss. Les portes s'ouvrent en leur centre et l'air froid, glacial, s'abat sur moi. Il traverse tous mes vêtements. L'obscurité m'engloutit ensuite et je me réjouis d'avoir pensé à emporter la lumière qui se trouve dans ma poche arrière. Je l'attache à mon poignet et l'allume.

Je suis accueillie par des murs d'apparence normale ainsi qu'un plafond blanc et un peu vert. Dans l'ensemble, tout paraît élégant et bien préservé. Je remarque qu'il devient un peu plus difficile de respirer – surtout lorsque j'inspire par la bouche – alors je me concentre sur la respiration nasale, rendue possible par l'appareil que Rhork m'a obligée à porter.

Pourquoi m'a-t-il aidée ?

– Merci Rhork. Ce truc à oxygène est très pratique.

Il ne répond pas.

– Rhork ?

J'entends des brassages et un soupir, qui apaise immédiatement ma panique.

– Au revoir, Deena. J'espère que ces humains te donneront tout ce que tu mérites.

Il y a un vide après qu'il ait parlé. Je me demande s'il est toujours là. J'ai trop peur de demander, parce que je ne veux pas qu'il parte. Je ne veux pas qu'il me quitte. Pas encore. Je ne veux pas ressentir ce que j'ai ressenti la fois où il m'a abandonnée alors que je voulais qu'il m'embarque avec lui. C'était ce que je voulais plus que tout.

C'est peut-être pour ça que je ne suis pas aussi furieuse que je devrais l'être qu'il ait écouté tout ce qui m'est arrivé au cours de cette demi-rotation.

Je suis terrifiée à l'idée d'être seule.

Parce que la solitude est ma seule véritable amie.

Même Rhork m'a menti.

– Rhork, je…

Je me mords la lèvre inférieure. Je ne veux pas prononcer les mots ridicules qui me viennent à l'esprit, des mots comme : *tu vas me manquer.* Il me manque vraiment pourtant. Il me trouve défectueuse et moi, je ne pense qu'à lui. Déterminée, je ferme les yeux et me tourne vers les murs couleur pourriture. Puis, sans plus penser à Rhork, je grimpe dans l'obscurité.

———————————

Poursuivez votre lecture en livre de poche partout où l'on vend des livres en ligne ou sur Amazon en ebook ou livre relié.

Découvrez les autres livres d'Elizabeth Stephens

Titres déjà disponibles en Français :

Passion Xiveri : Unis Pour La Vie – Des extraterrestres. De la sensualité. De nouveaux mondes.
Capturée par le Roi de Voraxia, tome 1 (Miari et Raku)
Convoitée par le Seigneur de guerre de Nobu, tome 2 (Kiki et Va'Raku)
Kidnappée par le Métamorphe de Sasor, tome 3 (Mian et Neheyuu) *l'intrigue se situe hors du Quadrant 4*
Prisonnière du Sauvage de Heimo, tome 4 (Svera et Krisxox)
Possédée par un Pirate de Kor, tome 5 (Deena et Rhorkanterannu)
Piégée par le Chef de Lemora, tome 6 (Essmira et Raingar)
D'autres livres seront bientôt publiés !

Disponible en Anglais :

Berserker Kings - Enemies to lovers. With magic.
Dark City Omega, Book 1 (Echo and Adam)
more to come!

Population - Battles and Heroes that Bite.
Lord of Population, Book 1 (Abel and Kane)
Monster in the Oasis, Book 2 (Diego and Pia)
Immortal with Scars, Book 3 (Lahve and Candy)
more to come!

Twisted Fates - Mafia. Brotherhood. Murder.
The Hunting Town, Book 1 (Knox and Mer, Dixon and Sara)
The Hunted Rise, Book 2 (Aiden and Alina, Gavriil and Ify)
The Hunt, Book 3 (Anatoly and Candy, Charlie and Molly)

Xiveri Mates - Aliens. Heat. New Worlds.
Taken to Voraxia, Book 1 (Miari and Raku)
Taken to Nobu, Book 2 (Kiki and Va'Raku)
Exiled from Nobu, Book 2.5, a Novella (Lisbel and Jaxal)
Taken to Sasor, Book 3 (Mian and Neheyuu) *standalone
Taken to Heimo, Book 4 (Svera and Krisxox)
Taken to Kor, Book 5 (Deena and Rhork)
Taken to Lemora, Book 6 (Essmira and Raingar)
Taken by the Pikosa Warlord, Book 7 (Halima and Ero)
*standalone
Taken to Evernor, Book 8 (Nalia and Herannathon)
Taken to Sky, Book 9 (Ashmara and Jerrock)
Taken to Revatu, Book 10, A Novella (Latanya and Grizz)
*standalone

Livres audio

Xiveri Mates - Aliens. Heat. New Worlds.
Taken to Voraxia, Book 1 (Miari and Raku)
Taken to Nobu, Book 2 (Kiki and Va'Raku)
Taken to Sasor, Book 3 (Mian and Neheyuu) *standalone
More to come!

Collections

Xiveri Mates - Aliens. Heat. New Worlds.
Collection 1: Books 1-3 + Exiled from Nobu
More to come!